国际海底区域资源勘探与开发的法律问题研究

金梦 ◎ 著

现代教育出版社
Modern Education Press

图书在版编目(CIP)数据

国际海底区域资源勘探与开发的法律问题研究 / 金梦著. -- 北京 : 现代教育出版社, 2025. 7. -- ISBN 978-7-5106-9815-6

Ⅰ. D922.674

中国国家版本馆CIP数据核字第20256PN103号

国际海底区域资源勘探与开发的法律问题研究

金　梦　著

责任编辑：顾　林
封面设计：書道聞香
出版发行：现代教育出版社
地　　址：北京市丰台区右外西路2号中国国际出版交流中心13层
邮政编码：100069
电　　话：(010) 64251036
印　　刷：浙江海虹彩色印务有限公司
开　　本：710mm×1000mm　1/16
印　　张：14.5
字　　数：245千字
版　　次：2025年7月第1版
印　　次：2025年7月第1次印刷
书　　号：ISBN 978-7-5106-9815-6
定　　价：52.00元

摘　要

陆上矿产资源的过度消耗，高新科学技术的日益发展，推动了国际海底区域资源勘探与开发活动。目前，国际海底区域活动正处于资源勘探向开发阶段过渡的关键时期，如何科学制定《"区域"内矿物资源开发规章》（简称《开发规章》），实现勘探阶段向开发阶段的转化，是国际社会共同关注的重要问题。

中国于1996年5月15日批准《联合国海洋法公约》（简称《公约》），成为世界上第93个缔约国。根据《海洋法公约》第十一部分、附件三、《关于执行1982年12月10日〈联合国海洋法公约〉第十一部分协定》（简称《执行协定》）有关国际海底区域矿产资源勘探与开发的法律规定，以及国际海底管理局的相关规章，中国有权依法进行国际海底区域资源勘探与开发活动。截至2024年12月31日，中国已与海底管理局签订了五份勘探合同，是世界上拥有国际海底区域矿区最多的国家。

作为第一批国际海底区域勘探合同承包者，中国在此过渡阶段也面临着巨大的挑战。一方面，2016年5月21日，位于东北太平洋多金属结核合同区的首个勘探合同已经到期，虽然中国成功获批该勘探合同的延期申请，但2021年5月，该延期合同届满，中国仍将面临是否进入开发阶段、勘探阶段如何向开发阶段过渡的重要问题。另一方面，中国还需考虑今后采用何种方式应对来自国际社会的压力，继续以发展中国家的身份申请勘探矿区。此外，如何降低国家担保的风险，保障和维护我国承包者勘探开发"区域"资源的合法利益，以及如何鼓励国内主体参与"区域"活动等问题也亟待解决。

针对上述问题，本文以《公约》及其《执行协定》为主，结合国际海底管理局制定的国际海底区域资源勘探与开发制度，通过研究勘探阶段与开发阶段涉及的法律问题,探讨实践中出现的矛盾与争议,分析国际海底区域矿产资源勘探阶段向开发阶段过渡的主要问题,并结合中国面临的实际情况,提出解决方案,为中国未来参与国际海底区域资源勘探与开发活动提供可资借鉴的经验与路径。

在当前国际海底区域勘探阶段向开发阶段过渡的背景下,国际海底管理局的核心任务是制定《开发规章》。《开发规章》的制定将影响各国在“区域”的实际利益,本质上反映了深海领域的力量博弈。基于各方关注的兴趣焦点,《开发规章》的重点议题围绕着承包者权益保障问题、资源开发与深海环境保护问题、缴费与利益分享机制问题。尽管已经经历了数次修改,但国际社会关于上述问题的讨论仍存在较大的分歧。中国作为深海资源活动的主要参与者,《开发规章》的制定同样也将对中国产生巨大的影响。中国肩负勘探合同承包者、担保国与《公约》缔约国三重身份,如何维护作为承包者的合法权益,如何遵守作为担保国的国际责任,如何争取作为缔约国的基本权利,是中国在过渡时期,尤其是《开发规章》制定中应当解决的核心问题。这些问题具体包括,如何平衡承包者的权利与义务,如何提高深海活动中的环境保护技术,如何制定科学合理的财务机制等。考虑到中国的现实情况,中国应当重点把握两个层面的工作。在国际层面,中国应当积极参与《开发规章》的制定工作,努力争夺国际话语权,实现国家利益的最大化。在《开发规章》的内容设计方面,中国应当建议管理局明确深海资源活动中承包者的合法权益,制定科学有效的环保措施与准入标准,建立公平合理的缴费与利益分享机制。在国内层面,中国应当不断深化完善深海开发法律制度,尽快提升我国深海资源活动能力。具体来说,一是应当加快制定《深海海底区域资源勘探开发法》的实施细则,二是分阶段制定深海产业发展的法律政策,三是全面制定海洋人才队伍建设与保障措施,系统化构建引领、鼓励、保障国内主体参与深海活动的法律体系与政策。

全面推进中国深海事业发展,实施海洋强国战略,实现从海洋大国走向海洋强国的根本目标,需要国际与国内两个方面共同助力。国际层面应当积极应对即将到来的资源开发阶段,国内层面应当加速深海产业的培育、形成与运行。同时,中国在积极参与深海活动的同时,还应继续努力践行人类命运共同体理念,以更加积极、包容、开放的态度构建具有中国特色的“区域”资源勘探开发新模式。

关键词:国际海底区域,《开发规章》,勘探阶段,开发阶段,过渡阶段

目　录

第一章 绪 论

一、问题的提出与研究思路

从历史上看,矿产资源的争夺总是发生在各个国家之间,对土地、人口和金钱进行的占有。而现在,围绕矿产资源的争夺赛首次发生在国家管辖范围之外的国际海底区域。[①]位于水下约1500米至4000米的国际海底区域是一个拥有大量矿产资源[②],但尚未实际开发的地区。国际海底区域蕴含三种特殊类型的矿物沉积——多金属结核、多金属硫化物和富钴铁锰结壳,这些矿物对国民基本生存与国家战略发展具有重要的开发价值。据统计,国际海底区域内的资源储量足以使地球上的工厂运转数个世纪,已被发现的金属和稀土元素含量比陆地上的任何地方都要丰富,因而受到了国际社会的普遍关注。自20世纪70年代以来,有关这些矿产资源开采的讨论从未间断,尽管持续低迷的世界经济形势与尚不充分的技术条件阻碍了深海资源活动的进程。

(一)问题产生的背景

《联合国海洋法公约》(简称"公约")规定,国际海底区域(简称"区域")及其

① Jan-Stefan Fritz.Deep Sea Anarchy:Mining at the Frontiers of International Law [J].*International Journal of Marine and Coastal Law*,2015,30:446.

② Mark Hannington, John Jamieson, Thomas Monecke, Sven Petersen and Stace Beaulie.The abundance of seafloor massive sulfide deposits[J].*Geology*, 2011, 39(12): 1155-1158.

资源是人类共同继承财产[①]，由国际海底管理局（简称“管理局”）代表全人类进行管理。鉴于其特殊的法律性质与地理位置，“区域”资源勘探与开发活动涉及诸多复杂问题。首先，“区域”是位于国家管辖范围外的国际海底，任何国家都不得占有或宣告对“区域”及其资源的所有权主张[②]。但是，《公约》缔约国可以按照《公约》与《关于执行1982年12月10日〈联合国海洋法公约〉第十一部分协定》[③]（简称《执行协定》）的规定，与管理局以签订合同的形式[④]，开展“区域”矿产资源勘探与开发活动。其次，从《公约》的角度看，“区域”资源活动主要包括勘探与开发[⑤]。在勘探阶段，承包者主要从事矿产资源的储量、丰度、分布、位置的测量与计算。直至开发阶段，才是真正意义上的资源开采活动。再者，开发阶段不仅涉及矿产的实际开采活动，也包括矿产资源因加工、运输、销售等商业活动产生的收益分享问题，从这一层面看，矿产资源开发是一项商业生产活动，应当由矿产资源交易市场规则加以调节。

然而，“区域”的法律性质决定了矿产资源开发并不能完全等同于纯粹的商业行为，因为它是带有国际性质、受国际环境影响，并影响国际经济、政治、国家间关系的域外活动。从国际经济环境的角度看，大规模的深海采矿活动势必会导致国际矿产资源市场与金属市场的波动，损害陆上矿物生产国的经济利益。[⑥]因此，如何维护现有国际经济秩序的稳定、减轻对陆上矿产生产国的经济影响也是急需解决的重要问题。从国际关系的角度看，“区域”资源开发是一个既包括技术和经济最发达国家之间，也包括那些希望加入这个集团的国家间的

---

① 由于中文翻译不同，Common Heritage of Mankind可以译为“人类共同继承财产”或“人类共同继承遗产”。本文统一使用“人类共同继承财产”的译法。

② 参见1982年《联合国海洋法公约》第137条。

③《关于执行1982年12月10日〈联合国海洋法公约〉第十一部分协定》第2条规定，本协定与《公约》第十一部分应作为单独的文书加以解释和适用，本协定和第十一部分如有任何不一致的情况，应以本协定的规定为准。简言之，《执行协议》与《公约》第十一章具有同等的法律地位，两者发生冲突时，优先适用《执行协议》。

④ 参见1982年《联合国海洋法公约》第153条第3款。

⑤ 国际海底区域矿产资源勘探之前，一般会先进行探矿活动，但是，由于探矿活动不产生任何法律效力，所以此处不将其包括在国际海底区域活动中。

⑥ 1982年《联合国海洋法公约》已经涉及“区域”矿产资源开采对国际资源市场、国际经济环境的影响等问题，并规定了一些保护发展中国家、陆地矿产资源出口国家的条文。具体规定可以参见第150条，关于“区域”内活动的政策这一部分。

合作潜力与竞争潜力的问题。由于经济、技术、科学知识等方面的差异，发达国家之间、发达国家与发展中国家之间在"区域"资源活动中都存在潜在的矛盾与冲突。"区域"资源活动的开展应当如何维系国际社会的和谐状态也是非常棘手的问题。

（二）问题的缘起

2011年，管理局召开第17届会议。斐济代表团在理事会会议上提出，要求理事会立刻着手进行海底采矿法规的制定工作，[①]这一提议得到了其他代表团的支持。根据《执行协定》第15条的规定，理事会可随时在为了在"区域"内进行活动而需要所有或任何这些规则、规章和程序的时候，或在它判定商业性开发即将开始时，或经一个其国民打算申请核准开发工作计划的国家的请求，着手拟订《"区域"内矿物资源开发规章》（简称《开发规章》）。斐济代表团的提议为管理局拟定《开发规章》提供了一个良好的契机。考虑到第一批勘探合同将在2016年底到期，届时可能会有承包者提出开发工作计划申请。并且，较早的开始制定《开发规章》也利于促进深海开发活动。基于这些考量，管理局开始关注《开发规章》的制定问题。同年，理事会要求秘书处拟订一份《开发规章》的战略工作计划，供第18届会议审议。[②]

从2012年第18届会议开始，管理局的工作重心逐渐转向《开发规章》的制定。尽管目前尚未有承包者申请开发"区域"矿产资源，但随着科学技术的进步与陆上矿产资源的消耗，"区域"资源活动的进程大大加快，"区域"资源从勘探向开发过渡的趋势日益明显。截至2024年12月31日，《公约》各缔约国已与海底管理局签订了31份国际海底区域矿产资源勘探合同。[③]因此，现阶段，《开发规章》的制定显得尤为重要，它不仅是一部规范"区域"资源开发活动的行为守则，也是中国积极争取"区域"资源、争夺国际话语权的最佳契机。

---

① 斐济代表团.斐济代表团对理事会的发言[EB/OL].2011年7月22日，https://www.isa.org.jm/wp-content/uploads/2022/06/isba-17c-22_1.pdf .Last visited:2025-01-31.

② 国际海底管理局秘书长.国际海底管理局秘书长根据〈联合国海洋法公约〉第166条第4款提出的报告[EB/OL].2011年5月26日，https://isa.org.jm/files/files/documents/isba-17a-2_1.pdf.Last visited:2025-01-31.

③ 截至2024年12月31日，国际海底管理局共批准31份国际海底区域矿产资源勘探合同，包括19份多金属勘探合同，7份多金属硫化物勘探合同和5份富钴铁锰结壳勘探合同。International Seabed Authority.Deep Seabed Minerals Contractors[EB/OL].https://www.isa.org.jm/exploration-contracts.Last visited:2025-01-31.

（三）中国参与“区域”活动的现状

中国大洋矿产资源研究开发协会（简称“大洋协会”）于1991年3月5日，经联合国批准，登记注册为国际海底开发先驱者，分配到国际海底区域15万平方公里的开辟区。1999年3月5日，在完成开辟区50%区域放弃义务后，大洋协会在东北太平洋地区最终获得7.5万平方公里具有专属勘探权和优先商业开采权的多金属结核矿区。2001年5月与国际海底管理局签订勘探合同，标志着中国大洋协会正式从国际海底开辟活动的先驱投资者成为国际海底资源勘探的承包者。此后，中国大洋协会又于2011年在西南印度洋获得面积为1万平方公里的多金属硫化物合同区，2014年在东北太平洋获得面积为3000平方公里的富钴结壳合同区。2017年5月，中国五矿集团有限公司（简称“五矿集团”）作为我国首家申请“区域”勘探工作计划的企业实体，再次成功获得了东北太平洋克拉里昂—克利帕顿区域的多金属结核合同区。北京先驱高新技术开发公司向管理局提交的多金属结核勘探工作计划的申请，也已于2019年7月获得批准，并于同年10月签署了勘探合同。①至此，中国在国际海底区域已拥有“三种资源、五块矿区”，是世界上拥有专属勘探权矿区最多的国家。这些勘探合同的签署标志着我国深海事业的迅速发展，以及国际地位的提升。未来，这些矿产的开采还将极大地丰富国内的资源储备。

同时，中国也迎来了诸多风险与挑战。当前“区域”资源活动正处于勘探阶段向开发阶段的过渡时期，国际海底管理局正在紧锣密鼓地推进《开发规章》的制定工作，②发达国家纷纷表态希望开发阶段尽早到来。对发达国家而言，现有技术水平已能支撑其开发活动，进入开发阶段意味着获得可观的商业利益，因而对矿产资源的商业开发颇为期待。对发展中国家而言，情况可能相反。受制于技术、资金、设备等客观条件的约束，预计还需较长的准备时间才能进入开发阶段。

---

① 国际海底管理局理事会.国际海底管理局理事会关于北京先驱高技术开发公司提交的关于核准多金属结核勘探工作计划的申请的决定[EB/OL].2019年7月，https://ran-s3.s3.amazonaws.com/isa.org.jm/s3fs-public/files/documents/25c-33-c.pdf.Last visited：2025-01-28.

② 中国大洋矿产资源研究开发协会.国际新闻动态-第二十五届会议理事会会议.关于“区域”内矿物资源开发规章草案的评论意见[EB/OL].http://download.china.cn/ch/ocean/20190118/25c-2-c_3.pdf.Last visited：2024-12-31.

事实上，在开发时机不成熟、环境影响评估不完善的情况下，贸然进入开发阶段不仅会造成深海环境的永久性破坏，也会影响商业利益的实际收入。因此，是否能进入开发阶段还应遵循客观、科学、合理的判断标准。对中国而言，情况更为复杂。一方面，中国虽然地广物博，但实际陆地资源储量较少，尤其缺乏高品阶、高丰度的矿产资源。加之人口基数庞大，人均资源消耗率较高，导致国内资源紧缺。因此，对于“区域”矿产资源的开发具有现实迫切性。但另一方面，中国与发达国家在技术层面还存在一定的差距，短时间内恐怕难以实现规模化的商业开采。并且，由于中国是世界第一大发展中国家，中国在“区域”开展的任何活动不仅是发达国家的关注目标，也是其他发展中国家的重要参考模板。因此，中国在国际事务中的每一项举措都应仔细斟酌。

综合分析我国的具体国情与国际社会环境，本文认为，面对当前的“区域”活动过渡阶段，我国应当坚持遵循三项基本原则，即遵循国际海底区域的法律机制、重视国家权益的维护与发展、加强国际层面的交流与合作。具体措施包括两个层面。从国际层面来看，我国应当积极参与国际海洋法规则的制定，尽力掌握国际社会的话语权。[①]尤其是《开发规章》的制定，我国应当争取《公约》赋予“区域”活动承包者的合法利益，建议管理局制定科学有效的环保措施与准入标准，建立公平合理的缴费与利益分享机制。从国内层面看，现阶段，我国应当研究如何实现勘探阶段向开发阶段的角色转化，积极解决过渡阶段的工作与任务，为即将到来的开发阶段做好准备。具体来说，首先，应当构建以《深海海底区域资源勘探开发法》（简称《深海法》）为核心的深海开发法律制度，为国内主体参与“区域”活动提供坚实的法律保障。其次，应当加速深海资源勘探开发产业的发展，促进海洋资源产业链的形成，为我国参与“区域”活动做好后续支撑。再者，应当推动高水平海洋人才队伍的建设，以应对来自国内外各方面的风险与挑战。

（四）本文研究思路

当前，国际海底区域活动正处于资源勘探向开发阶段过渡的关键时期，该阶段面临的核心任务是制定一部系统规范深海资源开发活动的《开发规章》。

2018年7月，国际海底管理局公布《“区域”内矿物资源开发规章草案》（简称《开发规章草案》），经过法律与技术委员会修改已于2019年7月提交理事会审

① 王超.国际海底区域资源开发与海洋环境保护制度的新发展——《“区域”内矿产资源开采规章草案》评析[J].外交评论（外交学院学报），2018，35（04）：81-105.

议。目前,围绕《开发法规草案》的谈判工作正在加快推进[①]。本文以《开发规章草案》[②]文本为主要的法律基础,围绕其中最核心且最受关注的三大问题,即承包者权益保护、环境保护与财务机制问题,展开深入研究。在框架设计上,主要按照资源开发活动的时间进程,依次探讨承包者、环境保护与财务三大问题。考虑到国际海底区域资源活动的特殊属性,《开发规章草案》的制定不仅反映了法律层面问题,也涉及国际政治与国际关系因素,很大程度上增加了其复杂性。对此,本文也略有谈及。

国际海底区域活动是一项高风险、高成本、高技术的投资活动,资源开发活动涉及活动主体、环境、经济等诸多因素。从主体角度看,勘探开发合同承包者作为"区域"活动主体,对其合法权益的保护能够确保"区域"活动顺利开展、推动资源开发进程。从环境角度看,深海资源开发首先应当解决深海环境保护与治理的问题,平衡资源开发与环境保护的冲突关系,这是进入资源开发阶段的基本前提。从经济角度看,资源开发活动的财务机制既涉及承包者的缴费问题,特殊国家的需求与不利国家的影响问题,也包括资源收益的公平分享问题,辐射范围较广。

中国作为"区域"活动的重要参与者,是目前拥有海底专属矿区最多的国家,《开发规章》的制定将直接影响未来中国的深海事业发展,并决定中国在深海领域的整体实力与国际地位。因此,本文的研究也将关注中国面临的具体问题,在探讨《开发规章草案》的文本时,充分考虑中国的现实需求与国家利益,提出对中国有利的具体建议。

---

① 2023年7月,管理局理事会会议评估了《开发规章草案》所取得的进展,并就理事会工作的时间表达成一致。2024年2月6日,管理局为理事会的继续谈判发布了一份文本汇编,该文本代表了理事会目前关于开采法规草案的谈判情况,特别是包含了理事会非正式工作组开展的工作汇编。Council session.Draft regulations on exploitation of Mineral resources in the Area Consolidated text[Z].16 February 2024,https://www.isa.org.jm/wp-content/uploads/2024/02/Consolidated_text.pdf.Last visited:2025-02-01.

② 2018年7月,国际海底管理局公布《"区域"内矿物资源开发规章草案》,经过法律与技术委员会多次修改讨论。当前最后更新的《开发规章草案》是2019年7月15日—19日管理局第25届年会上公布的版本。法律与技术委员会."区域"内矿物资源开发规章草案[EB/OL].22 March 2019, https://www.isa.org.jm/wp- content/uploads/2022/06/isba_25_c_wp1-c_0.pdf.Last visited:2025-02-01.

二、研究综述

关于国际海底区域资源勘探向开发阶段过渡的法律问题，目前较为前沿。虽然已有学者关注到了中国在深海申请专属矿区的法律问题，也有学者专门研究了与国际海底区域制度有关的议题，但至今尚未出现以“区域”资源勘探与开发活动为主题的系统性研究。从法律层面看，深海资源活动从勘探向开发阶段过渡的问题，属于《公约》及其《执行协定》框架下的“区域”矿产资源勘探与开发制度的范畴。而从实践层面看，中国参与“区域”资源活动又反映中国适用《公约》相关法律制度的现实问题。因此，有必要围绕“区域”制度的基本内涵、理论基础及当前的“区域”实践情况展开深入的研究与分析。

（一）国内研究状况综述

根据中国知网（CNKI）的论文数据统计，自1980年至2025年1月31日，国内学者关于《公约》主题的研究文献共有1455篇，涉及“国际海底区域”主题的文献高达554篇。[①]从数量上看，此类问题的研究并不少见。

国内学者关于国际海底区域制度的研究呈现出显著的特点。从时间角度看，对于国际海底区域与制度的研究主要发源于对《公约》的研究，而围绕《公约》的研究又随着国内时事的发生而不断变化。总体上经历了鲜有关注、高度重视、持续热情的过程。自1996年中国批准加入《公约》至2008年间，国内关于海洋法问题的研究相对稀少，属于“鲜有关注”的阶段[②]。自2004年因大陆架划界引发的中日东海油气田争端至2012年前后，国内学者逐渐开始重视《公约》文本，尤其是涉及海洋划界、海域划界方面的规定[③]（如图1）。

---

① 在中国知网以“国际海洋法公约”“国际海底区域”为主题进行的搜索。最后访问日期：2025-01-31。

② 在中国知网搜索“联合国海洋法公约”主题，1996年至2008年，每年平均产出20~50篇文章。最后访问日期：2025-01-31。

③ 在中国知网搜索“大陆架划界”主题，共有753篇文章。2012年发文量最高，共产出63篇文章。“海洋划界”主题有464篇文章，“海域划界”主题有318篇文章，“东海划界”主题有146篇文章。最后访问日期：2025-01-31。

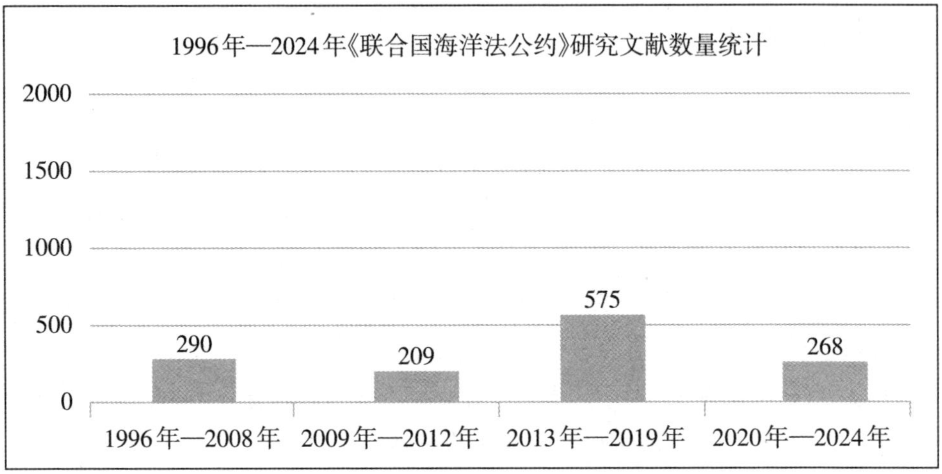

图1　1996年—2024年中国知网关于《联合国海洋法公约》主题的文献数量统计图[①]

时至2013年中日钓鱼岛争端事件出现，引发了国内学界对海洋领土主权、专属经济区与大陆架界限等问题的高度重视。除了国际海洋法专业的学者之外，许多国际法理论、国际公共关系、国际政治、外交学等领域的专家学者也纷纷将目光聚焦于《公约》的解释与适用问题上。[②]2016年的南海仲裁事件更是将海洋问题的研究推向了历史最高点，一度掀起全国人民学习海洋法、维护海洋权益的热潮[③]（图2）。

---

① 该图根据中国知网1996年—2024年关于《联合国海洋法公约》主题的搜索结果制作。最后访问日期：2025-01-31。

② 在中国知网搜索“海洋法公约”主题，共有856篇文章。其中2012年50篇，2013年52篇，2014年95篇，2015年77篇，2016年108篇，2017年87篇，2018年78篇，2019年78篇，2020年55篇，2021年51篇，2022年67篇，2023年56篇，2024年39篇。最后访问日期：2025-01-31。

③ 在中国知网搜索“南海仲裁”主题，共有640篇文章。其中，2016年有252篇，2017年123篇，2018年78篇，2019年31篇，2020年31篇，2021年23篇，2022年22篇，2023年7篇，2023年12篇。最后访问日期：2025-01-31。

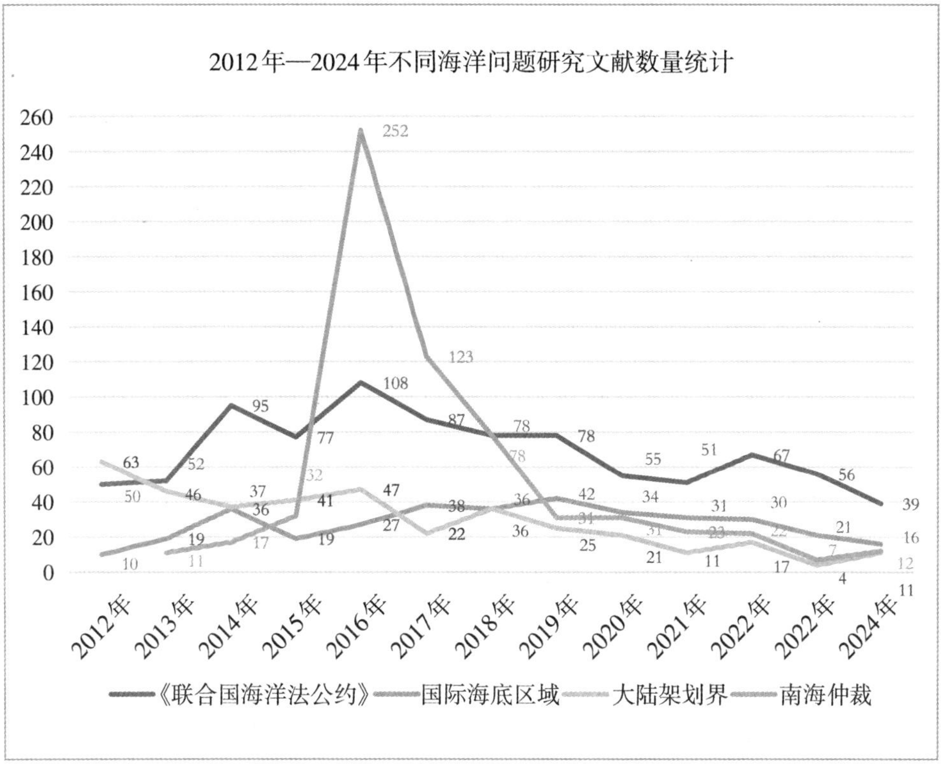

图2　2012年—2024年中国知网关于不同海洋主题的文献数量统计图①

同样,国内有关国际海底区域方面的研究也经历了冷门、关注、重视三个发展阶段。在1991年中国大洋协会登记注册为国际海底开发先驱者时,国内尚未关注到位于深海海底的矿产资源,更不清楚《公约》有关这一领域的具体规定。随着近些年,陆地资源的过度消耗,科学技术的高度发展,国际海底矿产资源的开发与利用逐渐被提上了日程。国内学者也开始关注我国在该区域的国家权益②。2016年2月,全国人大常委会颁布了《深海法》,为规范国内主体参与"区域"资源勘探与开发活动提供了法律依据。2017年,作为国内首家参与国际海底

① 该图根据中国知网2012年—2024年关于《联合国海洋法公约》、"国际海底区域"、大陆架划界、南海仲裁案四个主题的搜索结果制作。最后访问日期:2025-01-31。

② 在中国知网搜索"国际海底区域"主题,共有315篇文章,其中2015年19篇,2016年27篇,2017年38篇,2018年36篇,2019年42篇,2020年34篇,2021年31篇,2022年30篇,2023年21篇,2024年16篇。最后访问日期:2025-01-31。

资源活动的企业，中国五矿集团申请并成功获批位于东太平洋克拉里昂—克利帕顿区的勘探合同，受到各界的高度重视。2019年，北京先驱高技术开发公司提交的多金属结核勘探工作计划获得批准，再次引发国内外对国际海底区域矿产资源的关注。

从国际海底区域资源勘探开发制度的研究情况看，国内学者对该主题的研究包括制度、理论层面，例如，杨泽伟在《国际海洋法律秩序的变革：历史演进、发展趋势与影响因素》[①]中通过对国际海洋法律秩序变革历程的考察，发现国际海洋法律秩序发展趋势，认为科学技术、国际政治、国际组织或国家集团是影响海洋法律秩序发展的重要因素。张海文在《〈联合国海洋法公约〉开放签署四十周年：回顾与展望》[②]中强调，《公约》是国际社会花费近十年时间磋商的成果，是各国利益协调的产物，也是传统海洋法的广泛编纂和逐步发展，但其始终处于发展进程中。张辉在《国际海底区域制度是否具有普遍拘束力？》[③]中从习惯国际法的角度分析《海洋法公约》对非缔约国的拘束效果，他认为尽管“区域”制度整体不具有普遍拘束力，但其中的部分重要原则、规则应拘束非缔约国。朱俊宇在《国际海底区域资源开发争端解决机制的完善路径》[④]中指出“区域”资源开发争端解决机制的不足，建议适当改进《开发规章草案》现有ADR方法并借鉴ISDS机制的有益经验。倪然等人的《国外国际海底区域资源开发国内立法研究》[⑤]通过梳理英国、德国、捷克、斐济、汤加等国的立法情况，总结了该领域国内立法的可借鉴之处。

部分学者聚焦于具体问题的研究，例如“担保国责任”问题。张国斌的《论我国深海活动监管的立法困境及完善——以落实深海活动担保国责任为视角》[⑥]，

---

① 杨泽伟.国际海洋法律秩序的变革：历史演进、发展趋势与影响因素[J].扬州大学学报(人文社会科学版).2024,28(04):50-65.

② 张海文.《联合国海洋法公约》开放签署四十周年：回顾与展望[J].武大国际法评论,2022,6(06):1-14.

③ 张辉.国际海底区域制度是否具有普遍拘束力?[J].武大国际法评论,2022,6(06):15-32.

④ 朱俊宇.国际海底区域资源开发争端解决机制的完善路径[J].求索,2022(03):171-181.

⑤ 倪然,谢青霞,李红星.国外国际海底区域资源开发国内立法研究[J].学理论,2019(02):116-118.

⑥ 张国斌.论我国深海活动监管的立法困境及完善——以落实深海活动担保国责任为视角[J].政治与法律,2023(11):144-159.

考察了我国深海活动的监管体系与不足，并从我国实际利益出发提出完善监管体系与履行担保国责任的有效路径。李文杰在《也谈国际海底区域担保国的法律义务与责任——以国际海洋法法庭第17号“咨询意见案”为基点》①一文中提出，海底争端分庭的《咨询意见》不仅在将担保国义务划分为“确保义务”和“直接义务”方面存在明显缺陷，而且在解释担保国的责任时亦留下诸多矛盾与模糊之处，因此需要重新厘定划分担保国法律义务的方法。黄影的《“区域”资源勘探开发活动中担保国责任与义务的内容辨正》②一文指出，国际海洋法法庭海底争端分庭发表的《咨询意见》将担保国的责任与义务划分为“确保义务”和“直接义务”，这一创新性的阐释伴随着较大的模糊性，既未明确如此划分的法律依据，也未清晰论述两者之间的关系。

国际海底区域资源勘探与开发的基础是“人类共同继承财产原则”，围绕着该原则的讨论，出现了一些视角独特、理论深厚的研究成果。宋杰等在《马耳他与人类共同继承财产概念：提出、推动与发展》③中系统阐述了人类共同继承财产概念的形成、构建与制度化过程，他指出，马耳他在人类共同继承财产概念形成与发展过程中的实践及其效果，对于其他国家参与国际事务尤其是法律事务有重大启示意义。李汉玉的《人类共同继承财产原则在国际海底区域法律制度的适用和发展》④一文则从该原则的提出、确立与发展的角度，阐明了其在生物资源领域适用情况，以及对《开发规章》制定的影响程度。也有部分学者围绕国际海底区域的法律地位问题、平行开发制等主题展开了深入的研究，但缺乏对实践问题的探讨。一方面是因为国内学者对《公约》的研究起步较晚，历史资料有限。另一方面，也是因为海底矿产资源勘探与开发的问题一直是海洋法的冷门话题，在近两年才受到了国内学界的关注。这类问题不仅是法律问题，也涉及部分实务问题，在研究内容上颇有难度。

---

① 李文杰.也谈国际海底区域担保国的法律义务与责任——以国际海洋法法庭第17号“咨询意见案”为基点[J].河北法学，2019，37(01)：113-125.

② 黄影.“区域”资源勘探开发活动中担保国责任与义务的内容辨正[J].甘肃政法大学学报，2022(03)：83-95.

③ 宋杰，郑和英.马耳他与人类共同继承财产概念：提出、推动与发展[J].国际法学刊，2021(04)：1-30.

④ 李汉玉.人类共同继承财产原则在国际海底区域法律制度的适用和发展[J].海洋开发与管理，2018，35(04)：70-75.

随着国家对“区域”资源的重视不断提高，学者们对“区域”勘探开发制度的研究逐渐向国内视角转变。有学者将国际海底区域活动视为国家海洋战略的重要组成部分，如贾宇的《关于海洋强国战略的思考》①提出，海洋问题是国家发展的战略问题，海洋战略决定着国家海洋事业的兴衰成败，应当维护中国在深海地区的资源权利。同时，在深海资源开发与环境保护方面的研究日益突出，例如，周江的《国际海底区域环境补偿基金的制度困境与纾解》②深入分析了国际海底区域环境补偿基金的制度在制度架构层面的困境，建议应当限缩环境补偿基金的适用方向，明确环境补偿基金的资金来源。吴浩等人在《风险预防原则在国际海底区域矿产资源开发中的适用问题研究》③中提出，“区域”活动中适用风险预防原则来保护海洋环境的具体实施路径并不明确，建议统筹国际国内深海采矿立法，建立、健全风险预防原则追责机制，将风险预防原则纳入我国环境保护法律体系。林灿铃等人在《国际海底区域活动之国际环境法规制》④中提出，“区域”环境保护国际法律制度已初成体系，但随着“区域”采矿活动的日益蓬勃发展，“区域”活动所产生的环境影响将面临更大的挑战，亟须在现有基础上不断推进与完善。

这些问题的研究均为本文的写作起到了重要的参考作用。

（二）国外研究状况综述

总体上看，以美国、英国、德国、荷兰为首的海洋强国对国际海洋法的关注较多，这些发达国家在海洋法方面的研究比中国起步早，内容全面，成果丰富，研究深入。荷兰有“国际法始祖”格劳秀斯，撰写了第一部与海洋秩序有关的作品——《论海洋自由》⑤。德国有“现代国际法之父”奥本海，撰写了举世闻名的《奥本海国际法》⑥。美国作为二战后的世界霸主，其军舰、船舶、航行器行驶于全球各地。

---

① 贾宇.关于海洋强国战略的思考[J].社会科学文摘，2018(08)：5-7.

② 周江.国际海底区域环境补偿基金的制度困境与纾解[J].学术界，2022(11)：119-129.

③ 吴浩，刘大海，王春娟.风险预防原则在国际海底区域矿产资源开发中的适用问题研究[J].海洋环境科学，2024，43(03)：368-375.

④ 林灿铃，张玉沛.国际海底区域活动之国际环境法规制[J].太平洋学报，2022，30(12)：1-14.

⑤［荷兰］格劳秀斯.论海洋自由或荷兰参与东印度贸易的权利[M].马忠法译，张乃根校.上海：上海人民出版社，2005.

⑥［德国］奥本海.奥本海国际法[M].［英］詹宁斯，瓦茨修订，王铁崖译.北京：中国大百科全书出版社，1995.

虽然美国至今并未加入《公约》,但其学术界与实务界关于《公约》规则与实际应用方面的研究非常深入。客观来说,美国学者的专业程度确实值得学习。

根据HeinOnline法律数据库统计,与"International Seabed Area"这一主题有关的文章高达23039篇,涉及"International seabed mineral"有13129篇,涉及"International seabed area mineral exploration"有9452篇,涉及"International seabed area mineral exploitation"有8233篇[①]。研究数量相当庞大,几乎覆盖所有与国际海底区域制度有关的问题(见图3)。

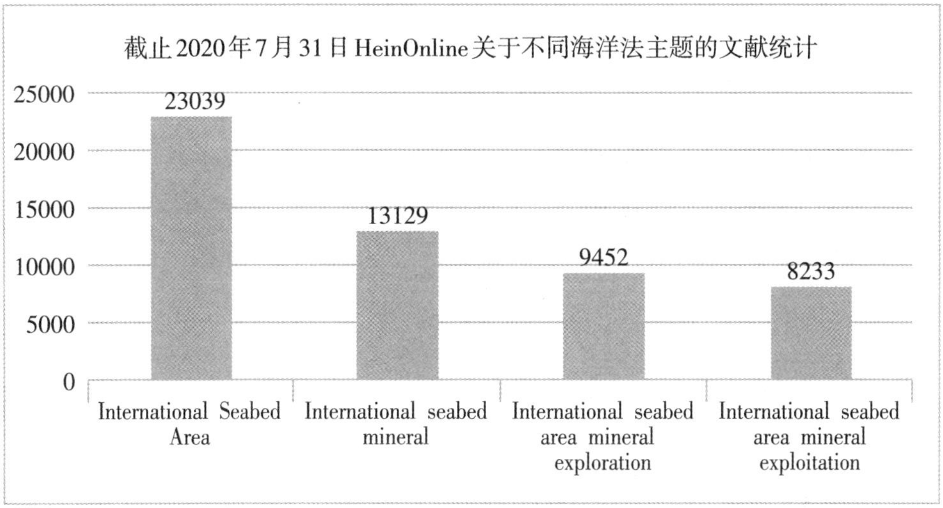

图3 截至2020年7月31日HeinOnline关于不同海洋主题的文献数量统计[②]

在海洋法领域,国际上涌现出了一批专业基础深厚、研究起步早、持续时间长、成就显著的学者。诸如当前非常出色的美国海洋法专家迈隆·H·诺德奎斯

① 在HeinOnline搜索"International Seabed Area"主题共有23039篇文章,"International seabed mineral"主题共有13129篇文章,"International seabed area mineral exploration"主题共有9452篇文章,"International seabed area mineral exploitation"主题共有8233篇文章。Last visited:2020-07-31。

② 该图根据HeinOnline关于"International Seabed Area","International seabed mineral","International seabed area mineral exploration","International seabed area mineral exploitation"四个主题的搜索结果制作。最后访问日期:2020-07-31。

特[①]与约翰·诺顿·莫尔[②]，数十年来专攻于海洋法学研究，就航行自由、海洋环境保护、国际海底区域制度、海洋争端等具体问题发表文章和著作总数超过200篇。日本学者田中佳史[③]也在海洋法研究领域颇有建树。部分学者聚焦于《公约》生效与发展的历史研究，时间跨度较大，研究具有连贯性与系统性。例如，戴维·弗里斯通对《公约》的实践情况进行了跟踪研究，在《公约》生效后的10年、25年、30年均发表了文章[④]，对《公约》取得的成就与缺陷、缔约国的履约情况、未来面临的挑战展开了阶段性研究，他指出，《公约》生效30年来确实取得了显著成就，但也凸显了一些弊端。

---

① Myron H.Nordquist.Panel Discussion on International Environmental Crimes:Problems of Enforceable Norms and Accountability[J].*ISLA Journal of International & Comparative Law*,1997,3(02);Legal Aspects of Reflagging Kuwaiti Tankers and Laying of Mines in the Persian Gulf[J].*German Yearbook of International Law*,1988(31);Emerging Law of the Sea:Issues in the Mariana Islands[J].*Journal of International Law and Economics*,1972,7(01).

② John Norton Moore.Jus Ad Bellum before the International Court of Justice[J].*Virginia Journal of International Law*,2012,.52(04);UNCLOS Key to Increasing Navigational Freedom[J].*Texas Review of Law & Politics*,2008,12(02);Enhancing Compliance with International Law:A Neglected Remedy[J].*Virginia Journal of International Law*,1999,39(04);The Regime of Straits and the Third United Nations Conference on the Law of Sea[J].*American Journal of International Law*,1980,74(01).

③ Yoshifumi Tanaka.Provisional Measures Prescribed by ITLOS and Marine Environmental Protection[J].*America Society International Law Proceedings*,2014(10);Current Legal Developments International Tribunal for the Law of the Sea[J].*The International Journal of Marine and Coastal Law*,2011(26);Protection of Community Interests in International Law:The Case of the Law of the Sea[M].A.von Bogdandy and R.Wolfrum,(eds).*Max Planck Yearbook of United Nations Law*,2011(15),pp.329-375.Koninklijke Brill N.V.Printed in The Netherlands;Reflections on Reporting Systems in Treaties Concerning the Protection of the Marine Environment[J].*Ocean Development and International Law*,2009(40).

④ David Freestone.A decade of The Law of The Sea Convention:Is It a Success?[J].*The George Washton International Law Review*,2007(39);Twenty-Five Years of the Law of the Sea Convention,1982-2007[J].*The International Journal of Marine and Coastal Law*,2007(22);The Law of the Sea Convention at 30:Successes,Challenges and New Agendas[J].*The International Journal of Marine and Coastal Law*,2012(27).

以美国为首的外国学者尤其关注《公约》的制定与发展问题。尽管美国国会至今尚未批准加入《公约》，但其国内关于这一主题的研究从未间断。克雷格·H·艾伦认为，《公约》目前已被广泛接受，其内容覆盖大部分海洋事务，极具现实意义，建议美国国会讨论加入《公约》。[①]阿里夫·艾哈迈德的文章根据《公约》的各项条约规定，阐述了使用不同海域的规则和范围，不仅集中研究了沿海国在不同海域的民事和刑事责任、管辖权及其他权利和义务，并深入审查了不同裁决案件的事实、问题、判断和推理。[②]汉弗莱·西帕拉对2015至2016年来，大陆架、专属经济区、国际海底区域制度的最新发展进行了评估，认为这些制度的执行力度尚浅，建议国际社会结合其他国际法规则进一步加强海洋的管理。[③]法德·纳泽尔从各国对各个海域享有的管辖权角度，分析海洋资源带来的经济利益，并提出，谁控制了海洋资源，就等于掌握了世界经济命脉的重要观点。[④]这类研究多带有明显的政治立场，有些不乏诋毁、批评发展中国家的言论，缺乏客观性与公正性。

关于国际海底区域制度的问题，外国学者的研究针对性较强。一部分学者专门研究国际海底管理局作为"区域"管理者的职能问题，例如，前任国际海底管理局秘书长的迈克·洛奇表示，管理局至今取得的成就非常显著，今后还将致力于"区域"环境保护的进一步深入，加快制定《开发规章》，为今后的资源开发做好准备。[⑤]帕斯卡尔·奥古诺专门从国际法规范下的国际机构角度，阐述海底管理局的法律地位与责任范围，他提出，国际机构的活动受到机构内固有机制的监督，或由产生该机构的条约，即《公约》的明确规定的监督。[⑥]凯特莱恩·安特里姆

---

① Craig H.Allen.Lead in The Far North" by Acceding to The Law of the Sea Convention[J].*Washington Journal of Environmental Law & Policy*,2015,5(01).

② Arif Ahmed.International Law of the Sea:An Overlook and Case Study[J].*Beijing Law Review*,2017(08).

③ Humphrey Sipalla.Selected recent institutional and rule making developments in the law of the sea(2015-2016)[J].*Strathmore Law Journal*,2016(02).

④ Fadh Nazeer.Law of the Seas[J].*Court Uncourt*,2018(5).

⑤ Michael W.Lodge.International Seabed Authority[J].*International Journal of Marine and Coastal Law*,2011,26(03);International Seabed Authority[J].*International Journal of Marine and Coastal Law*,2009,24(01);International Seabed Authority and Article 82 of the UN Convention on the Law of the Sea[J].*International Journal of Marine and Coastal Law*,2006,21(03).

⑥ Paschal Oguno.The Legal Status,Responsibility and Liability of International Institutions under International Law[J].*Journal of Law,Policy and Globalization*,2016(47).

介绍了管理局建立25年来，在结构、权力和责任方面所达成的国际协议，评价管理局的工作成果远远超出了创造者的预期，给国际社会提供了一种新的国际组织模式，用于指导其他国际制度的发展路径。①戴维·约翰逊和玛丽亚·阿德莱德·费雷拉，在文章中详细介绍了管理局在管理"区域"活动进程中，在太平洋中部克拉里昂—克利帕顿区域建立了的环境影响参照区，作为环境管理计划之一，为保护深海生态环境树立了具有代表性意义的参考模板。且针对管理局制定的规章，提出提高有效性、透明性的改善建议。②

部分学者专注于国际海底区域制度中"人类共同继承财产原则"的理论研究，该原则的出现曾在国际社会上引起广泛的讨论，有关其具体内容与适用范围的争议历来较大。1982年《公约》正式将人类共同财产确定为适用于国际海底区域的基本制度，这在国际社会掀起了轩然大波。玛丽·维多利亚·怀特对于"人类共同继承财产原则"的实施表示担忧。③亚历山大·基斯也表示，在没有国际行政管辖权，甚至没有强制性管辖权的情况下，人类共同财产在执行方面恐怕只是一种乌托邦式的理想。④进入21世纪，爱德华·冈特里普客观地评价道，虽然人类共同继承财产原则目前不是一项法律标准，但它确实是管理深海海底的一种可能的手段。⑤卢克米·达同样支持该原则，其认为，人类共同财产是一个基于公平形成的概念，在目前的全球状况下，不仅需要从一个发展中国家的角度采取这种措施，且必须使地球的不可再生资源得到保护，供几代人在几个世纪后使用。⑥埃里克·弗兰克斯指出，"人类共同继承财产原则"是为国家管辖范围之外的公共空

① Caitlyn Antrim.The International Seabed Authority Turns Twenty[J].*Georgetown Journal of International Affairs*,2015,16(01).

② David johnson,Maria Adelaide Ferreira.Current Legal Developments,International Seabed Authority[J].*The International Journal of Marine and Coastal Law*,2015(30).

③ Mary Victoria White.The Common Heritage of Mankind:An Assessment[J].*Case Western Reserve Journal of International Law*,1982(15).

④ Alexandre Kiss.The common heritage of mankind:utopia or reality? [J].*International Journal*,1985(40).

⑤ Edward Guntrip.The Common Heritage of Mankind:An Adequate Regime for Managing the Deep Seabed? [J].*Melbourne Journal of International Law*,2003(4).

⑥ Rukmini Das.Compensation as Equity in Context of Common Heritage of Mankind:A Key to Sustainability and Inter-Generational & Inter-Regional Equity[J].*NUJS Law Review*,2009(02).

间国际化而设计的，从而确保作为人类遗产的资源不受任何国家或个人的占有，旨在众人的参与下，为众人的利益进行勘探和开发。①尽管各方分歧较大，人类共同财产概念随着《公约》的实践与深海活动的推进，获得了普遍的承认。约翰·E·诺伊斯详细阐述了该原则的基本内容，认为其包含了国际公认的若干准则，例如，为和平目的、环境保护或可持续发展保留一个领域，以及在管理共同空间资源方面进行合作。②安德鲁·普勒从资源的角度探讨了被视为人类共同财产的资源的优势，并指出"人类共同继承财产原则"是实现资源可持续管理的一个可行选择，这是因为该原则将避免造成松懈的国家管制间的相互冲突，各国将更容易对不可持续的使用行为承担责任，并制订一致的管制标准。③

国际海底区域矿产资源不仅是一个法律理论问题，也同样涉及实务问题。一部分学者针对"区域"资源勘探与开发的实际问题开展了研究，例如，卢兹·丹妮尔·O·博龙指出，负责任的商业开采活动要求在监管能力、经济可行性、环境可持续性和社会可接受性方面取得平衡，而目前这些方面尚未得到证明，因此，一些环保人士强烈反对海底资源的商业开发。④尼古拉斯·N·基马尼从非洲国家的视角，探讨近海矿物资源开发方面的国内法制定规则，他指出，应当以从业者的角度制定资源开发法律，这也为国际海底区域资源开发法的制定提供了有效的建议。⑤有学者已经意识到，"区域"采矿活动不只是纯粹的商业活动，也涉及国家间的利益较量。简·斯特凡·弗里茨就指出，深海采矿是一个既包括技术和经济最发达国家之间，也包括那些希望加入这个集团的国家间的合作潜力和竞争

---

① Erik Franckx.International Seabed Authority and the Common Heritage of Mankind:The Need for States to Establish the Outer Limits of Their Continental Shelf[J].*International Journal of Marine and Coastal Law*,2010,25(04).

② John E.Noyes.The Common Heritage of Mankind:Past,Present,and Future[J].*Denver Journal of International Law and Policy*,2012,40(1-3).

③ Andrew Pullar.Fisheries,Forests,and the Common Heritage of Mankind[J].*Public Interest Law Journal of New Zealand*,2013(02).

④ Luz Danielle O.Bolong.Into the Abyss:Rationalizing Commercial Deep Seabed Mining Through Pragmatism and International Law[J].*Tulane Journal of International and Comparative Law*,2016(25).

⑤ Nicholas N.Kimani.Enacting National Seabed Mining Laws in Africa:Importance of A practitioner's Perspective[J].*Law,Environment and Development journal*,2015(11).

潜力的问题，除了考虑经济与技术因素，也需要平衡各国利益。①

目前，国际上已出现大量与“区域”资源开发相关问题的研究，许多学者均对开发活动将对深海环境造成的不利影响发表见地，极具时效性与前瞻性。例如，贾斯宾德·加格关注到深海采矿对海底环境的破坏，可能会对海底底栖生物生活环境、生态系统造成不可逆的损害，由于人类对深海极端环境的了解相对有限，他对于承包者在开发过程中是否真正遵守了有关环保的规则和程序深表怀疑。②田中佳史在分析国际海洋法法庭的判例后发现，法庭有强烈的意愿制定临时措施，以确保国际社会在海洋环境保护方面的利益。但是，临时措施的可执行性有限，因此，他建议运用司法监督手段来确保有效遵守这些措施。③艾琳·耶克尔聚焦于海底管理局的环境管理方案，她认为，勘探规章中关于环境保护的规定存在巨大的挑战。一些减少海底采矿对环境影响的措施，如以生态系统为基础的办法未被纳入，而已列入勘探规章的环保义务则需解决执行力的问题。④蒂亚戈·维尼乌斯·扎内拉和里卡多·佩雷拉·卡布拉尔针对国际环境法的预防原则在海洋环境保护方面的运用进行了详细阐述。预防原则要求在法律领域解决全球风险社会的环境问题，寻求改变责任、补偿、可持续发展和考虑后代的手段，从而增加对环境的保护，而预防原则的最终成功仍然取决于少数国家的进步。⑤斯里·瓦蒂尼则从《联合开发协议》的角度，分析各国在没有划界的情况下进行资源合作过程中关于环境保护的实施情况。文中提出，保护海洋环境的国际文书和

---

① Jan-Stefan Fritz.Deep Sea Anarchy: Mining at the Frontiers of International Law [J].*International Journal of Marine and Coastal Law*, 2015(30).

② Jasbinder Ghag.Regulating Deep Sea Mining and the Importance of Protecting Marine Life from Damage[J].*Environmental Law Review*, 2014, 16(04).

③ Yoshifumi Tanaka.Provisional Measures Prescribed by ITLOS and Marine Environmental Protection[J].*America Society International Law Proceedings*, 2014(10).

④ Aline jaeckel.An Environmental Management Strategy for the International Seabed Authority? The Legal Basis [J].*The International Journal of Marine and Coastal Law*, 2015(30).

⑤ Tiago Vinicius Zanella, Ricardo Pereira Cabral.The Application of the Precautionary Principle in International Law: An Analysis of the Contribution of the International Tribunal for the Law of the Sea, [J].*Veredas do Direito*, 2017(24).

国家文书，特别是在被公认为共同开发的近海活动中，尚未得到适当执行。[①]

关于《开发规章》的制定问题，也引起了部分学者的关注。例如，前任海底管理局秘书长迈克·洛奇指出，对于国际海底区域资源的开发问题，还有诸多问题尚未解决，由于《公约》并未提供实践“区域”制度的指导原则，导致规章的制定活动进程缓慢。[②]莱斯利·艾·坦南提出，“区域”资源开发应当强调市场原则，采取灵活和渐进的办法，促进国际合作。海底管理局作为一个国际管理机构，其权力范围应受到限制，并规定符合其利益的国家的适当代表权，且不得与受其管辖的私营实体进行不公平竞争。[③]这些资料对于本文的写作起到了重要的参考作用。

三、主要研究内容

本文通过分析国际海底区域资源勘探向开发阶段过渡涉及的法律问题，探讨《开发规章》制定中需要解决的关键问题。围绕深海资源开发中承包者的权益保护问题、环境保护问题，以及财务机制问题展开了详细的分析，不仅研究了合同法、国际环境法、国际金融法等相关法律制度的适用性与借鉴性，也剖析了中国在这三方面存在的主要问题，提出中国应对过渡阶段的挑战应采取的措施。

全文除结语部分外，共分为六章内容。

第一章为绪论，主要介绍了本文选题的背景、研究的主要问题、研究思路、框架设计、研究综述等基本内容。

第二章是国际海底区域资源勘探与开发的法律问题界定。本章介绍了《公约》第十一部分及其附件三、《执行协定》，以及国际海底管理局制定的三部勘探规章、正在讨论中的《开发规章草案》。分析了适用于“区域”的基本制度，包括“人类共同继承财产原则”、海洋环境保护原则、为全人类利益与和平目的利用“区域”、平行开发制与保留区制度、缔约国担保制度、定期审查制度等内容。最重要的是，本章提出了《开发规章》制定中的法律问题，阐明的中国面临的法律问

① Sri Wartini.The Role of the Coastal States to the Protection of Marine Environment in Joint Development Agreement[J].*Indonesian Journal of International Law*,2017,14(04).

② Michael Lodge.The International Seabed Authority and the Exploration and Exploitation of the Deep Seabed[J].*Revue Belge De Droit International*,2014(47).

③ Leslie I.Tennen.Enterprise Rights and the Legal Regime for Exploitation of Outer Space Resources[J].*The University of the Pacific Law Review*,2016(47).

题,为后续研究奠定理论基础与基本框架。

第三章探讨国际海底区域资源开发中的承包者权益保护问题。在国际层面,承包者主要面临三个方面的困境,一是优先权与专属权的可实现性,二是勘探开发合同处置权的可实施性,三是勘探开发合同权利义务的对等性。对中国承包者来说,同样也面临不少挑战。中国履行勘探合同十五年来,逐渐暴露出合同专属权实现困难、勘探合同履行进度缓慢,以及勘探合同主体过于单一的三大问题。本章从承包者权益保护的逻辑基础着手,在《维也纳条约法公约》、国际投资法与“人类共同继承财产原则”的不同视角下,探索保护承包者合法权益的合理方式。

第四章探讨国际海底区域资源开发中的环境保护问题。从国际层面看,深海资源开发过程中的环境保护问题是《开发规章》制定中的重中之重,需要结合现有国际法律制度全面考虑。由于中国早期海洋环境保护意识较弱,环保技术落后,技术转让作用有限,以至于中国在整个海洋环境保护技术领域的发展有些薄弱,可能会受到深海资源开发环保门槛的约束。本章从深海资源开发环境保护制度及其理论基础为切入点,探讨国际环境法视角下,环境可持续发展原则对当前国际海底区域资源活动的指导作用。

第五章探讨国际海底区域资源开发中的财务机制问题。从总体上看,财务机制尚未完全体现全人类利益这一原则,不利于实现资源开发的最终目标。本章重点分析《开发规章草案》中承包者缴费项目设置的合理性、特许权适用费的科学性、利益分享机制的公平性问题,研究国际金融投资模式的可适用性,《生物多样性公约》的可借鉴性,以及人类共同财产原则对财务机制的借鉴作用。

第六章探讨中国在国际海底区域活动中应采取的措施。本章梳理了我国参与国际海底区域资源勘探与开发活动应坚持的基本原则,结合现实情况与条件,具体分析我国应对勘探阶段向开发阶段过渡的现实问题,提出应当采取的措施。一方面,中国应当积极参与《开发规章》的制定,并就其中重要条款提出具体建议,如,明确承包者在“区域”活动中的合法权益;针对资源开发与环境保护的冲突问题,建议管理局制定科学有效的环保措施与环境准入标准;围绕资源开发的财务机制,建议《开发规章》秉持“人类共同继承财产原则”,建立公平合理的缴费与利益分享机制。另一方面,国内也应尽快提升“区域”资源开发能力,包括构建以《深海法》为核心的深海开发法律体系,加速深海资源勘探开发产业的发展,推动高水平海洋人才队伍的建设。

四、可能的创新与不足

(一)可能的创新

首先,研究内容具有创新性。虽然,关于国际海底区域矿产资源勘探与开发制度的问题,已有许多学者研究过,但是有关两者的结合,尤其是开发阶段的具体法律问题在最近几年才受到国际社会的关注,也是相对前沿的问题。本文讨论的重点资料是《开发规章》。自国际海底管理局在2018年7月公布《开发规章草案》①以来,经过法律与技术委员会进一步修改,于2019年3月形成订正版的《开发规章草案》②,在2019年7月提交理事会审议。因此,目前最新版的草案正是由法律与技术委员会编写并提交至理事会审议的版本。③鉴于该草案还处于不断的修改与更新过程中,因而本文研究的这一问题具有明显的时效性。

文章梳理了国际海底区域资源勘探与开发活动中的具体法律问题,并针对其中最关键的三个问题进行了针对性的分析。研究内容主要以《公约》为理论依据,结合目前海底区域勘探合同的实际情况,共同分析深海资源开发活动中可能出现的法律问题与潜在风险。

其次,研究结论具有创新性。从微观层面看,针对过渡阶段涉及的法律问题,结合中国的实际情况,本文提出在现有的国际海洋法、国际环境法的框架下,我国应当建议管理局科学、合理地制定《开发规章》,在时机尚未成熟前暂缓进入开发阶段,在国内海洋法领域加快制定《深海法》的实施细则。从宏观层面看,深海采矿问题亦是国际海洋法范畴下的“区域”治理问题。与全球治理一样,“区域”治理也需要国家间的共同努力与合作。在国家领导人提出“海洋人类命运共同体”思想的背景下,在推进“一带一路”建设的历史契机下,我国应当顺应历史发展趋势,积极参与国际海底区域的治理。这是中国体现大国责任担当、勇于承

---

① 国际海底管理局法律与技术委员会.“区域”内矿物资源开发规章草案[EB/OL]. July 2018, https://ran- s3.s3.amazonaws.com/isa.org.jm/s3fs- public/files/documents/isba24-ltcwp1-ch.pdf.Last visited:2024-12-30.

② 国际海底管理局法律与技术委员会.“区域”内矿物资源开发规章草案[EB/OL]. March 2019,https://ran-s3.s3.amazonaws.com/isa.org.jm/s3fs-public/files/documents/isba24-ltcwp1-ch.pdf.Last visited:2024-12-30.

③ 国际海底管理局理事会.“区域”内矿物资源开发规章草案[EB/OL].July 2019, https://ran- s3.s3.amazonaws.com/isa.org.jm/s3fs- public/files/documents/isba_25_c_wp1- c.pdf.Last visited:2024-12-25.

担国际重任的最佳时机。

最后，研究方法具有创新性。一方面，本文既有丰富的理论研究，包括国际海底区域资源勘探与开发制度、合同法基本原则、国际环境法与国际投资法等基础理论，例如，在设计《开发规章草案》中的缴费机制模型时，参考了BOT这一国际金融投资模型，在探讨资源利用与环境保护问题时，结合了发展权与人权方面的相关内容。也有对实际问题的具体分析，如，中国在“区域”资源开发过程中面临的现勘探合同履行缓慢、国内主体类型单一且参与度较低等问题，在规划构建“区域”治理的中国模式时，融合了具有中国特色内涵的人类命运共同体理论与具有重要实践意义的“一带一路”倡议。另一方面，本文除了探讨法律制度层面的内容，也对地质调查、矿物种类、矿区分析、开发技术与装备等专业技术领域问题进行了大量研究。例如，在讨论国际海底区域矿产资源开发前景时，分析了多金属结核、多金属硫化物与富钴铁锰结壳的分布、储量与成因。在讨论深海采矿可能对深海环境造成的损害时，分析了当前采矿设备与技术在海下作业的实际情况，梳理了发达国家在技术装备方面的成果。

（二）存在的不足

当前，国际社会正处于国际海底区域资源勘探向开发阶段过渡的时期，截至本文写作完成之时，还尚未有国家正式进入开发阶段。作为本文讨论的基础，《“区域”内矿物资源开发规章》还处于国际社会的广泛讨论中，何时能够通过也尚不确定。从时间角度看，本文的写作主要基于现有国际海洋法制度的理论构想，并未得到实践验证，可能缺乏一定的可操作性。从文献来源的角度看，鉴于过渡阶段这一问题的前沿性，关于这一问题的文献资料较少。本文的参考文献以国际海底管理局网站的公开资料为主，国外关于国际海底资源制度的研究成果发表时间较早，因此，可借鉴的文献材料存在时效性不足与来源局限的缺点。而国内关于本文主题的研究相对较少，参考文献主要来源于国家海洋局官网与大洋协会官网的资料。由于本人一直是学生身份，未曾接触过实务，本文关于实务方面的内容难以获得一手资料。许多数据也因为涉及保密问题而无法通过公开渠道获取。这给本文的写作增加了不少难度。另外，本文的结论主要基于中国的现状与国情，虽有些理想化，但饱含作者对祖国美好未来的希冀。

第二章　国际海底区域资源勘探与开发的法律问题界定

第一节　国际海底区域相关概念界定

国际海底区域是在第三次联合国海洋法会议上出现的一个崭新概念。据计算，这一部分的面积可达287.4×10^{6}平方公里，约占世界海洋总面积的54%。[①]国际海底区域蕴藏着丰富的矿产资源，包括多金属锰结核、块状硫化物和富钴结壳，其金属等级优于陆地上的同类矿物，具有较高的经济价值和战略意义，是目前国际社会公认的近年将进行开发的主要对象。利用这些深海矿物可以确保世界矿物资源的持续消耗和新兴技术的长期生存能力。[②]

界定国际海底区域相关概念，对于本文研究的展开具有重要基础作用。一方面，明确国际海底区域的范围有利于管理与规划“区域”及其资源，保护和保全“区域”海洋环境。另一方面，由于国际海底区域在法律层面与地理层面的含义有所不同，且与公海的概念存在交叉，从学术角度讨论其外延与内涵也更易于相关研究的进行。

---

① International Seabed Authority.About ISA[EB/OL].February 2025, About ISA-International Seabed Authority.Last visited:2024-12-25.

② Luz Danielle O.Bolong.Into the Abyss: Rationalizing Commercial Deep Seabed Mining through Pragmatism and International Law[J].*Tulane Journal of International and Comparative Law*, 2016, (25): 134.

一、国际海底区域及其资源

(一)海洋区域划分情况

《公约》将3.61亿平方公里的海洋主要划分为国家管辖范围内的海域与国家管辖范围以外的海域。[①]国家管辖范围内的海域主要是指领海、专属经济区、毗连区和(外)大陆架,国家管辖范围以外的海域主要是指公海与国际海底区域。[②]国家管辖范围内的海域的管辖权主要依赖于沿海国,国家管辖范围外的海域的管辖权则主要依赖于船旗国,但国际海底区域的管辖权则依赖于国际海底管理局。

《公约》文本不仅严格区分了不同海域的法律性质与管辖权限,也明确规定了沿海国、群岛国、缔约国等不同概念下的国家,在不同海域享有的权利与承担的义务。由于海洋区域的划分直接决定《公约》相关条文的适用情形[③],因此,确定各海域范围不论对理论研究还是实践操作,均具有极其重要的指导意义。

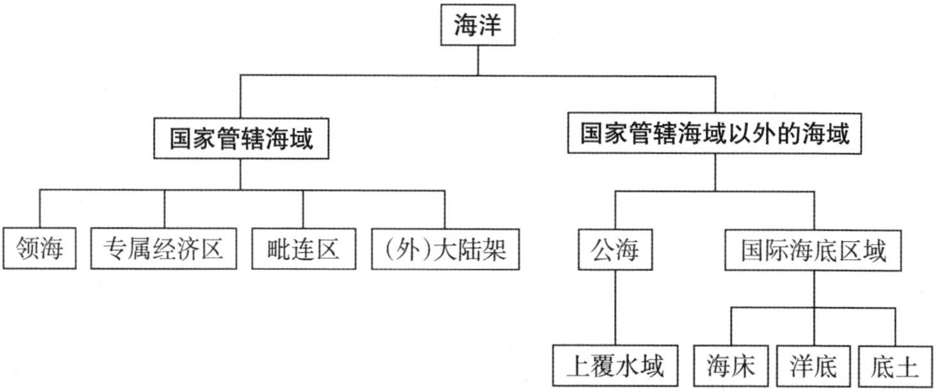

图4 海洋区域划分情况[④]

① 金永明.国家管辖范围外区域海洋生物多样性养护和可持续利用问题[J].社会科学,2018(9):13.

② 理论上,南极地区也属于国家管辖外区域,而北极地区的性质尚不明确。由于本文篇幅有限,关于南北极性质问题在此不做讨论。

③ 不同的海域适用《联合国海洋法公约》中的不同章节。例如,公海海域适用第七部分的规定,国际海底区域适用第十一部分的规定。第十二部分海洋环境保护的内容适用于所有海域。

④ 该图根据1982年《联合国海洋法公约》对各个海域的划分情况制作。

从图4可以很直观地看到，公海与国际海底区域共同构成了国家管辖海域以外的海洋区域，两者是平行关系。公海与国际海底区域主要存在三个方面的区别。第一，从地理层面看，公海指的是海洋的上覆水域，而国际海底区域指的是大洋洋底部分(图5)。

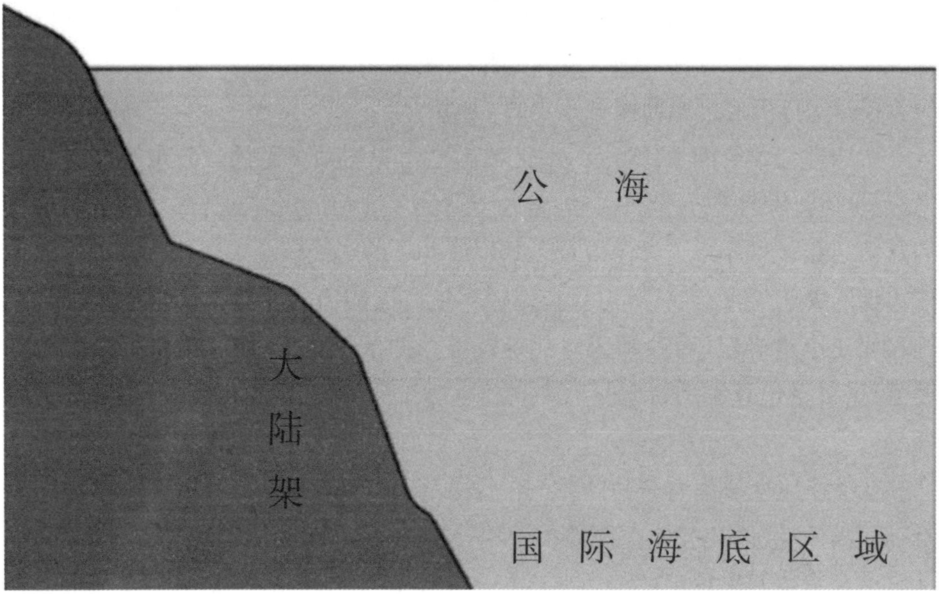

图5　公海与国际海底区域的位置示意图[①]

第二，从法律层面看，《公约》有关国际海底区域的规定主要包括第十一部分，附件三以及《执行协定》。《公约》第七部分则详细规定了各国在公海的权利与义务。很明显，各国在公海与国际海底区域享有的权利与义务大不相同。第三，公海与国际海底区域最重要的区别在于，公海适用公海自由原则，而国际海底区域适用“人类共同继承财产原则”。[②]即便开展同样的活动，在公海与“区域”内受到的法律约束也不尽相同。例如，属于公海六大自由之一的海洋科学研究，若在“区域”进行科学研究活动，须遵守《公约》第143条的规定，专为和平目的并为谋求全人类的利益进行。

① 该图根据1982年《联合国海洋法公约》对公海、国际海底区域、大陆架的规定制作。

② 参见1982年《联合国海洋法公约》第87条，第136条。

（二）国际海底区域的性质

《公约》明确规定，任何国家不应对国际海底区域的任何部分或其资源主张或行使主权或主权权利，任何国家、自然人或法人也不应将“区域”或其资源的任何部分据为己有。[①]任何这种主权和主权权利的主张或行使，或这种据为己有的行为，均应不予承认。国际海底区域是海洋法上比较特殊的组成部分，虽然各国对“区域”及其资源均不享有任何主权或主权权利，但国际社会建立了国际海底管理局代表全人类管理“区域”及其资源的各项活动。

（三）国际海底区域勘探与开发的“资源”

从地理位置层面看，国际海底区域内已发现五种资源：(1)分布于水深4000米至6000米海底，富含铜、镍、钴、锰等金属的多金属结核。(2)分布于海底山表面的富钴结壳。(3)分布于大洋中脊和断裂活动带的热液多金属硫化物。(4)位于大陆边缘的天然气水合物，其总量换算成甲烷气体约为1.8—2.1万万亿立方米，大约相当于全世界煤、石油和天然气等资源总储量的两倍，被认为是一种潜力巨大、可供21世纪开发的新型能源。[②](5)生活于深海热液喷口区和海山区的生物群落。

从法律属性层面看，《公约》第133条的规定，国际海底区域内的“资源”指的是一切固体、液体或气体矿物资源，并不包括其他非矿物资源种类。“区域”已知具有潜在商业开采价值的金属矿产资源主要有多金属结核、富钴结壳和多金属硫化物。其中，多金属结核是最早引起国际社会关注和研究程度较高的深海矿产资源。大洋多金属结核是一种洋底自生沉积矿物集合体，主要分布于各大洋水深4000～6000米的深海盆地，富含铁、锰，同时还含有铜、镍、钴以及钼、钒、锌、钨、钛、稀土、贵金属等有价元素。[③]多金属结核中经济意义最大的金属是镍和钴，其次是铜和锰。最著名的富含镍和铜的多金属结核区位于东赤道太平洋的

① 参见1982年《联合国海洋法公约》第137条第1款。

② 中华人民共和国常驻国际海底管理局代表处.深海底资源概述[EB/OL].http://china-isa.jm.china-embassy.org/chn/gjhd/hdzy/t218967.htm.Last visited:2020-05-22.

③ 多金属结核广泛分布于水深4—6千米的海底，含有70多种元素，全球资源总量约为3万亿吨，有商业开采潜力的资源量达750亿吨。参见国家海洋局海洋发展战略研究所课题组.中国海洋发展报告(2017)[M].北京：海洋出版社，2017:119.

克拉里昂—克利帕顿断裂带(CC区),海底的结核密度可达75kg/m²(湿重)。①CC区多金属结核预估的储量约21×10⁹吨,其中含有锰约6×10⁹吨,这一储量比已知的陆地全部锰储量还要大。同时,CC区多金属结核的镍含量(270兆吨)和钴含量(44兆吨)分别是陆地上储量的3倍和5倍(表1)。②

表1 世界主要海底多金属结核资源区各主要金属元素含量③

	东太平洋CC区	中印度洋海盆	秘鲁海盆	库克群岛
Mn%	28.4	24.4	34.2	16.1
Ni%	1.3	1.1	1.3	0.4
Cu%	1.1	1.0	0.6	0.2
Co%	0.21	0.11	0.05	0.41
Ti%	0.28	0.4	0.16	1.20

早在20世纪60年代,美国、德国、英国、苏联、日本等一些发达国家及其财团、科考队,已陆续开展了海底多金属结核资源的勘查活动。至60年代末,勘查技术、采矿冶炼试验及技术发展研究工作已具有相当规模。伴随着多金属结核勘探技术的发展以及资源勘探活动的现实需求,2000年7月,国际海底管理局大会首先审议通过了《"区域"内多金属结核探矿和勘探规章》(简称《结核规章》),并于2013年颁布了修正案,全面规范"区域"多金属结核的探矿与勘探活动。④

① 王淑玲,白凤龙,黄文星,孙张涛.世界大洋金属矿产资源勘查开发现状及问题[J].海洋地质与第四纪地质,2020,40(03):160-170.

② Hein J R, Spinardi F, Okamoto N etl.Critical metals in manganese nodules from the Cooklslands EEZ, abundance sand distributions[J].*Ore Geology Reviews*, 2015(68): 97-116.

③ 表格内容引自王汾连,何高文,孙晓明等.太平洋富稀土深海沉积物中稀土元素赋存载体研究[J].岩石学报,2016,32(07):2060.

④ 国际海底管理局.国际海底管理局大会关于《"区域"内多金属结核探矿和勘探规章修正案》的决定[EB/OL].22 July 2013, https://www.isa.org.jm/wp-content/uploads/2022/04/isba-19a-9_1.pdf.Last visited:2025-01-31.

多金属硫化物是继多金属结核后人类认识到的又一种全新的海底矿产资源，由于其赋存水深较浅、距离陆地较近，经济价值相对较高，因此，被认为具有较好的开采价值和优势。1979年，人类首次在墨西哥西部海岸附近的东太平洋底发现了热液喷口（或称为“黑烟囱”）（图6）、块状硫化物（图7）及喷口生物，并因其对陆地硫化矿的成矿研究以及海底生物和人类生命起源研究有重要意义而给予了高度关注。其后，在世界各大洋都发现了现代海底热液活动喷口，主要分布在洋中脊、后弧裂谷、海山等区域。20世纪80年代起，有关海底热液硫化物调查的活动比较多地集中于西南太平洋，科考船只先后在马里亚纳、北斐济、劳海盆和冲绳海槽等地发现了海底热液活动和多金属硫化物的分布。根据国际大洋中脊协会InterRidge数据显示，截至2018年，全球发现热液喷口区共计705处，其中探明的活动性喷口区297处，推测的活动性喷口区354处，以及无活动性喷口区54处。[①]2010年5月，管理局大会审议通过了《“区域”内多金属硫化物探矿和勘探规章》（简称《硫化物规章》），通过法律手段规范“区域”内多金属硫化物资源的探矿与勘探活动，[②]进一步完善了国际海底资源勘探与开发制度。

富钴铁锰结壳是产出在海山（图8）、岛屿斜坡和海底高地上的一种潜在海底矿产资源（图9），以Fe、Mn为主要元素且富含Ni、Cu、Co、Mo、Li以及稀土元素等，是多种重要金属元素的潜在来源[③]。其Co含量通常为0.19%—0.74%，最高达1.7%，一般是多金属结核Co含量的4倍多，较陆地原生钴矿高几十倍，因此被称之为富钴结壳或富钴铁锰结壳。[④]同时，由于富钴结壳的生长速率极其缓慢，因此能够记录长尺度古海洋环境和全球变化信息，如古海洋环流、古海洋氧化还原环境、古气候变迁等，是研究古海洋长尺度环境变化及其与全球构造和气候变化关系的重要信息载体。2012年7月，第三部专门管理“区域”勘探活

① Beaulieu, S.E., SZAFRANSKI, K.InterRidge Global Data base of Active Submarine Hydrothermal Vent Fields, Version 3.4[EB/OL].13 October 2016, http://vents-data.interridge.org.Last visited:2024-12-13.

② 国际海底管理局.国际海底管理局大会有关《“区域”内多金属硫化物探矿和勘探规章》的决定[EB/OL].215 December 2010, https://www.isa.org.jm/wp-content/uploads/2022/04/isba-16a-12rev1_1.pdf.Last visited:2025-01-31.

③ Hein J R, Koschinsky A.Deep-Ocean Ferromanganese Crusts and Nodules[J]. *Treatise on Geochemistry*, 2014, 273-291.

④ 姚会强，张晶，李杰等.富钴铁锰结壳年代学研究方法进展[J].地球化学，2018，47(06):627-635.

动的《“区域”内富钴铁锰结壳探矿和勘探规章》(简称《结壳规章》)出台。[①]至此,针对“区域”内三种不同资源的探矿与勘探活动规范性文件已全部颁布并有效实施。

图6 热液喷口[②]

图7 块状硫化物[③]

① 国际海底管理局.国际海底管理局大会关于《“区域”内富钴铁锰结壳探矿和勘探规章》的决定[EB/OL].22 October 2012,https://www.isa.org.jm/wp-content/uploads/2022/04/isba-18a-11_1.pdf.Last visited:2025-01-31.

② 图片来源:360图片.热液喷口[Z].https://image.so.com/v?ie=utf-8&src=hao_360so&q=%E7%83%AD%E6%B6%B2%E5%96%B7%E5%8F%A3&correct=%E7%83%AD%E6%B6%B2%E5%96%B7%E5%8F%A3&ancestor=list&cmsid=d7f1a5e48b1d5b9d69f69c3479a1840b&cmran=0&cmras=0&cn=0&gn=0&kn=0&offspring=a4159355ba4c52053abb3d6e1bb75a1c&multiple=0&gsrc=1&currsn=0&jdx=0#id=004a90bbe0edc6c5a48daf7681885388&itemindex=0&currsn=0&jdx=6&gsrc=1&fsn=60&multiple=0&dataindex=6&prevsn=0.Last visited:2025-01-31.

③ 图片来源:360图片.块状硫化物[Z].https://image.so.com/view?q=%E5%9D%97%E7%8A%B6%E7%A1%AB%E5%8C%96%E7%89%A9&src=srp&correct=%E5%9D%97%E7%8A%B6%E7%A1%AB%E5%8C%96%E7%89%A9&ancestor=list&cmsid=79555cf2a882908acedd7189a9b49709&cmras=6&cn=0&gn=0&kn=0&crn=0&bxn=0&fsn=60&cuben=0&pornn=0&manun=0&adstar=0&clw=284#id=8a7a9608b60c3bb303749e3b44721042&currsn=0&ps=49&pc=49.Last visited:2025-01-31.

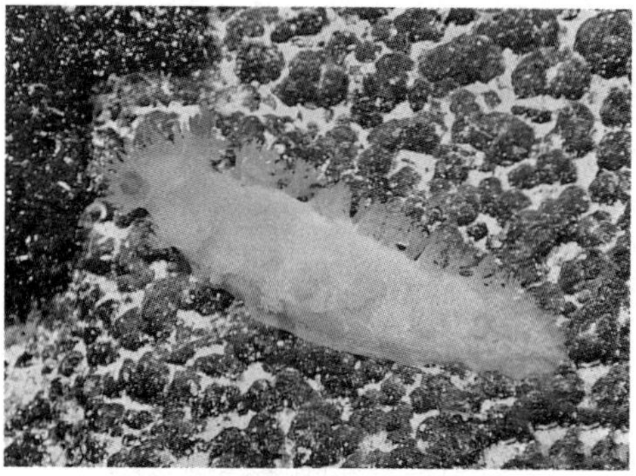

图8 西太平洋海山[①]

图9 西北太平洋采薇山富钴铁锰结壳[②]

二、国际海底区域资源勘探活动

《公约》和海底管理局制定的三个勘探规章对国际海底区域资源活动做出了详细解释，国际海底区域活动是指勘探和开发“区域”资源的一切活动。[③]这类“资源”指的是多金属结核、多金属硫化物和富钴铁锰结壳三类特定的矿产资源。除了勘探与开发这两个重要环节外，还包括前期的探矿活动。由于三者在概念、性质与开展方式方面并不相同，产生的法律效果也完全不同。因而，有必

① 图片来源：360图片.“科学号”西太平洋深海海山考察图[Z].https://image.so.com/view?q=%E6%B7%B1%E6%B5%B7%E6%B5%B7%E5%B1%B1&src=srp&correct=%E6%B7%B1%E6%B5%B7%E6%B5%B7%E5%B1%B1&ancestor=list&cmsid=35ef9c54f179ed05d619ab34070d5b1e&cmras=0&cn=0&gn=0&kn=0&crn=0&bxn=0&fsn=60&cuben=0&adstar=0&clw=245#id=327936d842e0b3bd26696b02a7ba6cf3&currsn=0&ps=53&pc=53.Last visited：2025-01-31.

② 图片来源：360图片.富钴铁锰结壳[Z].https://image.so.com/view?q=%E8%A5%BF%E5%8C%97%E5%A4%AA%E5%B9%B3%E6%B4%8B%E9%87%87%E8%96%87%E5%B1%B1%E5%AF%8C%E9%92%B4%E9%93%81%E9%94%B0%E7%BB%93%E5%A3%B3&src=&inact=1&correct=%E8%A5%BF%E5%8C%97%E5%A4%AA%E5%B9%B3%E6%B4%8B%E9%87%87%E8%96%87%E5%B1%B1%E5%AF%8C%E9%92%B4%E9%93%81%E9%94%B0%E7%BB%93%E5%A3%B3&ancestor=list&cmsid=329f89117fc963b8a3da66f0811bbf46&cmras=0&cn=0&gn=0&kn=0&crn=0&bxn=0&fsn=60&cuben=0&pornn=0&manun=0&adstar=0&clw=284#id=031f11ef6907a35ddc5590972239f6b9&currsn=0&ps=1&pc=1.Last visited：2025-01-31.

③ 1982年《联合国海洋法公约》第1条第1款(3)项。

要从法律角度明确探矿、勘探与开发的定义与法律性质。

(一)国际海底区域资源"探矿"活动概述

《公约》附件三第2条规定了"探矿"的条件,第3条规定了勘探和开发的条件,但并未对"探矿"做出定义,也没有规定有关"探矿"的具体工作内容和工作程度。根据早期一些国家和国际组织的理解来看,"探矿"的内容是测量、探寻矿产,目的是确定海底矿区位置,例如1974年管理局第二期会议,美国提出《海洋法条约关于国际海床区域矿物资源开发的附带草案》中规定,"商业性探矿"是指为确定矿床位置以便进行评价和开发而从事的地球物理和地球化学方面的测量、海底取样、钻探和其他进入海床探测的方式。[①]欧洲共同体八国的工作文件对"探矿"的定义为,对一个广大的区域进行一般性探测,其目的在于收集数据,根据这种数据来确定值得评价的特定区域。[②]日本《关于勘探和开发条件的工作文件》将"一般性探测"定义为,在做出评价以前进行的活动,以期鉴定潜在的矿藏并确定其位置,包括海底取样和钻探。[③]

虽然《公约》文本和附件中并没有明确"探矿"的定义,附件三第3条规定申请者"可向管理局申请核准其关于'区域'内活动的工作计划",而按照《公约》第一部分有关"'区域'内活动"的定义是指勘探和开发"区域"的资源的一切活动,似乎说明在提出申请勘探开发的工作计划以前需要进行"探矿"。这一观点得到部分学者的支持[④],也在管理局后期制定的勘探规章中予以明确。国际海底管理局2000年、2010年以及2013年制定的三个勘探规章中,不仅明确了"探矿"的定义,对其工作内容和程度也做了详细规定。《结核规章》规定,"探矿"是指在不享有任

---

① United States of America:Draft Appendix to the Law of the Sea Treaty Concerning Mineral Resources Development in the International Sea-bed Area.A/CONF.62/C.1/L.6,13 August 1974.

② Belgium,Denmark,France,Germany,Italy,Luxembourg,Netherlands,United Kingdom of Great Briton and Northern Ireland:Working Paper.A/CONF.62/C.1/L.8,16 August 1974.

③ Japan:Working Paper on Conditions of Exploration and Exploitation.A/CONF.62/C.1/L.9,19 August 1974.

④ 有学者认为,"探矿"是为勘探阶段进行的前期准备工作。参见陈德恭.国际海底资源与海洋法[M].北京:海洋出版社,1986

何专属权利的情况下，在“区域”内探寻多金属结核矿床。①

（二）国际海底区域资源“勘探”活动概述

根据《公约》和《执行协定》的授权，海底管理局负责对“区域”活动的开展制定规则、规章，管理局的规章经理事会制定并经大会核准得以适用。②“勘探”在《结核规章》《硫化物规章》以及《结壳规章》中均有明确的定义。③综合《公约》第十一部分、附件三、《执行协定》以及三个勘探规章的规定，可以发现勘探活动具备两个显著的特征。

第一，勘探活动具有时间限制。《公约》附件三第17条规定，勘探应有足够的时间，三个勘探规章把勘探工作计划的时限定在15年，并且规定可以申请延长，每次延长不得超过五年，说明勘探期限至少是15年。但由于没有规定申请延期的次数，可能会出现无限期申请延期的问题。勘探规章规定的延期理由有两种，一种是承包者已做出真诚努力遵守工作计划的各项要求，但由于承包者无法控制的原因不能完成进入开发阶段的必要准备工作，另一种是当时的经济环境下没有理由进入开发阶段，也就是不具备商业开发时机。④事实上，上述两种理由规定的界限存在一定的模糊性，例如，如何定义“承包者已做出真诚努力”？如何判断“当时的经济环境下没有理由进入开发阶段”？一般来说，商业开发时机是根据国际市场资源价格做出判断，但市场价格具有浮动性，这种判断标准可能缺乏一定的客观性。

第二，勘探活动具有独立性。根据《公约》附件三第3条的规定，申请者可以只申请勘探阶段或开发阶段的工作计划。迄今为止，所有的承包者均只申请了勘探工作计划。实践表明，勘探阶段与开发阶段是独立的两个活动，勘探合同承包者并不必然地成为开发合同承包者，这就涉及勘探活动阶段性权利的转化问题。勘探阶段还处于对国际海底资源的探索与勘查阶段，并没有产生实际收益，只有进入开发阶段才有可能获得商业利益，如果承包者完成勘探工作后，不再进

① 2013年《“区域”内多金属结核探矿和勘探规章》第1条第3项(e)款。https://www.isa.org.jm/wp-content/uploads/2022/04/isba-19c-17_1-1.pdf.Last visited:2025-01-31.

② 1982年《联合国海洋法公约》第160条第2款(f)(2)项，第162条第2款(o)(2)项。

③ 2013年《“区域”内多金属结核探矿和勘探规章》、2010年《“区域”内多金属硫化物探矿和勘探规章》以及2012年《“区域”内富钴铁锰结壳探矿和勘探规章》第1条第3款(b)项。

④ 2013年《“区域”内多金属结核探矿和勘探规章》第26条第2款。https://www.isa.org.jm/wp-content/uploads/2022/04/isba-19c-17_1-1.pdf.Last visited:2025-01-31.

行开发工作，那么他在勘探阶段的投资该如何计算？如果承包者完成勘探工作后，又继续进入开发工作，那么在勘探阶段享有的专属权在开发阶段如何体现？勘探阶段又该如何向开发阶段过渡？对于上述问题虽然目前还没有相关法律规定。

应当注意，勘探与探矿是两种不同的行为，存在较大的区别。首先，探矿始于勘探之前，申请探矿者应将其进行探矿的意向通知管理局，由秘书长进行审查后方可开始。一个以上的探矿者可在同一个或几个区域内同时进行探矿，而且没有时间限制，而勘探活动则有明确的期限规定。其次，探矿活动不涉及权属问题，探矿者不能取得对资源的任何权利，但是可以回收部分矿物进行科学研究①，而《公约》规定的"区域"活动只有勘探和开发，且都涉及资源的获取与利用问题。再者，《公约》与三个勘探规章都没有对探矿的责任和义务做出规定，但对勘探活动进行了详细的约束。一般来说，"区域"活动主体申请资源勘探活动之前，必定经过资源调查阶段，这个过程包含初步踏勘、普查以及探矿工作，这些活动为之后勘探活动的可行性做出了科学的评估与分析。但探矿工作并不必须由活动主体亲自进行，可以通过购买方式直接获取相关资料数据。以保留区为例，若申请勘探保留区的资源，申请主体就能直接进行勘探活动而不必再进行探矿工作。当然，无论是出于科学研究的目的，还是出于勘探活动的考量，都应鼓励各国政府、企业参与探矿活动，这也是《公约》附件三所规定的内容。

三、国际海底区域资源开发活动

（一）国际海底区域资源"开发"活动简介

"开发"是指在"区域"内为商业目的回收矿产资源，以及从其中选取矿物的行为。②《公约》规定，"区域"勘探与开发活动的申请者需向国际海底管理局提交工作计划，经其核准，并与之签订勘探或开发合同，实现申请者向"承包者"的身份转变，方能进行"区域"活动。③开发与勘探是性质完全不同的两种活动，勘探是对矿产资源的搜索、定位和预估的投资行为，而开发则是对矿产资源的挖掘、

① 2013年《"区域"内多金属结核探矿和勘探规章》、2010年《"区域"内多金属硫化物探矿和勘探规章》以及2012年《"区域"内富钴铁锰结壳探矿和勘探规章》第1条第3款(e)项。

② 2013年《"区域"内多金属结核探矿和勘探规章》、2010年《"区域"内多金属硫化物探矿和勘探规章》以及2012年《"区域"内富钴铁锰结壳探矿和勘探规章》第1条第3款(a)项。

③ 1982年《联合国海洋法公约》附件三第3条。

提纯、熔炼的加工，以及此后的运输、利用、销售等具有实际收益的活动。《开发规章》不仅要解决资源开采的技术问题，资源开发与深海环境保护的平衡问题，发展中国家与发达国家在“区域”活动中的利益均衡问题，还应当考虑为实现全人类利益，如何设计公平、合理、科学的利益分享机制。因此，与《勘探规章》相比，《开发规章》涉及的内容将更加广泛、复杂。

（二）制定《“区域”内矿产资源开发规章》的法律缘起

《公约》附件三第17条规定，管理局的职责包括制定并统一适用规则、规章和程序。《执行协定》附件二第一节第5条规定，在《公约》生效至第一项开发工作计划获得核准之间的期间，管理局应集中致力于十一项工作，其中一项工作就是“适时地拟订关于开发、包括与保护和保全海洋环境有关的规则、规章和程序。”[①]那么，何谓“适时”？根据《执行协定》附件第一节第15条与《公约》第162条第2款的规定，海底管理局理事会在3种情况下可酌情随时制订与资源开发有关的规则、规章和程序。第一，它认为需要这种规则来管理“区域”内开展的活动。第二，它判定商业性开发即将开始。第三，应缔约国国民要求计划申请核准开采工作计划的缔约国的请求。

2011年管理局召开第17届大会，斐济代表团在理事会会议期间提出，深海采矿即将开始，理事会现在就应当着手进行海底采矿法规的制定工作。[②]尽管斐济代表团的请求并不符合理事会制定《开发规章》的任一前提条件，但却为管理局开始拟定《开发规章》提供了一个合理的契机。并且，管理局又考虑到，第一批多金属结核勘探合同将于2016年到期，[③]提前开始拟定《开发规章》确有必要。因此，理事会接受了这一提议，并请秘书处拟订一份规章制定的战略工作计划，供其在2012年会议上审议。[④]由此拉开了《开发规章》制定的序幕。

---

① 参见《关于执行1982年12月10日〈联合国海洋法公约〉第十一部分协定》附件二第一节第5条规定。

② 斐济代表团.斐济代表团对理事会的发言[EB/OL].22 July 2011，https://isa.org.jm/files/files/documents/isba-17c-22_1.pdf.Last visited：2024-11-25.

③ 第一批多金属勘探合同指的是2001年与管理局签署的6份合同，承包者分别是国际海洋金属联合组织、海洋地质作业南方生产协会、大韩民国政府、中国大洋矿产资源研究开发协会、日本深海资源开发有限公司、法国海洋开发研究所。

④ 国际海底管理局理事会主席.国际海底管理局理事会主席关于第十七届会议期间理事会工作的说明[EB/OL].第20段，21 July 2011，https://isa.org.jm/files/files/documents/isba-17a-2_1.pdf.Last visited：2024-11-25.

(三)《“区域”内矿产资源开发规章》的制定进程

在2012年管理局第18届会议上，秘书处提交了一份关于拟订“区域”内深海矿物(多金属结核)采矿规章的战略工作计划。该计划审查了现行监管制度状况以及拟订开发守则所涉问题，并概述了关于在2014年底之前拟订这一守则的工作计划。[①]2013年，秘书长在第19届大会上的年度报告中提出，由于对深海海底海洋资源开发的兴趣继续上升，管理局的工作量在过去一年中大幅增加。管理局颁发的第一批勘探合同在2001年和2002年签署，并将在2016年和2017年年底到期，预计承包者届时将进行开发。因此，认为现在就必须制定适当的财政制度，以便有能力从事开发的承包者进行开发。[②]

关于《开发规章》制定的具体步骤，《公约》规定了严格的法律程序。《公约》第十一部分规定，管理局设立大会、理事会和秘书处作为其主要机关。理事会作为管理局的执行机关，下设经济规划委员会、法律和技术委员会和企业部(如图10)。法律与技术委员会由具备海洋采矿的经济或法律方面的专门人士组成。其职责之一就是拟订涉及“区域”内的探矿、勘探和开发的规则、规章和程序。因此，该委员会实质上是《开发规章》的直接起草部门。结合《公约》160条第2款、162条第2款与165条第2款关于“区域”法律规则制定的程序性规定，《开发规章》的制定流程应当包含三个法定步骤，首先，由法律与技术委员会草拟《开发规章草案》的基本框架和内容，然后提交其上级机关理事会进行审议。经理事会审议通过后，再将草案提交管理局大会核准。基于上述规定，在收到秘书长的提议后，法律和技术委员会经过内部磋商，于2014年3月10日启动了一项利益攸关方的调查，目的是向管理局成员以及当前和未来利益攸关方征求相关信息，以便制定“区域”内矿物开采监管框架。[③]

---

① 国际海底管理局秘书长.秘书长报告关于拟订“区域”内多金属结核开发规章的工作计划[EB/OL].25Apirl 2012，https://isa.org.jm/files/files/documents/isba-18c-4_1.pdf. Last visited:2024-11-25.

② 国际海底管理局秘书长.国际海底管理局秘书长根据《联合国海洋法公约》第166条第4款提出的报告[EB/OL].22 May 2013，https://isa.org.jm/files/files/documents/isba-19a-2_1.pdf.Last visited:2024-11-25.

③ 国际海底管理局秘书长.国际海底管理局秘书长根据《联合国海洋法公约》第166条第4款提出的报告[EB/OL].4 June 2014，https://isa.org.jm/files/files/documents/isba-20a-2.pdf.Last visited:2024-11-25.

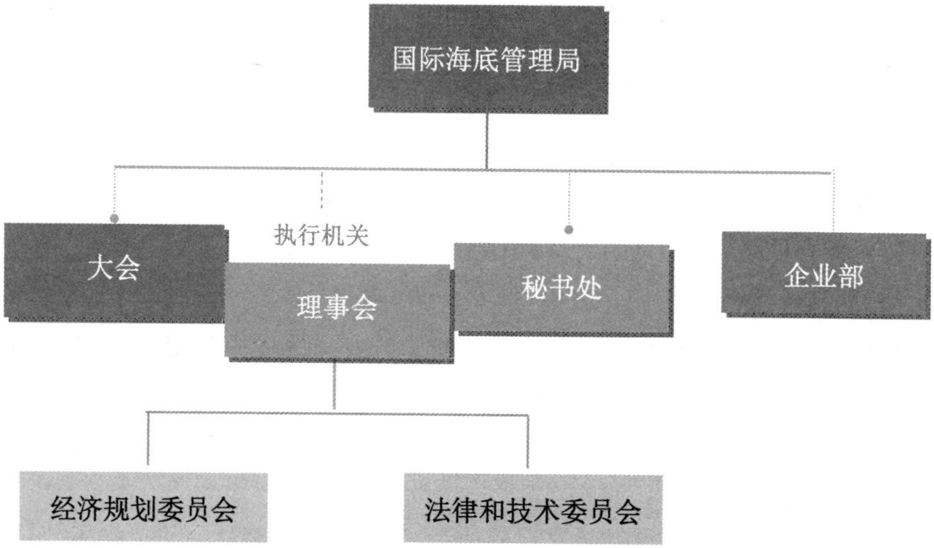

图10 国际海底管理局基本组织结构①

2015年3月13日,管理局法律与技术委员会发布了《"区域"内矿产资源开发规章的草案框架构建》②文件,向管理局各成员及各利益相关方征求意见。其内容包括开发活动的草案框架,与《开发规章》制定相关的13项重点问题以及下一步行动计划。同年7月,管理局召开第21次理事会,法律与技术委员会再次发布了考虑各方意见的《开发规章框架》,确定了与《开发规章》制定相关的7项优先事项,其中第一项为拟定一份开采规章和合同标准条款预稿。③2018年7月,法律

① 本表格根据1982年《联合国海洋法公约》第十一部分第四节,管理局的组织结构的规定进行制作。

② International Seabed Authority.Developing a Regulatory Framework for Mineral Exploitation in the Area[EB/OL].March 2015, http://www.isa.org.jm/files/documents/EN//Survey/Report-2015.pdf.Last visited:2024-11-20.

③ International Seabed Authority.Developing a Regulatory Framework for Deep Sea Mineral Exploitation in the Area, Draft framework, High level issues and Action plan, Version II 15 July 2015, Reviewed and revised for Stakeholder responses to the Report to Members of the Authority and all stakeholders[EB/OL].23 March 2015, http://www.isa.org.jm/files/documents/EN/OffDocs/Rev_RegFramework_ActionPlan_14072015.pdf. Last visited:2024-12-20.

与技术委员会印发了《关于“区域”内矿物资源开发的订正版规章草案》①,供管理局理事会审议。此后,法律与技术委员会在2019年3月的会议上,作为优先事项推进了对规章草案的审议,并根据管理局成员和其他利益攸关方最近就规章草案提交的材料、提交理事会的讨论文件中提出的事项和理事会的反馈意见进行了讨论。理事会认为,通过规章草案是紧迫事项。②为此,同年8月,法律与技术委员会又向理事会提交了一份整理后的《开发规章草案》案文,供理事会继续讨论③。

然而,从目前的勘探合同履行状况看,秘书处在2013年所作的关于资源开发的设想显然过于乐观了。因为截至2025年1月31日,还未有承包者提出开发工作计划。而截至2017年3月24日到期的第一批7份多金属结核勘探合同无一例外的均申请了延期合同,且已申请第二次延期。2021年7月18日到期的多金属结核勘探合同承包者同样也申请了延期。④

但围绕《开发规章草案》的讨论自2018年以来一直是管理局年会的一项必要议程。在2020年2月管理局第26届大会的第一期会议上,《开发规章草案》仍然是会议的重心。秘书处整理了理事会成员在管理局第26届会议第二期会议期间应理事会邀请提出并送交秘书处的具体起草建议,在法律与技术委员会于2019年3月22日编制的《开发草案修订版》的基础上,将起草建议以加注文本的形式反映出来,形成了一份草案修改意见书汇编(简称“意见汇编”)⑤。考虑到《开发

---

① 国际海底管理局.“区域”内矿物资源开发规章草案[EB/OL].July 2018,https://ran- s3.s3.amazonaws.com/isa.org.jm/s3fs- public/files/documents/isba24- ltcwp1- ch.pdf.Last visited:2024-12-20.

② 国际海底管理局理事会.理事会主席关于理事会第二十四届会议第二部分期间工作的声明[EB/OL].July 2018,https://ran- s3.s3.amazonaws.com/isa.org.jm/s3fs- public/files/documents/isba24c-8add1-ch_0.pdf.Last visited:2024-12-20.

③ 国际海底管理局理事会.“区域”内矿物资源开发规章草案[EB/OL].July 2019,https://ran- s3.s3.amazonaws.com/isa.org.jm/s3fs- public/files/documents/isba_25_c_wp1- c.pdf.Last visited:2024-04-20.

④ International Seabed Authority.Polymetallic nodules contractors[EB/OL].Polymetallic Nodules-International Seabed Authority.Last visited:2025-01-31.

⑤ International Seabed Authority Secretariat.Draft regulations on exploitation of mineral resources in the Area,Collation of specific drafting suggestions by members of the Council[EB/OL].17- 21 February 2020,https://ran- s3.s3.amazonaws.com/isa.org.jm/s3fs- public/files/documents/collation_of_specific_drafting_sugges tions_for_posting_0.pdf.Last visited:2024-11-24.

规章》的制定涉及多方利益，之后还需经历多次修改与讨论会议，5年内可能难以完成。事实上也正如此，直至2024年第29届管理局年会闭幕，围绕《开发规章草案》的谈判协商等工作仍在继续。

管理局委员会目前正在就《开发规章草案》进行谈判，为此，理事会设立了非正式工作组和闭会期间工作组，以推进开发法规草案的工作。在2023年7月的理事会会议上，理事会评估了所取得的进展，并就理事会工作的时间表模式达成一致。会议商定，将为理事会的继续谈判提供一份合并文本，包含理事会非正式工作组目前对《开发规章草案》开展的工作汇编。2024年2月，该汇编文本正式发布。①

第二节　国际海底区域资源勘探开发法律制度

1982年《公约》将国际海底区域资源勘探开发制度与管理机构作为一个主要组成部分，反映了广大发展中国家从20世纪60年代以来为制定一项公平合理的新海洋法制度进行长期斗争所取得的巨大成果。不仅推动了国际海底区域资源开发的实现，也为全人类的福利，特别是为发展中国家的发展做出了应有的贡献。

一、深海矿产资源勘探开发的法律规制问题

（一）深海矿产资源勘探开发法律问题的提出

早在100多年前，英国的大洋考察船"挑战者"号进行环球大洋考察（1872—1876），从5000英尺至20000英尺的海底采集到类似垒球大小的矿球，这就是现在所称的"锰结核"或"锰矿球"②。此后，一些其他大洋考察队也屡有发现，但长

① Council.Draft regulations on exploitation of Mineral resources in the Area Consolidated text[EB/OL].16 February 2024, https://www.isa.org.jm/wp-content/uploads/2024/02/Consolidated_text.pdf.Last visited:2024-11-24.

② For the original report see John Murray and Alphonse Frangois Renard, Report on deep-sea deposits based on the Specimens Collected during the Voyage of H.M.S. Challenger in the Years 1872 to 1876, Neill & Co.for H.M.Stationary Office, Edinburgh, 1891.

期处于科学考察阶段。直至20世纪60年代，人们开始认识到这种资源的经济价值，从而进入勘测和勘探阶段。[①]然而，由于大洋面积广阔，至今进行过比较详细勘测的范围仍不足整个海域面积的3%。

以锰结核为例，其对世界未来的金属供应将提供巨大的后备资源。高质量的锰结核大约含有27%的锰、10%的铁、1.3%的镍、1.1%的铜、0.25%的钴，以及0.5%的钼。[②]美国是海底所能生产的四种金属的进口国，进口部分所占的比率分别为：镍，17%；铜，9%；钴，100%；锰，76%。在没有海底金属来源的情况下，美国用于支付进口锰、铜、钴、镍四种金属的费用高达42亿美元。[③]海底金属对于那些金属消费量高，国内陆地资源不足的国家更为重要[④]。鉴于锰结核资源已被发现，未来可能有更多的有价值的资源被发现，国际海底的经济价值越来越为人们所重视。

一方面，一些发达国家的先进技术已发展到可以随意进入5000米甚至更深的大洋底部，对海底矿产进行采样、挖掘，并且经过一系列精炼、提纯等成熟的矿物加工方式，分离出了大量具有商业价值的金属。技术的进步无疑是推动深海资源勘探活动的重要助力。另一方面，在对深海矿产调查、取样、分析后，人们发现这些被埋藏于深海之中的矿产数量庞大，远超现有陆地产量。深海蕴藏的丰富矿产资源恰好是解决陆地资源匮乏危机的良药，对深海资源的开发能够满足地球近百年的运转。人类对资源的渴望是加速深海资源开发的主要动力。

由于发达国家掌握了大部分先进技术，且占据资金优势，为防止他们借此霸占国际海底和掠夺其资源，广大发展中国家提出对国际海底区域及其资源勘探开发进行管制，使之为全人类谋福利的要求。这一要求促使有关国际海底法律制度的建立成为第三次联合国海洋法会议审议的一项重要内容。

---

① Nico Schrijver.Sovereignty over Natural Resources: Balancing Rights and Duties [Z].*Martinus Nijhoff Publishers*, 1997, 215.

② William J.Martin, Jr., San Francisco.Legal Aspects of Seabed Mineral Exploitation, *International Business Lawyer*[J].1975(3): 35.

③ Charles Morgan.A Geological Model of Polymetallic Nodule Deposits in the Clarion-Clipperton Fracture Zone[EB/OL].Briefing Paper 01/12, March 2012, http://www.isa.org.jm/files/documents/EN/Pubs/BPi.pdf.Last visited: 2024-11-02.

④ Luz Danielle O.Bolong.Into the Abyss: Rationalizing Commercial Deep Seabed Mining Through Pragmatism and International Law[J].*Tulane Journal of International and Comparative Law*, 2016(25): 136.

(二)深海矿产资源勘探开发法律制度的形成

第三次联合国海洋法会议的任务是,通过一项处理所有有关海洋法事项的公约。自然国际海底问题便成为一项主要内容。第三次联合国海洋法会议共召开十一期,谈判与审议过程十分艰难。第一期会议处理组织工作事项,建立了处理实质问题的三个委员会,第一委员会负责处理国际海底制度与机构。第二期会议进入实质性问题的协商。在一般性辩论中,关于国际海底制度和机构问题出现三种不同的主张:(1)美、苏和一些发达国家反对建立强大的国际机构,主张实行发执照制度,由国家或私人公司自由参加深海开发;(2)广大发展中国家则主张建立强大的国际机构来管制国际海底的一切活动;(3)部分国家则持折中立场,主张国际机构既可自行开发海底资源,也可向国家或私营公司发执照。第三期会议有关国际海底问题的协商主要是在工作组中以非正式会议方式进行,协商分三个阶段:第一阶段讨论勘探开发的条件,包括管理局的权力范围、管理局与外部实体签订合同的方法和这种合同的基本原则,以及解决合同争端的三项问题。第二阶段,对协商组主席提出的《契约联合企业开发制度》的模式进行审议。第三阶段是在委员会范围内进行,审议管理局的结构、职务和权力。第四期会议对《非正式单一协商案文》在委员会会议上逐条进行审议。第五期会议建立了一个由所有成员国参加的工作组对国际海底问题进行协商。直到第十一期会议,仍集中审议国际海底开发问题,重点审议深海锰结核先驱活动预备性投资保护问题。

经过长达16年的海底委员会和海洋法会议的艰苦斗争,终于制定了一项包括国际海底制度在内的全面的《联合国海洋法公约》,这是广大发展中国家长期斗争的伟大成果。在国际海底制度建立的过程中,发展中国家与发达国家进行了无数次的协商与交锋,因此最终形成的国际海底制度其实也是折中的产物,是发展中国家阵营与发达国家阵营的妥协。[①]根据第三次联合国海洋法会议最后文件决议——《关于国际海底管理局和国际海洋法法庭筹备委员会的建立》。决议规定筹备委员会应由联合国秘书长于50个国家签署或加入《公约》之日起最早60日后最迟90日内召集。根据上述决议筹备委员会于1983年3月召开第一次会议,以后每年召开一、二次会议。筹委会设立四个特别委员会。第一委员会审

---

① Mary Victoria White.The Common Heritage of Mankin.d:An Assessment[J].*Case Western Reserve Journal of International Law*,1982(15):382.

议陆产国问题；第二委员会审议企业部问题；第三委员会审议深海采矿法规；第四委员会审议国际海洋法法庭问题。

在筹委会期间，批准和加入《公约》的行动缓慢，特别是在一个很长时间（到1990年）只有冰岛一个发达国家批准《公约》。1990年7月，联合国秘书长哈·佩·德奎利亚尔采取主动召开非正式会议协商以期《公约》得到普遍参加。他指出，《公约》中关于深海底采矿的规定在某些方面是有问题的，而使有些国家没法批准或加入《公约》。在《公约》通过以来的8年中，已经发生了某些重大的政治和经济变化，显著地影响到《公约》所规定的深海采矿制度。

1994年7月28日。联合国大会对《公约》的决议和协定进行表决，结果得到121票赞成，7票弃权。对十一部分协定的决议，确认该协定应与《公约》第十一部分一起作为单一文书来解释和适用，认为将来批准或加入《公约》亦即表示同意接受协定的拘束。协定和《公约》第十一部分如有任何不一致的情况，以协定的规定为准。协定应在已有40个国家表示同意接受拘束之日后30日生效。该协定已于1996年6月25日生效。

（三）规范国际海底区域资源勘探与开发活动的法律规则

1.《联合国海洋法公约》与《执行协定》

1982年签署的《联合国海洋法公约》是人类历史上篇幅最大的一部国际法典，基本上涵盖了所有海洋问题，被誉为《海洋宪章》。《公约》第十一部分专门规定了国际海底区域制度，附件三规定了探矿、勘探和开发的基本条件，两者作为《公约》的组成部分，具有同等的法律效力。

1994年颁布的《执行协定》作为《公约》的补充协议，与《公约》第十一部分的规定，应作为单一文书来解释与适用。但是，当两者发生冲突时，应优先适用《执行协定》。[①]简单来说，从法律效力上看，《执行协定》是具有与《公约》同等效力的国际条约。从法律内容上看，《执行协定》与《公约》第十一部分、附件三共同构成了一个独立的、专门适用于“区域”的法律文本。从法律拘束力来看，《执行协定》在1994年通过后，任何批准、正式确认或加入《公约》的国家，且已经确认同意接受《公约》的拘束，亦即表示同意接受《执行协定》的拘束。[②]

---

① 参见1994年《关于执行1982年12月10日〈联合国海洋法公约〉第十一部分的协议》第2条。

② 参见1994年《关于执行1982年12月10日〈联合国海洋法公约〉第十一部分的协议》第4条。

截至2020年5月31日,《公约》共有168个缔约方,包括167个国家和欧盟。《执行协定》共有150个缔约方,包括149个国家和欧盟。[①]由于《公约》缔约国都是海底管理局的当然成员,因此,管理局仍有18个已在《执行协定》通过前成为《公约》缔约方的成员,但尚未成为《执行协定》的缔约方。[②]

2. 三部《"区域"内资源探矿和勘探规章》

根据《公约》第153条和《执行协定》第162条规定的任务,拟订和通过深海资源勘探规章和程序是管理局的一项主要立法任务。海底管理局分别于2000年、2010年、2012年,通过了《"区域"内多金属结核探矿和勘探规章》《"区域"内多金属硫化物探矿和勘探规章》和《"区域"内富钴铁锰结壳探矿和勘探规章》。这些规章除了具体规定申请和批准合同的过程以外,还规定了与管理局签订合同的标准条款和条件,适用于所有参与"区域"活动的实体。

从法律性质上看,这三部勘探规章是《公约》授权海底管理局为管理"区域"活动而行使的法定职能。《公约》与《执行协定》是其上位法,勘探规章的内容不得违背或与之相冲突。

3. 《"区域"内矿产资源开发规章》

管理局正在制定的《"区域"内矿产资源开发规章》与三部勘探规章的法律地位相同,都是《公约》授权管理局制定的,专门规范"区域"资源开发活动的法律规章。

4. 其他与之相关的法律规则

《公约》第十一部分、《执行协定》、三部勘探规章和《开发规章》是专门规范"区域"资源活动的国际法律,在上述法律未作规定的情况下,"区域"内出现的法律问题优先适用《公约》其他章节的规定。如,涉及海洋环境保护的问题适用《公约》第十二部分。

---

① 国际海底管理局秘书长.国际海底管理局秘书长根据《联合国海洋法公约》第166条第4款提交的报告[EB/OL].6 July 2020, https://isa.org.jm/files/files/documents/ISBA_26_A_2-2008923C.pdf.Last visited:2024-11-05.

② 18个已在《执行协定》通过前成为《公约》缔约方的成员,但尚未成为《执行协定》的缔约方分别是:巴林、波斯尼亚和黑塞哥维那、科摩罗、刚果民主共和国、吉布提、多米尼克、埃及、冈比亚、几内亚比绍、伊拉克、马里、马绍尔群岛、圣基茨和尼维斯、圣卢西亚、圣文森特和格林纳丁斯、圣多美和普林西比、索马里和苏丹。

二、国际海底区域资源勘探与开发制度概述

《公约》有关“区域”勘探和开发制度的内容主要规定在第153条、第154条与第155条，具体来说，“区域”勘探和开发制度包括平行开发制与保留区制度、缔约国担保制度，以及定期审查制度。《公约》规定，“区域”的一切活动应由海底管理局代表全人类，予以安排、进行和控制[①]。在此基础上，“区域”的实践活动首先应由缔约国进行担保，然后再按照平行开发的方式进行，并由国际海底管理局展开定期审查活动予以监督。

（一）平行开发制与保留区制度

从理论渊源来看，“平行开发制”是与“单一开发制”相对的一种制度，其概念的形成可追溯到第三次联合国海洋法会议。“谁有权勘探开发”国际海底区域资源的问题是第三次联合国海洋法会议谈判的焦点之一。发展中国家根据“人类的共同继承财产原则”，主张应由国际海底管理局代表全人类进行。因此，应建立一个强有力的国际机构，对国际海底及其资源进行管理，并直接进行勘探开发，这就是所谓的“单一开发制”。[②]而发达国家则强调国际海底区域资源的勘探开发，应由具备雄厚资金、掌握技术与设备的国家、国有企业或私有企业进行，国际海底管理局的主要职能是发放勘探开发执照。[③]经过长期协商谈判，会议最终达成协议，规定国际海底区域资源的勘探开发实行所谓的“平行开发制”。《公约》并未直接使用“平行开发制”这一名称，但却规定了其主要内容。“平行开发制”是当时美国国务卿基辛格提出来的一揽子解决办法，主要内容包括保证所有国家进入海底采矿矿址的权利、为企业部提供“矿区银行”制度，以及为使企业部能够作为独立的国际海底管理局部门而行使其职责的经费安排。[④]

“平行开发制”主要具备两方面的内涵。首先，勘探开发国际海底区域资源的主体是管理局与各缔约国，两者是平等的关系。《公约》具体规定了两类主体，一是国际海底管理局的企业部，二是缔约国或国有企业，或在缔约国担保下的具

---

① 1982年《联合国海洋法公约》第153条第1款。

② 张丹.关于国际海底区域法律制度的研究——以保留区及平行开发制为中心[J].太平洋学报，2014，22(03)：11-18

③ 陈德恭.现代国际海洋法[M].北京：海洋出版社，2009：431

④ [斐济]撒切雅·南丹.1982年《联合国海洋法公约》评注[M].毛彬等译.北京：海洋出版社，2009：261.

有缔约国国籍或由这类国家或其国民有效控制的自然人、法人或符合公约规定的上述各方的组合，与国际海底管理局以协作方式进行。上述规定表明，企业部具有独立勘探开发国际海底区域资源的主体资格，而国家、实体则需要与国际海底管理局以协作方式进行国际海底区域资源勘探开发，但不论其是不是发展中国家。从这一角度看，"平行开发制"其实与"人类共同继承财产"这一理念并不完全相符，该制度的形成也是发展中国家向发达国家妥协的产物。

其次，在"平行开发制"的安排下，形成了最具特色的"矿区银行"制度，也称为"保留区制度"。这一制度的具体做法是，除企业部外，任何国家或实体向国际海底管理局提出勘探申请（就保留区提出的申请除外）时，需提出两块具有同等估计商业价值的矿区，由管理局选择一块作为保留区，留给企业部开发或同发展中国家联合开发；另一块则作为合同区，由申请者同管理局签订合同后进行开发[①]。根据《公约》和《执行协定》，企业部和发展中国家及其实体在保留区活动的优先权，企业部有在保留区进行活动的取舍权，可决定自行或成立联合企业勘探开发保留区的资源。在考虑成立联合企业时，企业部应提供发展中国家及其国民有效参加的机会。如果企业部无意在保留区进行活动，则发展中国家或其实体有权申请勘探开发保留区的资源。该规定表明，发达国家或其实体无权单独勘探或开发保留区的资源，参与保留区资源勘探开发的唯一途径是与企业部成立联合企业。

因此，保留区制度设计之初可以说是完全倾向于发展中国家的，对发展中国家的意义重大。但1994年《执行协定》对保留区制度进行了修改，增加了发达国家或其实体参与保留区勘探开发的机会，具体表现在以下两个方面，一是《执行协定》附件第2节第2段规定：企业部初期的深海采矿业务应以联合企业的方式进行。该规定显然扩大了发达国家或其实体以与企业部成立联合企业来勘探开发保留区资源的机会。二是《执行协定》附件第2节第5段规定，提供保留区的承包者，对于与企业部订立勘探和开发该区域的联合企业安排有第一选择权，如果企业部在一定时期内没有提交在该保留区域进行活动的工作计划申请，则提供该区域的承包者应有权申请该区域的工作计划。该项规定意味着，如果某一保留区是由发达国家或其实体提出的，则该国或该实体不仅以联合企业方式参与该保留区勘探开发的机会大大增加，而且在企业部无意开发的情况下，可以单独

---

① 1982年《联合国海洋法公约》附件三第8条。

进行勘探开发。至此，保留区制度对于发展中国家的优势已大打折扣。

同时，管理局在《结核规章》中沿用了保留区制度，但在《硫化物规章》和《结壳规章》中对保留区制度进行了变革，规定申请者可以选择提供保留区，也可以选择为企业部提供一个联合企业安排中的股份来代替提供保留区的义务。[①]这使得保留区制度愈加弱化，偏离了平行开发制最初设计的主要目的。

（二）缔约国担保制度

《公约》规定，申请"区域"资源勘探开发的申请者必须向国际海底管理局提供由缔约国签署的担保文书，除企业部以外的申请者应由其国籍所属的缔约国进行担保。[②]但是，在"区域"活动中，缔约国具体承担何种责任与义务，《公约》并未详细规定。

2011年2月1日，国际海洋法法庭海底争端分庭关于缔约国担保责任问题发表咨询意见，并于2011年7月国际海底管理局第十七届大会上通过了关于咨询意见的决定。这一决定地做出发端于2008年4月，国际海底管理局收到的两份由瑙鲁担保的瑙鲁海洋资源公司和汤加担保的汤加近海采矿有限公司提交的，在保留区域进行勘探的工作计划的申请。出于担心"区域"勘探活动所造成损害的赔偿责任问题，2010年3月，瑙鲁向管理局秘书长正式提交一份提案，请求就担保国所应承担的义务和责任的相关问题向海底争端分庭征求咨询意见。瑙鲁担心，如果因"区域"内的活动而被追究责任，那么对于发展中国家而言，就可能意味着"失大于得"。因为在某些情况下，这种责任远远超出发展中国家的财政能力，实际上阻碍了发展中国家有效参与"区域"内的活动。[③]国际海底管理局于2010年5月6日通过决定，请求国际海洋法法庭海底争端分庭就以下三个具体问题发表咨询意见。第一，《公约》缔约国在担保"区域"内活动方面具有包括哪些

---

① 参见2010年《"区域"内多金属硫化物探矿和勘探规章》、2012年《"区域"内富钴铁锰结壳探矿和勘探规章》第19条。International Seabed Authority.The Mining Code：Exploration Regulations-ternational Seabed Authority［EB/OL］.https://www.isa.org.jm/the-mining-code/exploration-regulations/.Last visited：2024-11-05.

② 1982年《联合国海洋法公约》附件三第4条第3款。

③ International Seabed Authority.Proposal to seek an advisory opinion from the Seabed Disputes Chamber of the International Tribunal for the Law of the Sea on matters regarding sponsoring State responsibility and liability.Submitted by the delegation of Nauru［EB/OL］.5 March 2010，https://ran- s3.s3.amazonaws.com/isa.org.jm/s3fs- public/files/documents/isba-16c-6_0.pdf.Last visited：2024-12-11.

法律责任和义务。第二,缔约国在担保的实体违法情况下应担负何种程度的赔偿责任。第三,担保国履行担保义务必须采取哪些必要和适当措施。①

关于第一个问题,咨询意见认为,按照《公约》和有关法律文件的规定,缔约国在担保"区域"内活动方面的法律责任和义务,主要包括两大类:第一,"确保遵守"的原则性义务。担保国应确保被担保的承包者遵守合同条款和《公约》及相关法律文书中所规定的义务。这是种"尽职"(Due Diligence)义务,担保国必须尽最大努力确保被担保的承包者履行义务。尽职义务要求担保国在其法律制度范围内采取措施,这些措施应由法律、规章和行政措施构成,所采取的措施必须"合理和适当"。第二,其他的直接义务。一是根据《公约》第153条第4款的规定协助管理局的义务。二是履行《结核规章》《硫化物规章》和《关于环境与发展的里约宣言》②第15项原则所规定的预防性措施(Precautionary Approach)的义务,该项义务也是担保国"尽职"义务的一部分。三是《硫化物规章》中规定的"最佳环境做法"的义务同样适用于《结壳规章》。四是在管理局为保护海洋环境发布紧急命令的情形下,有采取措施确保履行担保条款的义务。五是提供追索赔偿的义务。③

关于缔约国对担保的实体违反《公约》与《执行协定》的规定应承担何种程度的赔偿责任,国内学者对该问题的争议颇大。有学者认为,根据《公约》第139条的规定,"区域"国家担保责任是一种连带赔偿责任,即在担保国未尽应尽义务导致损害时承担连带赔偿责任,此种连带赔偿责任应为补充赔偿责任。④不同意见认为,在担保国需要承担赔偿责任的情况下,其责任的上限是其所担保的承包者的不法行为造成的"实际损害"。然而,也有学者提出,担保国和承包者并不承担连带责任,担保国赔偿责任的存在并不影响承包者承担和履行其赔偿责任。承包者应先于担保国履行赔偿责任,而只有在承包者不能完全赔偿其应负责的损

① International Seabed Authority.Decision of the Council of the International Seabed Authority requesting an advisory opinion pursuant to Article 191 of the United Nations Convention on the Law of the Sea[EB/OL].6 May 2010,https://ran-s3.s3.amazonaws.com/isa.org.jm/s3fs-public/files/documents/isba-16c-13_1.pdf.Last visited:2024-12-15.

② 参见《联合国环境与发展会议的报告》[R].第一卷,1992年6月3日—14日,《环发会议通过的决议》,联合国出版物,决议1,附件一。

③ 高之国,贾宇,密晨曦.浅析国际海洋法法庭首例咨询意见案[J].环境保护,2012(16):51-53.

④ 王岚.国际海底区域开发中的国家担保制度研究[J].学术界,2016(12):205-215

害时,担保国才有义务对未能赔偿的损害部分承担剩余责任。[①]

关于这一争议,分庭在咨询意见中一致认为,担保国的责任源于其未履行《公约》及相关法律文书中的义务,对这种责任的认定必须包含两大要素,一是没有履行《公约》规定的义务,二是发生了损害结果。[②]在担保国负有责任的情况下,担保国承担的并非严格责任,即无过失的责任,而是承担没有履行其"适当注意"义务的责任。对于这种损失的赔偿额度是对实际损害的赔偿,这种责任即使在勘探阶段结束以后仍然有效。赔偿形式取决于实际损害与恢复原状的技术可行性,可以单独或合并采取恢复原状、补偿和抵偿的方式。担保国的责任与所担保的承包者的责任平行存在,不是共同和连带责任,且担保国没有剩余责任。[③]

关于担保国履行担保义务应采取的"合理和适当"措施指的是担保国必须制订法律规章和采取行政措施。而且,担保国的法律规章和行政措施应该在承包者与管理局的合同有效期内一直有效。[④]虽然这种法律规章和行政措施的存在并不是承包者与管理局订立合同的一个先决条件,但是它是担保国遵守其"适当注意"义务和免除其责任的一个必要条件。按照《结核规章》第30条和《硫化物规章》第32条,担保国可以采取的国家措施还应该包括承包者在勘探阶段结束以后的义务。

(三)定期审查制度

《公约》规定,"区域"内资源的一切权利属于全人类,由国际海底管理局代表

---

① 高健军.国际海底区域内活动的担保国的赔偿责任[J].国际安全研究,2013,31(05):36-51.

② International Seabed Authority.Decision of the Council of the International Seabed Authority requesting an advisory opinion pursuant to Article 191 of the United Nations Convention on the Law of the Sea[EB/OL].6 May 2010,pp.52-53.https://ran-s3.s3.amazonaws.com/isa.org.jm/s3fs-public/files/documents/isba-16c-13_1.pdf.Last visited:2024-12-15.

③ International Seabed Authority.Decision of the Council of the International Seabed Authority requesting an advisory opinion pursuant to Article 191 of the United Nations Convention on the Law of the Sea[EB/OL].6 May 2010,pp.56-60.https://ran-s3.s3.amazonaws.com/isa.org.jm/s3fs-public/files/documents/isba-16c-13_1.pdf.Last visited:2024-12-15.

④ 李文杰.也谈国际海底区域担保国的法律义务与责任——国际海洋法法庭第17号"咨询意见案"为基点[J].河北法学,2019,37(01):113-125.

全人类行使。[①]国际海底管理局是公约缔约国按照第十一部分和本协定为“区域”确立的制度组织和控制“区域”内活动，特别是管理“区域”资源的组织。[②]2015年7月，管理局第21届大会做出首次启动第154条定期审查的决定，[③]并于2016年管理局第22届大会，开始对国际海底制度运行情况进行审查[④]。2017年8月7日至18日，管理局第23届大会对第一次定期审查的最后报告做出决定。[⑤]根据《公约》第154条的规定，首次启动定期审查机制，目的是使大会能够根据管理局的经验和管理局所处环境的不断变化，采取或建议其他机构采取措施，促成改进该制度的运作。[⑥]由于此次定期审查是《公约》成立二十多年来的首次启动，因而引发了管理局与各缔约国对审查的内容与方式、操作与执行等方面的诸多思考。

《公约》第154条规定，“从本公约生效时起，大会每五年应对本公约设立的‘区域’的国际制度的实际实施情况，进行一次全面和系统的审查。参照上述审查，大会可按照本部分和与其有关的附件的规定和程序采取措施，或建议其他机构采取措施，以导致对制度实施情况的改进。”根据该条文的规定看，有几个问题值得注意。

首先，对于此次审查的范围，文中提到的“‘区域’的国际制度”不仅包括管理局制定的《结核规章》《硫化物规章》以及《结壳规章》，也包括法律与技术委员会

---

① 1982年《联合国海洋法公约》第137条第2款。

② 1994年《关于执行1982年12月10日〈联合国海洋法公约〉第十一部分协定》附件二第一节第1段。

③ 中华人民共和国常驻国际海底管理局代表处.国际海底管理局第21届会议[EB/OL].http://china- isa.jm.chineseembassy.org/chn/gljhy/jh/t1385078.htm.Last visited：2024-11-15.

④ 中华人民共和国常驻国际海底管理局代表处，国际海底管理局第22届会议，http://china-isa.jm.chineseembassy.org/chn/gljhy/jh/t1395674.htm.Last visited：2019-11-15.

⑤ 国际海底管理局大会.国际海底管理局大会关于按照《联合国海洋法公约》第154条对“区域”国际制度所开展第一次定期审查的最后报告的决定[EB/OL].18 August 2017，https://www.isa.org.jm/sites/default/ files/files/documents/isba-23a-13_0.pdf.Last visited：2024-10-13.

⑥ 国际海底管理局大会.大会关于根据《联合国海洋法公约》第154条对“区域”国际制度进行第一次定期审查的工作范围[EB/OL].第2段，29 September 2015，https://rans3.s3.amazonaws.com/isa.org.jm/s3fs-public /files/documents/isba-21a-9rev1_0.pdf.Last visited：2024-12-15.

的相关指南、环境保护方面的制度等所有与“区域”有关的国际制度。除了审查与“区域”有关的国际制度的执行情况，“区域”内各项活动的实际情况，还包括管理局各机关和附属机构的实际运作情况，以及是否已有效履行《执行协定》规定的职责等。因此，此次审查内容非常全面。其次，从审查的时间来看，虽然《公约》规定，“自公约生效时起，每五年……”，但事实上，管理局在此之前从未启动154条的定期审查机制。实际情况是，管理局在2000年通过了《结核规章》[①]，2013年对其进行了修订。最后制定的《结壳规章》于2012年通过。也就是说，直至2012年，三部规章才得以完备。而在这些规章生效后，还需经历一段时期的实施，才能反映出实际的执行情况。同时，在《公约》正式生效后的早期阶段，管理局的履职经验较短，因而也没有必要启动审查机制。正如管理局大会所说的，管理局实施“区域”法律制度的时间尚短，经验尚浅，启动定期审查还为时过早。[②]然而，虽然管理局从未执行第154条定期审查，但这并不表示管理局从未开展审查工作。相反，为了有效管理“区域”内的各项活动，管理局开展了许多审查工作。例如，承包者和秘书长每隔五年对勘探工作计划执行情况进行审查，[③]法律与技术委员会每年定期审查承包者的年度报告[④]。2013年，大会决定设立一项固定管理费47000美元，用于支付合同的管理和监督费用以及根据合同提交的年度报告的审阅费用。同时，每两年审查管理费用数额，以确保该数额继续反映管理局实际和合理产生的费用。[⑤]2014年，管理局第20届大会审议了《硫化物规章》修正案，决定将硫化物勘探矿区申请缴纳费用问题与《结核规章》和《结壳规章》

---

① 1982年《联合国海洋法公约》第162条第(2)款(o)项(2)。

② 国际海底管理局.主席关于大会第六届会议续会工作情况的说明[EB/OL].第8段，14 July 2000，https://ran-s3.s3.amazonaws.com/isa.org.jm/s3fs-public/files/documents/isba-6a-19_0.pdf.Last visited:2024-12-15.

③ 2013年《“区域”内多金属结核探矿和勘探规章》第28条，2010年《“区域”内多金属硫化物探矿和勘探规章》第30条，2012年《“区域”内富钴铁锰结壳探矿和勘探规章》第30条。

④ 2013年《“区域”内多金属结核探矿和勘探规章》附件四勘探合同的标准条款第10节，2010年《“区域”内多金属硫化物探矿和勘探规章》附件四勘探合同的标准条款第10节，2012年《“区域”内富钴铁锰结壳探矿和勘探规章》第6条。

⑤ 国际海底管理局.国际海底管理局大会有关勘探合同管理和监督费用的决定[EB/OL].25 July 2013，https://ran-s3.s3.amazonaws.com/isa.org.jm/s3fs-public/files/documents/isba-19a-12_1.pdf.Last visited:2024-12-15.

统一起来。[①]这是大会对三个勘探规章本身进行的法律审查。当然,以上这些审查活动,从严格意义上说,或许并不符合154条规定的“每五年”“全面”“系统”的要求,因而不属于154条所指的“定期审查”。但实践表明,定期审查的缺席,并不影响管理局执行“区域”法律制度,或是完善“区域”活动监管。

再者,从定期审查的过程看,管理局对此次审查高度重视,从《临时报告》《订正临时报告》到《最终报告》,反复多次修改审查建议。2016年5月15日,英国海景公司(Seascape Consultant Limited)作为此次审查的咨询公司,向秘书处提交了一份《临时报告》(Interim Report)[②]。该报告对管理局各机关及附属机构的具体执行情况进行了初步评估,并提出了一些针对性的改善建议。例如,该报告建议设置一个独立监督委员会,考虑建立企业部和经济规划委员会,进一步讨论发展中国家、垄断、共同遗产、有效控制、主导地位等关键问题的定义[③]。同年12月30日,英国海景公司根据管理局大会第二十二届会议提出的意见和评论,以及来自各利益相关方的诸多意见,经修改后又再次提交了《订正临时报告》。[④]该报告补充了《临时报告》建议的重要性和紧迫性,例如,认为设立独立监督委员是高度重要且非常紧迫的事项,设立经济规划委员会是中度重要且非常紧迫的事项,而

---

① 国际海底管理局.国际海底管理局理事会关于《“区域”内多金属结核探矿和勘探规章》修正案及有关事项的决定[EB/OL].22 July 2013,https://ran-s3.s3.amazonaws.com/isa.org.jm/s3fs-public/files/documents/isba-19c-17_1.pdf.Last visited:2024-12-15.

② Prof.David Johnson,Prof.Philip Weaver,Dr Vikki Gunn,Mr Wylie Spicer QC,Ms Sara Mahaney,Prof.Dire Tladi,Prof.Angel Alvarez Perez and Mr Akuila Tawake.Periodic Review of the International Seabed Authority pursuant to UNCLOS Article 154,Interim report[EB/OL].15 May 2016,https://ran-s3.s3.amazonaws.com/ isa.org.jm/s3fs-public/files/documents/isba-22a-crp.3-1.pdf.Last visited:2024-12-15.

③ Prof.David Johnson,Prof.Philip Weaver,Dr Vikki Gunn,Mr Wylie Spicer QC,Ms Sara Mahaney,Prof.Dire Tladi,Prof.Angel Alvarez Perez and Mr Akuila Tawak.Periodic Review of the International Seabed Authority pursuant to UNCLOS Article 154,Interim report[EB/OL].15 May 2016,Part 12.https://ran-a3.s3.amazonaws.com/isa.org.jm/s3fs-public/files/documents/isba-22a-crp.3-1.pdf.Last visited:2024-12-15.

④ 国际海底管理局.2017年2月3日大会所设根据《联合国海洋法公约》第154条的规定定期审查“区域”的国际制度的委员会主席给国际海底管理局秘书长的信[EB/OL].8 February 2017, https://ran- s3.s3.amazonaws.com/isa.org.jm/s3fs- public/files/documents/isba-23a-3_0.pdf.Last visited:2024-11-18.

设立企业部则是中度重要且中度紧迫的事项。[①]2017年2月3日，审查委员会形成了定期审查"区域"国际制度情况的《最后报告》，[②]该报告认为，应当继续讨论企业部的设立问题，对于监督视察工作人员的适当机制编入战略计划草案中，随后再供大会审议。在2017年8月第23届年会上，管理局大会审议了定期审查委员会提交的《最后报告》，并做出了核准的最终决定。[③]

三、支配国际海底区域活动的法律原则

《公约》载入了1970年联合国大会通过的《原则宣言》中的主要原则，明确规定"区域"及其资源是人类的共同继承财产，[④]任何国家不应对"区域"的任何部分或其资源主张或行使主权或主权权利，任何国家或自然人或法人，也不应将"区域"或其资源的任何部分据为己有，"区域"内资源的一切权利属于全人类，由管理局代表全人类行使。[⑤]

（一）人类共同继承财产原则

马耳他大使帕多在1967年第一届联合国会议上提出著名的"海底是人类共同财产"的议案时[⑥]，"人类共同财产"一词已非创新，有观点认为它应被视为早期

---

① 国际海底管理局.国际海底管理局审议关于《联合国海洋法公约》第154条定期审查"区域"的国际制度情况的临时报告[EB/OL].29 January 2017，https://www.isa.org.jm/news/isa-review-committee-meets-kingston.Last visited：2024-11-18.

② 国际海底管理局.关于国际海底管理局按照《联合国海洋法公约》第154条的规定定期审查"区域"的国际制度情况的最后报告[EB/OL].8 February 2017,https://ran s3.s3.amazonaws.com/isa.org.jm/s3fs-public/files/documents/isba-23a-3_0.pdf.Last visited:2024-10-18.

③ 国际海底管理局.国际海底管理局大会关于按照《联合国海洋法公约》第154条对"区域"国际制度所开展第一次定期审查的最后报告的决定[EB/OL].18 August 2017，https://ran- s3.s3.amazonaws.com/isa.org.jm/s3fs- public/files/documents/isba- 23a- 13_0.pdf. Last visited：2024-11-18.

④ 1982年《联合国海洋法公约》第136条。

⑤ 1982年《联合国海洋法公约》第137条。

⑥ In the same year that Ambassador Pardo addressed the General Assembly，the World Peace through Law Conference adopted a resolution（Resolution No.15）calling on the United Nations to declare the high seas the common heritage of mankind and issue a proclamation declaring the non-fishery resources of the high seas and the seabed to be made subject to the jurisdiction and control of the United Nations on behalf of mankind as a whole.This resolution was quoted by Ambassador Pardo in his presentation of the Maltese proposal to the First Committee（A/C.1/PV 1515，1 November 1967，para.104）.

自然法理论关于"全球公域"的一个组成部分。[①]马耳他大使提出议案之时被认为是决定性的时刻,因为这推动了召开第三次联合国海洋法会议的决定。从广义上看,人类共同利益(common interest)的概念可以追溯到二十世纪下半叶,在跨领域的国际协定的发展中得到确认,包括人权、文化遗产、劳工、公共卫生、电信、外层空间、南极洲和环境。[②]从海洋法领域看,认识到人类在维护全球重要地区方面的共同利益,"人类共同继承财产原则"是管理海洋空间的一种新方法。[③]

"人类共同继承财产原则"在实施之初异常艰难。《联合国海洋法公约》于1982年12月在牙买加开放签字,由于《公约》应在60份批准书或加入书交存之后十二个月生效,[④]因此,从太平洋岛国斐济第一个批准《公约》至1993年11月16日第60个国家圭亚那交付批准书,《公约》终于在1994年11月16日正式生效。《公约》之所以经历了12年时间才生效,主要障碍之一就是大多数工业化国家反对第十一部分中所载的深海海底采矿规定。而这些反对意见在很大程度上,源于对共同财产原则完全不同的解释。[⑤]"人类共同继承财产原则"其实是一个比较宽泛的框架性原则,对其本身的含义进行精确的法律定义非常困难。学界对"人类共同继承财产原则"包含的具体内容、义务和责任的范围,实施方式与法律约束效力等方面,存在诸多不同的观点与立场,有学者甚至认为,这一概念具有国际习惯法的地位。[⑥]然而,就海洋法领域而言,该原则仅作为一个法律概念,规定在《公约》第136至141条中。《公约》第136条关于"人类共同继承财产原则"的规定被认为是一项基本原则。第311条规定,禁止公约缔约国对有关共同继承财产的基本原则做出任何修正,或参加任何减损该原则的协议。[⑦]第137条、

---

① Michael W.Lodge.The Common Heritage of Mankind[J].*The International Journal of Marine and Coastal Law*,2012(27):734.

② A.Kiss.The Common Heritage of Mankind: Utopia or Reality [J].*International Law*,1984-1985(40):423-441.

③ Andrew Pullar.Fisheries, Forests, and the Common Heritage of Mankind[J].*Public Interest Law Journal of New Zealand*,2013(02):7.

④ 1982年《联合国海洋法公约》第308条第1款。

⑤ See L.F.E.Goldie.A Note on Some Diverse Meanings of "The Common Heritage of Mankind"[J].*Syracuse Journal of International Law and Commerce*,1983(10):69-112.

⑥ Kudirat Magaji W.Owolabi.The Principle of the Common Heritage of Mankind [J].*Nnamdi Azikiwe University Journal.International Law & Jurisdiction*,2013(51):5.

⑦ 1982年《联合国海洋法公约》第311条第6款。

140条和141条对第136条进行了更加详细的说明，在法律上明确了共同财产的概念。

截至目前，"人类共同继承财产原则"在"区域"资源勘探阶段已经得到了有效的实施，这主要表现在两个方面。一方面，《公约》缔约国按照第十一部分和1994年《执行协定》，为国际海底区域确立了制度组织，并控制"区域"内的相关活动，特别是为有效管理"区域"矿产资源，专门建立了"国际海底管理局"[①]，代表全人类行使"区域"内资源的一切权利。管理局自1994年开始作为一个自治的国际组织正式就职，至今已成立21年，其有关"区域"的出色工作表现得到国际社会的一致认可。管理局的建立与运作即是"人类共同继承财产原则"在实践中实施的代表机构。另一方面，人类共同继承财产还包括一些与之密切相关的元素，这些元素被宽泛地称为"人类利益"，包括平等参与、合理利用资源、环境管理、公平分享财政和经济利益。例如，在达成1994年《执行协定》的过程中，发展中国家为促使工业化国家接受《公约》，做出了巨大的让步，包括放弃《公约》附件三所规定的采矿合同每年100万美元的固定费用[②]。同时减少了勘探合同申请人支付的费用的50%[③]。又如，在2011年，发展中国家担保的私营实体的勘探合同获得批准[④]，这为发展中国家在深层次上的平等参与提供了一条途径。同时也是"人类共同继承财产原则"的实践典范。

（二）专为和平目的利用"区域"

《公约》第141条规定，"区域"应开发给所有国家，专为和平目的利用。但是，《公约》全文并未给出"和平目的"的具体含义。《公约》的序言部分指出，"认识到有需要通过本公约，为海洋建立一种法律秩序，以便利国际交通和促进海洋的和平用途，海洋资源的公平而有效的利用……"最初，这是一个自我解释的概念，但是今天，许多国家对其概念产生了不同的理解。[⑤]从《公约》的起草过程看，"和平

① 1994年《关于执行1982年12月10日〈联合国海洋法公约〉第十一部分协定》附件二第一节第1条。

② 1982年《联合国海洋法公约》附件三第13条第3款。

③ 1994年《关于执行1982年12月10日〈联合国海洋法公约〉第十一部分协定》附件二第八节第3款。

④ 此处发展中国家担保的私营实体的勘探合同指的是2011年7月22日，由秘鲁担保的瑙鲁海洋资源公司与管理局签订合同。

⑤ Zhonghai Zhou, International Law [M].Beijing: Beijing Publishing House, 2006: 443.

目的”始终贯穿全文。1972年8月，海底委员会正式批准了《公约》所规定的有关海洋法的主题和问题。该文件包括关于“和平利用海洋空间，和平与安全地带”的主题。拉丁美洲国家在建议中指出，国际海底区域应向所有国家开放，不论是沿海还是内陆国，以及和平利用海洋。中国代表团提交的工作文件也涉及贸易和“其他和平目的”。①从条文上看，《公约》第103条规定了海洋的和平使用，第88条规定了公海的和平利用。前言部分也强调了海洋的和平利用，“希望以本公约发展一九七〇年十二月十七日第2749号决议所载各项原则，联合国大会在该决议中庄严宣布，除其他外，国家管辖范围以外的海床和洋底区域及其底土以及该区域的资源为人类的共同继承财产，其勘探与开发应为全人类的利益而进行。相信海洋法的编纂和逐渐发展，将有助于按照《联合国宪章》所载的联合国宗旨和原则巩固各国间符合正义和权利平等原则的和平、安全、合作和友好关系，并将促进全世界人民的经济和社会方面的进展。”应当认为，《公约》前言的详细表述是“和平目的使用海洋”的真正含义。

从法律渊源上看，“区域”专为和平目的利用这一概念，与人类共同继承财产一样，也是通过帕多大使在1967年提出的倡议而被引入海洋法领域当中。他提议，第22届联合国大会议程应额外包含该内容。联合国大会听取了该建议，并将主题修改为“审查国家管辖范围外的海床、洋底及其底土，专用于和平目的，对于其资源的使用是为全人类利益。”②1970年，联合国发布了《关于和平利用国家管辖范围外的海床洋底及其底土的原则宣言》，取得的最为重要的工作成果就是，宣布国际海底区域应“完全开放并用于和平目的”的原则。③进而，这一内容被确立于1980年《公约》草案序言声明的第四段。最终，促进“和平利用海洋”被认为

① Official Records of the General Assembly.Supplement No.21(A/872 1)and para.23.The Seabed Committee was introduced to prepare the list of subjects and issues by General Assembly Resolution 2750 C(xxv)of Dec.17, 1970.A/CONF.62/28 of Jun.20, 1974 and A/CONF.62/29 of Jul.2, 1974.See also the explanation of the President of the conference in UNCLOS 1II.Official Records, Vol.1, at 40, para.9.

② Official Records of the General Assembly, 22nd session, Supplement No.16(A/6716), p.VII, agenda item 92.Pardo´s original proposal in A/6695, 18 August 1967.

③ The area shall be open to use exclusively for peaceful purposes by all states, whether coastal or land-locked, without discrimination, in accordance with the international regime.

是通过《公约》建立起的海洋法规则目标之一。[①]“海洋应用于和平目的”的原则适用于国际海底区域和所有海上活动,代表了一般国际法和联合国关于海洋法的一些基本原则的明确适用。

(三)海洋环境保护原则

近年来,“区域”勘探活动正在如火如荼地进行,未来还将开展大规模的资源开发活动,直接或间接导致的海底环境问题早已成为国际社会关注的焦点。“区域”属于全人类共同继承财产,对于“区域”环境的破坏也势必影响到全人类,并且也会给后世子孙留下环境隐患。因此,在勘探开发“区域”资源时,应当尤其注意环境保护问题。从现状看,“区域”活动给海洋环境造成的损害主要来自三个方面。第一,因“区域”资源勘探开发活动给深海海底生态系统造成的直接损害,例如深潜器、海底机器人、机械手深入海底区域作业时,细微的人为疏漏、机器故障、输油管破裂,都会给海底脆弱的原始生态系统造成无法修复的永久性破坏。第二,海底探测器、摄像头等设备在深入海底过程中可能会触碰到海洋生物或微生物,深潜机器在海床的作业也会碾压到栖息于海床上方的海洋生物群落,因而给海洋生物资源造成巨大威胁。第三,过度勘探开发“区域”资源可能会导致海底矿产资源的枯竭,对整个海洋环境造成不可磨灭的损害。除了矿产资源枯竭的问题,“区域”矿产资源勘探开发中给环境带来的最严峻问题主要在于对整个海洋生态圈的破坏。海底矿产资源的开发,难以避免地会释放大量含油物质,久而久之将影响海洋水质。而海底开发平台的设立有可能会改变部分海底的地形,影响海底结构的稳定。开发过程中产生的噪声与废物将有害于海洋生物的生长与繁殖,最终导致海洋生物多样性的下降。由于这种损害具有不可逆转的特征,因而尤其需要引起国际社会的重视。此外,“区域”环境污染还会对海洋经济产业造成冲击,例如,深海渔业资源。

有关“区域”海洋环境保护问题主要规定在《公约》第145条与海底管理局制定的三个勘探规章中。从《公约》、管理局规章以及实践角度看,国际海底区域环境保护的主体主要是海底管理局、承包者与担保国。首先,管理局是代表全人类管理和保护国际海底区域的组织,在国际海底区域环境保护方面,拥有广泛的职权。承包者是国际海底区域活动的直接主体,对于其国际海底区域内活动对海

---

① para.5(b) in the Report of the President on the Work of the Informal Plenary Meeting of the Conference on the Preamble, A/CONF, and 62/WP.8/part II(Mar.29, 1980),in UNCLOS III,Official Records,Vol.13,at 79.

洋环境造成的污染和危害应承担主要的责任。担保国是为实体在国际海底区域从事勘探开发活动提供担保的国家,对于国际海底区域环境的保护也需要承担相应的责任。[①]

为了有效实现“区域”环境保护的目标,各国应当严格遵守《公约》与管理局的相关规定。同时,也应当制定相关的国内法。我国2016年颁布的《深海法》,就“区域”环境保护问题专门制定了一章,切实落实了我国作为“区域”勘探合同承包者的环境保护义务。

第三节　国际海底区域资源勘探与开发的法律问题

2013年,国际海底管理局召开第十九届大会,法律与技术委员会提出,应当进一步制定勘探和开发两者之间过渡期的制度[②],由于首批多金属结核勘探合同即将在2016年到期,尽快制定相应开发规章是管理局面临的重要任务。[③]这一内容表明,管理局明确了当前国际社会正处于“区域”资源由勘探向开发转变的过渡期,并将《开发规章》的制定工作作为过渡阶段最重要的任务。尽管在2016年,第一批到期的7份勘探合同均申请了延期[④],但这丝毫不影响《开发规章》的制定进程。制定《开发规章》是进入开发阶段的前期准备,亦是开发活动的法律依据,有必要在任一开发工作计划申请者提交申请计划前完成该法律文件的编著。

一、《“区域”内矿产资源开发规章》的法律问题

自2011年斐济代表团在管理局大会上提出,要求制定《开发规章》的议案以来,管理局收到了来自《公约》缔约国、代表团、承包者、国际组织、利益攸关方等

① 李文杰.也谈国际海底区域担保国的法律义务与责任——以国际海洋法法庭第17号“咨询意见案”为基点[J].河北法学,2019,37(01):113-125.

② 中华人民共和国常驻国际海底管理局代表处.国际海底管理局第19届会议[EB/OL].http://china-isa.jm.china-embassy.org/chn/gljhy/jh/t1092730.htm.Last visited:2024-12-22.

③ 中华人民共和国常驻国际海底管理局代表处.国际海底管理局第20届会议[EB/OL].http://china-isa.jm.china-embassy.org/chn/gljhy/jh/t1385077.htm.Last visited:2024-12-22.

④ 国际海底管理局.区域内多金属结核和多金属硫化物探查和勘探合同的现状[EB/OL].https://ran-s3.s3.amazonaws.com/isa.org.jm/s3fs-public/files/documents/isba-20c-12_1.pdf.Last visited:2024-12-22.

的近百份意见与建议。从总体上看，管理局与各方代表的关注焦点主要集中在深海采矿的环境监管问题与财务机制方面。

2012年，秘书长在《关于拟订“区域”内多金属结核开发规章的工作计划》中提出，矿产开发框架中最重要的因素，包括关于保护海洋环境免受采矿的有害影响以及财务条款的措施，包括为管理局选定缴费制度。[①]许多代表团对秘书长关于环境保护办法的工作计划表示满意，并对针对企业社会责任、利益攸关方参与、采矿监察局、索赔责任和赔偿、财政制度、关闭计划和报告机制等问题也进行了讨论。[②]在2014年大会上，荷兰提交了一份《“区域”内矿产开采监管框架中的环境管理计划的解释性说明》，荷兰方面尤其重视环保问题，认为《开采规章》应包括下列2项内容：(a)规定管理局有义务制定一项环境管理计划，以此作为授予指定区域开采合同的条件之一。(b)规定承包者有义务及时开展事前环境影响评估和环境影响评估。[③]同年，法律与技术委员对当前收到的利益攸关方的意见进行了总结，有关《开发规章》的建议侧重于四个专题领域：财政条款和义务，环境管理条款和义务，健康和安全及海事安全，利益攸关方沟通和透明度方面的一般性考虑。[④]在2015年大会上，新西兰、澳大利亚、加拿大等代表团特别关注《开发规章》涉及海洋环境保护的问题。其他代表团强调了培训和能力建设的重要性，而且必须让发展中国家获利于海洋资源。[⑤]理事会汇总了这些代表的意见，主要分为环境与财务两个领域。一类代表团主要强调保

---

① 国际海底管理局.关于拟订“区域”内多金属结核开发规章的工作计划秘书长报告[EB/OL].第6段，25 April 2012，https://isa.org.jm/files/files/documents/isba-18c-4_1.pdf. Last visited:2024-11-15.

② 国际海底管理局.国际海底管理局理事会主席关于理事会第十九届会议工作的说明[EB/OL].第19段，24 July 2013，https://isa.org.jm/files/files/documents/isba-19c-18_1.pdf.Last visited:2024-11-25.

③ 荷兰在管理局20届会议上提交了一份《“区域”内矿产开采监管框架中的环境管理计划解释性说明》，强调《开发规章》的制定应当重点关注环境保护与监管问题。3 June 2014，https://isa.org.jm/files/files/documents/isba-20c-13_1.pdf.Last visited:2024-12-05.

④ 国际海底管理局.法律和技术委员会主席关于国际海底管理局第二十届会议期间委员会工作的总结报告[EB/OL].第22段，16 July 2014，https://isa.org.jm/files/files/documents/isba-20c-20_1.pdf.Last visited:2024-11-15.

⑤ 国际海底管理局.国际海底管理局大会主席关于大会第二十一届会议工作的说明[EB/OL].第11段-12段，5 August 2015，https://isa.org.jm/files/files/documents/isba-21a-11_0.pdf.Last visited:2024-11-15.

护环境的重要性，如，敦促理事会接受新的国际环境法律，呼吁建立环境保护保证机制，向环境保护基金缴费。另一类代表团则希望建立付费机制，优化来自“区域”内矿产资源商业开采的收入，使其保持竞争力。[①]基于国际社会的兴趣焦点，管理局将《开发规章》设计的重点放在了深海环境保护与矿产资源开发的财务机制安排方面。

2015年3月13日，管理局法律与技术委员会发布了《“区域”内矿产资源开发规章的草案框架构建》[②]文件，向管理局各成员及各利益相关方征求意见。同年7月，法律与技术委员会再次发布了考虑各方意见的《开发规章框架》，确定了与开发规章制定相关的7项优先事项，其中第一项为拟定一份开采规章和合同标准条款预稿。[③]2018年7月，法律与技术委员会印发了《关于“区域”内矿物资源开发的订正版规章草案》[④]，供管理局理事会审议。此后，法律与技术委员会在2019年3月的会议上，作为优先事项推进了对规章草案的审议，并根据管理局成员和其他利益攸关方最近就规章草案提交的材料、提交理事会的讨论文件中提出的事项和理事会的反馈意见进行了讨论。同年8月，法律与技术委员会又向理事会提交了一份整理后的《开发规章草案》案文，供理事会继续讨论[⑤]。

① 国际海底管理局.国际海底管理局理事会主席关于理事会在第二十一届会议期间工作的总结报告[EB/OL].第19段-22段，5 August 2015，https://isa.org.jm/files/files/documents/isba-21c-21_0.pdf.Last visited:2024-11-25.

② International Seabed Authority.Developing a Regulatory Framework for Mineral Exploitation in the Area[EB/OL].March 2015，http:// www.isa.org.jm/files/documents/EN//Survey/Report-2015.pdf.Last visited:2024-11-20.

③ International Seabed Authority.Developing a Regulatory Framework for Deep Sea Mineral Exploitation in the Area，Draft framework[EB/OL].High level issues and Action plan，Version II 15 July 2015，Reviewed and revised for Stakeholder responses to the Report to Members of the Authority and all stakeholders，23 March 2015，http://www.isa.org.jm/files/documents/EN/OffDocs/Rev_RegFramework_ActionPlan_14072015.pdf.Last visited:2024-12-20.

④ 国际海底管理局.“区域”内矿物资源开发规章草案[EB/OL].July 2018，https://ran- s3.s3.amazonaws.com/isa.org.jm/s3fs- public/files/documents/isba24- ltcwp1- ch.pdf.Last visited:2024-12-20.

⑤ 国际海底管理局.“区域”内矿物资源开发规章草案[EB/OL].July 2019，https://ran- s3.s3.amazonaws.com/isa.org.jm/s3fs- public/files/documents/isba_25_c_wp1- c.pdf.Last visited:2024-12-20.

2020年，秘书处整理了理事会成员在管理局第26届会议第二期会议期间应理事会邀请提出并送交秘书处的具体起草建议，在法律与技术委员会于2019年3月22日编制的《开发草案修订版》的基础上，将起草建议以加注文本的形式反映出来，形成了一份草案修改意见书汇编（简称"意见汇编"）①。在2023年7月的理事会会议上，理事会评估了所取得的进展，并就理事会工作的时间表模式达成一致。会议商定，将为理事会的继续谈判提供一份合并文本，包含理事会非正式工作组目前对《开发规章草案》开展的工作汇编。2024年2月，该汇编文本正式发布。②不过，直至2024年第29届管理局年会闭幕，围绕《开发规章草案》的谈判协商等工作仍在继续。

本文认为，《开发规章》的制定首先应当解决承包者利益保护的内容。理由主要有三点。承包者作为"区域"活动的直接主体，在《开发规章》对其设定环境监管、财政缴费等法律义务的同时，也应当赋予其相应的合同权利，使承包者的权利与义务相对均衡。作为义务的承担者，承包者对《开发规章》的制定应当掌握一定程度的发言权，至少能够获得《公约》明文规定的承包者的优先权、专属权。目前的《规章》草案对于承包者的规定有失公平，一定程度上损耗了承包者参与深海活动的积极性。其次，资源开发活动以勘探工作的完成为先决条件，所以，讨论《开发规章》的制定，必然离不开对前期勘探工作的承认、转化和衔接方面的安排，而这些内容目前并未包含在《开发规章》中，这显然是存在疑问的。

综上所述，国际海底区域从勘探向开发转化的过渡阶段主要涉及三个核心问题，一是如何保护承包者在整个国际海底区域活动中的合法权益，二是如何平衡深海资源开发与环境保护这两者的关系，三是如何科学合理地构建与资源开发有关的财务机制。

---

① International Seabed Authority.Draft regulations on exploitation of mineral resources in the Area,Collation of specific drafting suggestions by members of the Council [EB/OL].17- 21 February 2020, https://ran- s3.s3.amazonaws.com/isa.org.jm/s3fs- public/files/documents/collation_of_specific_drafting_sugges tions_for_posting_0.pdf.Last visited: 2024-12-24.

② International Seabed Authority.Draft regulations on exploitation of Mineral resources in the Area Consolidated text[EB/OL].16 February 2024, https://www.isa.org.jm/wp-content/uploads/2024/02/Consolidated_text.pdf.Last visited: 2025-02-01.

二、中国在国际海底区域活动中面临的法律问题

《开发规章》一旦出台，意味着将对所有海底管理局成员产生约束力，这就涉及各国对其所参与的国际条约的履约问题。对于现行的深海法律制度，中国积极认真地履行了相关国际义务。今后，《开发规章》的出台也将约束中国在“区域”的开发活动，可以说，《开发规章》或将直接决定中国在开发阶段的路径选择。因此，有必要提前分析《开发规章》可能带来的影响，为中国下一步工作进行预判。

（一）中国关于“区域”法律制度的履约情况

《维也纳条约法公约》第26条规定了“有约必守”的国际法基本原则，即“凡有效之条约对其各当事国均有拘束力。”尽管《联合国海洋法公约》并未规定完整的“遵约或履约机制”，但就管理局对“区域”活动的长期监管情况看，各个承包者与缔约国的活动均严格遵守“区域”法律规定展开。

《公约》第166条第4款规定，秘书长应就管理局的工作向大会提出年度报告。据此，从1997年管理局第3届大会开始至2020年第26届大会，秘书长共提交了24份年度报告。这些报告的内容主要涉及管理局成员、代表团、行政与财务事项的变动，上届会议的回顾，勘探合同与“区域”活动发展情况，管理局工作内容与成果等等。[①]其中，与“区域”活动承包者直接相关的应是“监督勘探合同”。从2001年第一份勘探合同签订后，秘书长每年的报告基本都包含该项内容，详细记录了各个勘探合同的履行现状。从国际义务的角度看，勘探合同承包者应当履行三个层面的国际法律义务。一是《公约》第十一部分、附件三、《执行协定》规定的原则性义务。二是海底管理局制定的三部勘探规章所规定的义务。三是勘探合同直接规定的具体义务。按照《公约》规定，管理局秘书长应当在每一届年会上公布年度报告，该报告专门总结了各个勘探合同承包者每年履行上述国际义务的实际情况。

从中国的实践情况看，总体上履约状况较好。从2001年至2020年共20份秘书长年度报告的内容来看，中国参与“区域”活动应当且实际遵守了源自三个不

① 国际海底管理局.国际海底管理局秘书长根据《联合国海洋法公约》第166条第4款提交的报告[EB/OL].3 March 2019，https://isa.org.jm/files/files/documents/isba_25_a_2-c_0.pdf.Last visited:2024-12-05.

同身份的国际义务(表2)。第一,作为勘探合同承包者,中国严格遵守了与勘探合同有关的国际义务,如,提供人员培训方案,评估勘探活动对深海环境可能造成的影响,报告勘探活动中实际、直接的勘探支出,按时提交年度报告等。第二,中国作为“区域”活动的担保国,谨遵《公约》关于担保国国内立法的要求,于2016年颁布并实施了《深海法》。第三,在基金捐赠方面,尽管其不属于国际义务,但中国作为《公约》的缔约国,仍然积极主动的贡献了大量捐款。[①]可以说,中国在“区域”勘探阶段的活动不仅履行了“区域”法律制度规定的国际义务,还超越了国际义务的范畴,对国际社会做出了巨大贡献。

表2　2001年至2020年中国关于国际海底区域法律制度的履约情况[②]

	与“区域”有关的国际义务	国际义务来源	启动时间	中国履约情况
一	勘探合同义务			完全遵守
1	提供人员培训方案	《公约》附件三第15条	勘探合同签订后	√
2	评估勘探活动对深海环境可能造成的影响	2001年,法律与技术委员会印发建议,指导承包者评估“区域”内多金属结核勘探活动可能对环境造成的影响。	2002年	√
3	报告实际、直接的勘探支出	2009年,法律与技术委员会印发建议,指导承包者按照《勘探规章》附件4第10节的要求报告实际和直接勘探支出。	2009年	√

① 表格中列举的中国在各个年份的捐赠数额并不详尽,因为多份秘书长年度报告中未具体列明各个国家的捐赠数额。

② 本文梳理了2001年至2020年共20份国际海底管理局秘书长的年度报告,根据管理局历年来对勘探活动的监管情况的介绍,总结出现行国际海底区域活动法律制度对中国提出的国际义务要求,以及中国对这些国际义务的履行情况。表格中包括了中国历年来对管理局的捐赠情况,数据方面虽不详尽,但也足以表明中国参与深海活动的积极态度。

续表

	与“区域”有关的国际义务	国际义务来源	启动时间	中国履约情况
4	提交年度报告	《勘探规章》附件五第十节	勘探合同签订后，每年第四季度提交报告	√
二	制定有关深海底采矿的国内法律和规章	《公约》附件三第4条，要求担保国在本国法律制度内通过法律规章并采取行政措施。	2011年2月1日，国际海洋法法庭海底争端分庭提出的咨询意见。	2016年，中国颁布《深海法》；2018年，提交了国家海洋局发布的三份涉及“区域”内勘探活动的规范性文件。
三	国际基金捐赠	非强制性义务		
1	法律和技术委员会自愿信托基金捐赠	2002年管理局大会设立，以资助来自发展中国家的法律与技术委员会成员及财委会成员出席会议。	2002年	①2017—2019年，中国每年捐赠20000美元。 ② 2009年，捐赠20000美元。
2	“区域”内海洋科学研究基金捐赠	2006年管理局大会设立，以促进和鼓励为全人类利益在“区域”内进行海洋科学研究。	2006年	2019年，捐赠20000美元。
3	向管理局提供预算外资助的信托基金	2018年3月秘书长设立，为管理局的活动提供预算外支。	2018年	①2020年，中国捐款占比10.661%。 ② 2019年，捐赠30000美元。

(二)制定《“区域”内矿产资源开发规章》对中国的影响

中国在国际海底区域资源活动中具有三重身份，勘探合同的承包者，“区域”活动的担保国，以及《公约》的缔约国。管理局正在制定的《开发规章》将给中国带来的影响也将反映在这三个层面上。

1.《开发规章》对中国勘探合同承包者身份的影响

目前，中国大洋协会、中国五矿集团、北京先驱高新技术开发公司三位中国承包者,总共获得了五块"区域"专属勘探矿区。未来,这些承包者将步入资源开发的行列,《开发规章》作为直接约束开发承包者开发行为的法律文本,对其意义重大。从正面来看,《开发规章》是一部指导开发承包者活动的行为准则。与《勘探规章》对勘探活动的指导意义相同,《开发规章》将涵盖所有与开发活动有关的事项,从法律上明确规范开发活动。从反面来看,《开发规章》其实也为开发承包者提供了法律层面的保障。《执行协定》第一节第15条(a)款规定,经缔约国的请求,理事会可以着手拟订《开发规章》。由于斐济代表团在2011年提出了相关请求,所以管理局开始研究《开发规章》的制定工作。但是,该条(c)款同样规定,若有承包者在《开发规章》尚未出台前申请开发工作计划,理事会仍应根据《公约》中的规定和理事会已制定的任何规则、规章和程序,或根据《公约》内所载的准则和本附件内的条款和原则审议和暂时核准该工作计划。[①]该条表明,承包者申请开发工作计划时并不必然要求《开发规章》已经制定完成,因为此时仍然可以根据现有的国际法规则进行资源开发。然而,在《开发规章》未颁布之前进行开发,可能会导致部分开发行为处于"无法可依"的失序状态,这显然是极度"危险"的,因为承包者的权益也无法通过《开发规章》获得法律保护。

从中国承包者的角度看,这种情况存在很大的风险。就中国目前的技术水平来看,在短期内难以实现大规模的商业开采。只有部分发达国家满足开采技术条件要求。倘若这些国家在《开发规章》未出台前,率先申请开发工作计划,将会使中国承包者失去先前已经获得的优势地位,失去资源开发的"先机"。并且,缺少法律规制下的开发活动,很可能会导致"区域"陷入"公地悲剧"的困境。若发达国家利用先进技术肆意掠夺"区域"资源,必然会给发展中国家带来巨大损失,破坏"区域"早已建立的"人类共同继承财产原则"。

2.《开发规章》对中国担保国身份的影响

2019年7月版的《开发规章草案》第6条规定,担保国应当按照《公约》第139条、第153条第4款和附件三第4条承担责任。具体指担保国负责在其法律制度范围内,确保所担保的承包者遵守《公约》与合同条款规定的义务。若担保国未履行《公约》义务而造成损害,对其负有赔偿责任。《开发规章草案》的这些规定清晰地列明担保国应承担的法律义务。中国作为担保国必然要承担上述义务,这

---

① 参见《关于执行1982年12月10日〈联合国海洋法公约〉第十一部分协定》附件第一节第15条(c)款。

就要求中国在从事“区域”活动时表现得更为谨慎。因为，违反上述义务，可能会导致国家责任的问题。

3.《开发规章》对中国缔约国身份的影响

勘探规章规定，缔约国、法律与技术委员会和承包者可以随时要求理事会修改规章。①《开发规章草案》第106条也做了相同规定。这一条款规定了缔约国对《开发规章》的审查权。事实上，《开发规章》正是各缔约国共同协商讨论形成的法律文本，在其出台后，将对所有《公约》缔约国产生约束力。

（三）中国现阶段面临的挑战

在当前国际环境下，中国面临的挑战主要来自《开发规章》的制定。首先，在承包者权益保护方面，中国承包者面临合同专属权的实现、勘探合同履行进度缓慢、勘探活动主体单一这三大问题。如何解决这些问题，最大程度的保护中国承包者的合法权益，鼓励国内承包者参与“区域”活动则是比较关键的问题。其次，在进入资源开发阶段之前，中国承包者还需妥善处理矿产资源开发与深海环境保护、人类发展权与生态保护目标这两组矛盾。考虑到中国自身的环保技术薄弱、绿色技术转让作用有限，深海资源开发设置较高的环保标准无疑是为中国承包者增加了更大的难度。再者，关于资源开发中的财务机制设计问题，同样也需要中国思考如何建议管理局，在《开发规章》的制定过程中，强调更加公平、合理、科学的缴费方式与利益分享方式，以满足发展中国家的需求，并对中国承包者最有利。这些现实问题对中国承包者在未来如何从勘探阶段顺利转入开发阶段提出了新的挑战。

本章主要对国际海底区域资源勘探与开发的法律问题进行了界定，包括对本文研究对象“国际海底区域勘探与开发的资源”的界定，研究对象所处的特定语境“国际海底区域”界定，涉及的主要概念“探矿、勘探与开发”的界定。总的来说，《公约》有关国际海底区域矿产资源开发制度的形成，历经了艰苦复杂的谈判过程。由于发展中国家的妥协，最终推动“区域”资源勘探开发制度的执行协议得以通过。“区域”制度实施至今已取得显著成就。“人类共同继承财产原

① 2013年《“区域”内多金属结核探矿和勘探规章》第42条第2款，2010年《“区域”内多金属硫化物探矿和勘探规章》以及2012年《“区域”内富钴铁锰结壳探矿和勘探规章》第44条第2款规定，如果在知识增加或技术改进的情况下，勘探规章显然不敷使用，则任何缔约国、法律和技术委员会或任何承包者通过其担保国随时可要求理事会考虑在理事会下届常会上修订勘探规章。

则”、专为和平目的利用“区域”、保护“区域”环境等原则和目标已是国际社会普遍公认的“区域”活动指南。“平行开发制”与保留区制度、缔约国担保制度、定期审查制度也在深海资源活动中顺利运行。当前，在“区域”资源勘探向开发阶段过渡的特殊时期，《开发规章》的制定是海底管理局最为核心的工作任务。中国对于《开发规章》的制定，需要重点关注承包者的权益保护、资源开发与环境保护，以及资源开发的财务机制设计三个方面，以推动其形成科学合理的法律文本。

第三章　国际海底区域资源开发中的承包者权益保护问题

本章主要论述国际海底区域资源开发中承包者的权益保护问题。承包者作为“区域”资源活动的实际操作者，受到勘探与开发合同的直接约束。从总体上看，《公约》、勘探规章和《开发规章》均严格规定了承包者在“区域”活动中应遵守的规定和应履行的义务，但关于其合法权益保护方面的规定相对较少。这或许会降低承包者的积极性，从而影响整个深海资源活动的进程。从中国的角度看，在过去十五年，虽然中国在矿区申请方面已取得傲人成绩，但在勘探合同的履行过程中，也呈现出一些潜在的缺陷。这些问题既是中国有待解决的现实问题，也同样存在于国际社会，需要结合现有国际法律制度进行深入探讨。

第一节　承包者权益保护的国际问题

在国际海底矿产资源勘探与开发活动流程中，涉及承包者权益方面的规定主要包括三个方面。一是勘探开发合同赋予承包者的优先权与专属权是否能实现的问题。二是承包者对于勘探开发合同的处置权如何实施的问题。三是承包者在勘探开发合同中的权利与义务是否对等的问题。上述问题不仅与承包者的权益密切相关，对于保障“区域”活动稳定、维护国际海底区域制度，也具有重要意义。

一、承包者优先权与专属权的可实现性

根据《公约》附件三、勘探规章和《开发规章草案》的相关规定，勘探、开发承

包者享有一定的优惠和优先，并根据合同享有资源的专属权。[①]对承包者来说，优先权和专属权是极其重要的权利，是《公约》赋予承包者最直接的优惠。但仔细研读就会发现，这些规定似乎存在颇多疑问。

（一）承包者的优先权问题

第一，“优先”一词首先规定在《公约》附件三第10条“申请者中的优惠和优先”中，该条规定，对于取得核准只进行勘探的工作计划的经营者，就同一区域和资源在各申请者中应有取得开发工作计划的优惠和优先。可以理解为，勘探合同承包者对同一区域同一资源享有的开发计划的优先申请权，但是该条并未提及“优惠”的内容。那么，《公约》为何要用“优惠和优先”这样的字眼来概述本条内容呢？这样的用词应当表明至少有一项优惠和一项优先权，但本条中除了开发优先权，并未提及其他所谓的“优惠”，而《公约》的相关条款也未提及这一内容。这是一项困惑之处。

第二，《公约》赋予勘探承包者申请开发工作计划的优先权，具有一定的局限性。因为这种优先权仅限于对同一区域、同一资源提出的开发计划申请，即针对完成勘探工作计划后，继续申请开发工作的承包者。同时，该优先权只在勘探合同承包者提出开发计划申请，且同时期出现了其他开发工作计划申请者时，才需适用。也就是说，如果勘探合同承包者不申请开发工作计划[②]，或者不存在与勘探合同承包者同时申请开发计划的竞争者，该条规定就不会生效。从《开发规章草案》中关于优先权的规定来看，似乎正是如此。该条规定，对于同一区和同一资源类别出现一份以上开发计划申请书的，秘书长应确定依《公约》附件三第十条申请人是否享有优惠和优先。这种表述明确将“优惠和优先”解释为多个申请者对同一资源提出开发计划。而这样的规定对勘探承包者来说并不是“切实”的权利。因为，给予勘探合同承包者获得开发工作计划的优先权是《公约》鼓励承包者在勘探工作结束后，进入开发阶段的措施。从理论上看，大部分勘探承包者考虑到前期勘探阶段的投入，最终都会选择继续申请开发工作计划，但不排除少数例外情形。从这一角度看，开发优先权的难以体现其优先性，欠缺实际效用。从实际层面看，勘探承包者在其勘探工作区域内进行了大量资源考察、探测等活

---

① 参见1982年《联合国海洋法公约》附件三第3条、第10条。

② 1982年《联合国海洋法公约》附件三第3条第4款规定，如果申请者申请核准只包括勘探阶段和开发阶段的工作计划，核准的工作计划应只就该阶段给予这种专属权利。该条表明，承包者可以单独申请勘探工作计划或开发工作计划。

动，投入了大量资金、技术与人力，最终获得了许多资源探测数据、文件信息、矿产品位、预计开采量等勘探资料，理应由其继续就该区域的同一资源进行开发活动。其他未进行勘探活动的申请者根本无法获得勘探阶段的相关数据，因而不具备资源开发的现实基础与资格条件，更加没有理由与勘探合同承包者竞争开发合同。

可见，开发计划的优先申请权对勘探合同承包者而言，并未体现出优先的意义，优惠的内容更是无从谈起。

（二）承包者的专属权问题

《公约》附件三第4条授予承包者在工作计划所包括的区域内勘探和开发某类资源的专属权利。然而，实践中，这一专属勘探权受到了诸多限制。其中，最关键的是，承包者的专属权需合理顾及其他活动。这是《公约》第147条的明文规定。同样，《开发规章草案》第31条也规定，承包者应根据《公约》第147条，在合理顾及海洋环境中其他活动的情况下，按开发合同进行开发。特别是确保不损坏合同区内的海底电缆或管线。根据2020年2月秘书处整理的《开发规章草案》的《意见汇编》来看，有观点建议进一步明确“合理顾及”的具体内容，包括遵守与海底电缆、管道运营商商定的措施，以减少对任何现役电缆和管道的损坏风险（如地役权或合理半径内的采矿禁区），确保其采取的任何行动不会干扰计划铺设的海底电缆或管道的路线。[①]

上述规定反映了海底电缆、管道的重要性。事实上，《公约》多次使用“海底电缆和管道”一词，但没有对其进行定义。海底电缆主要有两种类型：用于传输数据通信的通信电缆和用于传输电力的电源电缆。海底管道用于运输石油和天然气资源，其全部设计用于水下，并放置或埋在海底下。[②]而海底通信电缆、电源电缆和管道尺寸不同，由不同的材料组成，发挥着不同的作用，对国际社会的重

---

① International Seabed Authority.Draft regulations on exploitation of mineral resources in the Area,Collation of specific drafting suggestions by members of the Council [EB/OL].Article 31(1),17-21 February 2020,https://ran-s3.s3.amazonaws.com/isa.org.jm/s3fs- public/files/documents/collation_of_specific_drafting_suggestions_for_posting_0.pdf.Last visited:2024-12-24.

② Tara Davenport.The High Seas Freedom to Lay Submarine Cables and the Protection of the Marine Environment: Challenges in High Seas Governance [J].*AJIL Unbound*,2018(112):139.

要性也不相同。海底通信电缆提供了95%的国际电信服务，是关键的通信基础设施，并且对全球经济和所有国家的国家安全至关重要。目前，海底通信电缆在国家管辖范围以外的地区中使用最广泛，已铺设了约314，350公里。[①]考虑到它们对国际社会的重要性，《公约》要求"区域"活动对其合理顾及似乎也理所当然。

二、勘探开发合同处置权的可实施性

承包者对于勘探开发合同的处置权，主要涉及合同期限的变更与修改，合同权利义务的转让，勘探阶段向开发阶段的成果转化问题。

（一）合同期限的变更与修改

勘探合同的标准条款规定，除本合同第20、21和24节规定的情况外，不得中止、终止或修改本合同。[②]其中，第20、21和24节指就是合同中止、终止与修改的例外情况。而开发合同的标准条款同样规定本合同不得暂停、终止或修改，除非按照本合同规定的条款。[③]因此，原则上，勘探和开发合同是不允许修改的，但也存在例外情况。

1. 关于合同的暂停与终止。合同的暂停与终止可以分为主动和被动两种情形。第一种是被动情况，勘探规章规定，对于可能造成海洋环境严重损害的"区域"勘探活动，理事会有权发布紧急命令，要求承包者暂停作业。对于担保终止的承包者，若在规定时间内未能找到另一担保国，则勘探合同终止。[④]《开发规章

---

① Douglas R.Burnett，Lionel Carter.International Submarine Cables and Biodiversity of Areas beyond National Jurisdiction：the Cloud beneath the Seas［J/OL］.2017（61），https：//www.jstor.org/stable/10.1163/j.ctt1w76vr5.1.Last visited：2024-12-25.

② 2013年《"区域"内多金属结核探矿和勘探规章》、2010年《"区域"内多金属硫化物探矿和勘探规章》、2012年《"区域"内富钴铁锰结壳探矿和勘探规章》附件四第22.1节。

③ International Seabed Authority."区域"内矿物资源开发规章草案［EB/OL］.附件十第4.1节，July 2019，https：//ran-s3.s3.amazonaws.com/isa.org.jm/s3fs-public/files/documents/isba_25_c_wp1-c.pdf.Last visited：2024-12-25.

④ 2013年《"区域"内多金属结核探矿和勘探规章》、2010年《"区域"内多金属硫化物探矿和勘探规章》、2012年《"区域"内富钴铁锰结壳探矿和勘探规章》第35条第1款，第31条第3款。

草案》也有因环境或担保终止的原因而暂停或终止开发合同的规定。[①]此外，还包括其他情形，例如，因市场情况临时减少或暂停生产，与承包者在“区域”内活动有关的许可证、执照、批准书、证书或审查许可被撤销或暂停，因承包者违反开发合同条款和条件而被要求暂停或终止开发合同。[②]这些合同暂停或终止的原因大多建立在承包者违反合同条款、可能损害海洋环境、缺少相关证书和许可的情况下，如第103条描述的“秘书长有合理理由认为承包者违反了开发合同条款和条件”。

第二类是承包者主动申请暂停或终止合同的情况。《公约》附件三第17条2(e)规定，经营者应有权随时放弃其在区域内的全部或一部权利，而不受处罚。实践中也出现了这种情况。2021年12月28日，由巴西担保的承包者矿产资源研究公司宣布放弃其与富钴铁锰结壳勘探合同有关的全部权利。理事会要求该承包者必须履行在放弃之日前累积的若干义务，包括完成培训义务，答复法律和技术委员会的评论意见和问题，以及根据勘探合同标准条款第10节向海管局提交数据。[③]然而，管理局的文件中并未提及矿产资源研究公司在前期勘探工作计划中取得的权利该如何处理。

2. 关于合同的延期。勘探规章允许承包者在勘探合同届满后申请延期，并规定了具体的延期期限与申请程序。《执行协定》和勘探规章有关合同期限的规定主要包含三方面的内容。[④]第一，勘探工作计划的期限为15年。第二，15年勘探工作计划期满前6个月，承包者可以申请延长勘探工作计划，每次延长不超过

---

① International Seabed Authority.“区域”内矿物资源开发规章草案[EB/OL].第21条第3款，第28条。July 2019，https://ran-s3.s3.amazonaws.com/isa.org.jm/s3fs-public/files/documents/isba_25_c_wp1-c.pdf.Last visited:2024-12-25.

② International Seabed Authority.“区域”内矿物资源开发规章草案[EB/OL].第29条第1款，第43条第3款，第103条。July 2019，https://ran-s3.s3.amazonaws.com/isa.org.jm/s3fs-public/files/documents/isba_25_c_wp1-c.pdf.Last visited:2024-11-25.

③ International Seabed Authority.秘书长的报告：勘探合同现状及相关事项，包括有关已核准勘探工作计划执行情况定期审查的信息[EB/OL].16 February 2023，https://www.isa.org.jm/wp-content/uploads/2023/03/2302920C.pdf.Last visited:2024-11-25.

④ 1994年《联合国大会决议第48/263号关于执行1982年12月10日〈联合国海洋法公约〉第十一部分的协定》附件二第1节第9段。2013年《“区域”内多金属结核探矿和勘探规章》第26条、2010年《“区域”内多金属硫化物探矿和勘探规章》第28条、2012年《“区域”内富钴铁锰结壳探矿和勘探规章》第28条。

5年。第三，申请延长期限的情形是，承包者已做出真诚努力遵守工作计划的各项要求，但由于无法控制的原因，即不可抗力和当时的经济环境无法进入开发阶段。从总体上看，该条文原则上允许承包者申请勘探合同的延期，但对于勘探合同延期的次数与条件的规定并不明确。例如，勘探合同承包者在勘探计划到期后可以延期几个5年？事实上，截至2021年12月，理事会核准了7个承包者关于延长已核准的多金属结核勘探工作计划的申请[①]，这已经是这7个承包者第二次申请延期勘探合同了。此外，如何认定承包者已做出真诚努力？什么是无法控制的原因？如何判断经济环境是否允许进入开发阶段？这些问题在目前看来均未得到合理的解释，有待管理局给出进一步解答。

《开发规章草案》第20条同样规定了开发合同期限。具体包括最高初始年限为30年，在初始期限或续签期限（视情况而定）到期前1年可以申请续签，每个续期最长10年等。然而，开发合同期限的规定同样存在与勘探合同相同的问题。因此，有建议要求进一步细化该条文[②]，认为开采合同总期限不应超过60年。并且，对于发展中国家的承包者，开发合同的最长初始期限分别为30年和50年。该意见无疑是增加了发展中国家承包者的选择权，尽管60年开采合同期限看起来仍然有些短。

3. 关于合同的修改。《公约》附件三、勘探规章和《开发规章草案》均规定，在合同发生有失公允或合同目标无法、不可能实现之时，承包者与管理局可以进行谈判，对合同做出相应的修改。[③]除此之外，合同条款不允许修改。这样的规定貌似过于绝对，应当考虑适当放宽修改合同的前提条件。

---

① International Seabed Authority.秘书长的报告：勘探合同现状及相关事项，包括有关已核准勘探工作计划执行情况查的信息[EB/OL].18 May 2022，https://www.isa.org.jm/wp-content/uploads/2023/04/ISBA_27_C_28-2207558C.pdf.Last visited：2024-11-25.

② International Seabed Authority.Draft regulations on exploitation of mineral resources in the Area，Collation of specific drafting suggestions by members of the Council [EB/OL].Article 20，17-21 February 2020.https://ran-s3.s3.amazonaws.com/isa.org.jm/s3fs-public/files/documents/collation_of_specific_drafting _suggestions_for_posting_0.pdf.Last visited：2024-12-24.

③ 1982年《联合国海洋法公约》附件三第19条，2013年《"区域"内多金属结核探矿和勘探规章》、2010年《"区域"内多金属硫化物探矿和勘探规章》、2012年《"区域"内富钴铁锰结壳探矿和勘探规章》附件四第24节，2019年《"区域"内矿物资源开发规章草案》附件十第16节。

(二)合同权利义务的转让

《公约》规定,合同权利和义务的转让需经管理局同意,并按照规则、规章和程序进行。如果受让者是合格的申请者,并承担转让者的一切义务,且转让也不违反禁止核准的工作计划,那么管理局不应拒绝同意。[①]

相对于合同的终止,合同权利义务的转让是《公约》赋予承包者的自我救济权。在承包者无法或不能继续履行合同的前提下,可以选择转让合同的权利义务,而非直接导致合同的终止。《公约》规定合同终止的三个条件是承包者故意违反合同、担保终止,以及不可抗力,并且对于第一种情形,管理局还可以给予适当的处罚。可以说,造成合同终止的条件是相对比较严重的情形。《公约》规定,合同权利义务在满足法律规定和程序的前提下,可以进行转让,不难看出《公约》条文在这一问题上所具备的前瞻性,预先考虑到了承包者中途变更、转让合同的情况,也反映出《公约》鼓励承包者尽力完成勘探合同的态度,在出现无法继续履约的情况下,也建议承包者尽量选择转让合同给新的受让者。

2022年7月,法律和技术委员会制定了《关于勘探合同所定权利和义务转让请求的审议程序和标准的报告和建议》,进一步细化了勘探合同所定权利和义务转让的程序与要求,供大会讨论。[②]勘探合同的转让可分为两种情形。在勘探合同权利义务部分转让的情况下(图11),相当于原勘探合同吸纳了一个新的承包者,而原来的勘探承包者并未退出合同,只是与新的受让人共同成了新的勘探合同当事方。从合同的角度看,勘探合同承包者与权利义务受让者是合同主体的合并行为。作为勘探合同订立方,同时也是监管方的管理局来说,承包者转让合同权利义务之前,须经管理局同意。管理局在收到承包者转让部分合同的意思表示后,须对拟议的受让者进行审查。这种审查应当依据《公约》对勘探工作计划申请者的核准要求进行,与原来审查勘探合同承包者的程序相同。经管理局核准,新的权利义务受让者将与原勘探合同承包者共同成为新的勘探合同主体,共同进行勘探活动。对担保国而言,由于新增加了承包者,需要提前告知担保国,并由其决定是否继续提供担保。对新的合同受让者而言,其与原勘探合同承包者共同成为新的合同承包者,双方对勘探活动共负责任与义务。

---

① 1982年《联合国海洋法公约》附件三第20条。

② International Seabed Authority.法律和技术委员会关于勘探合同所定权利和义务转让请求的审议程序和标准的报告和建议[EB/OL].15 July 2022,https://www.isa.org.jm/wp-content/uploads/2022/12/ISBA_27_C_35-Chinese.pdf.Last visited:2025-02-01.

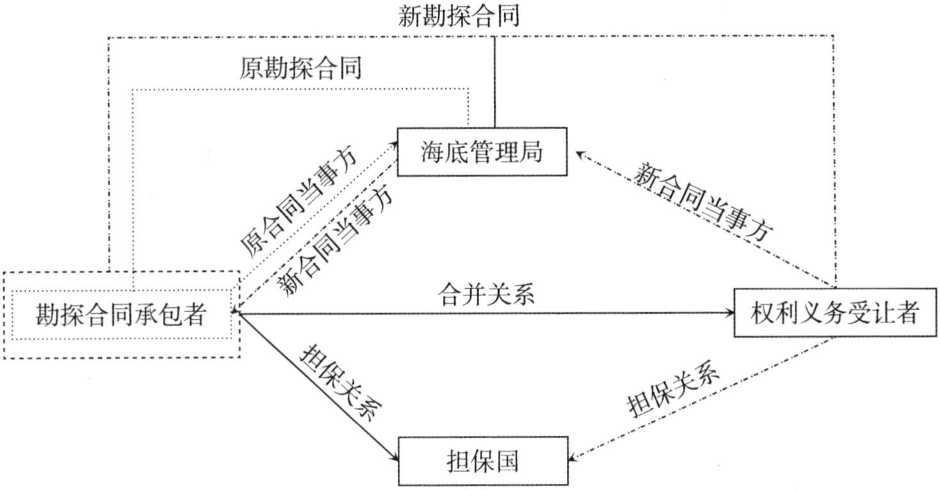

图11 勘探合同承包者转让部分合同权利义务的情况[①]

而在合同权利义务全部转让的情况下，就等于转让了整个勘探合同（图12），即由一个新的承包者替换了原来的承包者。对管理局而言，相当于重新审核了一位勘探申请者，只不过针对的是同一勘探计划区。如果新的权利义务受让者不符合《公约》关于勘探承包者的规定，管理局将不同意这种转让。对担保国而言，承包者转让全部合同权利义务将对其产生重要影响。因为在原勘探合同中，担保国对原勘探合同承包者具有担保责任，若原合同承包者完全退出勘探合同，则担保国对该勘探合同的担保责任灭失。需要确认担保国是否愿意为新的权利义务受让者提供担保。若担保国同意为新的合同受让者提供担保，原勘探合同将继续有效，只需变更原担保书中的被担保方为新的合同受让者即可，并提交给管理局。若原勘探合同的担保国不愿为新的合同受让者提供担保，勘探合同承包者应当尽快寻找新的担保国。因为如果承包者未能在规定期间内找到担保国，勘探合同就会终止，无法再进行转让了。对新的权利义务受让者而言，原勘探合同承包者等于全部转让了原勘探合同，双方之间形成了合同转让关系。

① 该图根据2013年《"区域"内多金属结核探矿和勘探规章》、2010年《"区域"内多金属硫化物探矿和勘探规章》、2012年《"区域"内富钴铁锰结壳探矿和勘探规章》关于合同权利义务转让的规定制作。

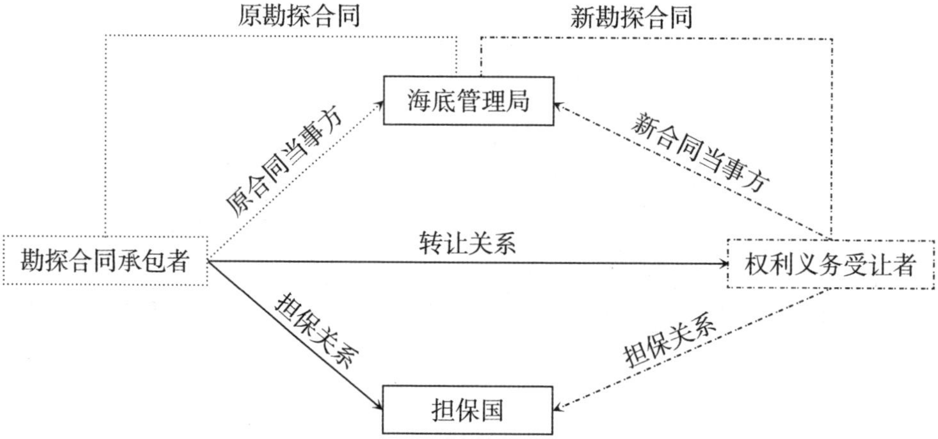

图12　勘探合同承包者全部转让合同权利义务的情况①

(三)勘探阶段向开发阶段的成果转化问题

勘探阶段的成果,主要涉及勘探资源的样品数据分析、初步研究成果、基本设备试验、商业环境预测、环境保护措施等。这些资料是今后进行实际开发活动的基础支撑。此外,勘探承包者在勘探阶段的投资应当作为勘探承包者的前期投入,包含于勘探成果中,主要包括经济、技术、设备、科研、人力等方面的投资。然而,纵观《公约》与三个勘探规章全文,并未提及勘探阶段向开发阶段转化的问题。勘探合同条款也未涉及勘探成果、勘探投入成本等内容。缺乏有关勘探成果的承认,避而不谈成果转化问题,实质上忽略了承包者的既得权益。造成这一现状的原因有两种,一是"区域"勘探开发制度的设计者将勘探合同承包者默认为之后的开发合同承包者,并未考虑到变更承包者的问题,因此无须讨论勘探阶段的投入问题。二是制度设计之初,未能全部包含现实可能出现的情况。这也是法律滞后性的表现之一。

具体来说,勘探阶段向开发阶段的成果转化需要区分两种不同情况。

① 该图根据2013年《"区域"内多金属结核探矿和勘探规章》、2010年《"区域"内多金属硫化物探矿和勘探规章》、2012年《"区域"内富钴铁锰结壳探矿和勘探规章》关于合同权利义务转让的规定制作。

1. 同一承包者勘探成果的转化问题

对于同一承包者完成勘探工作计划后，进入开发活动时，其在勘探阶段的成果是否转入至开发阶段?《开发规章草案》本身并未提及“成果转化”的内容，但勘探合同承包者至少享有申请开发计划的优先权，其在勘探阶段获得的关于矿产资源的数据资料也能用于开发阶段。这样看来，对于同一承包者来说，勘探阶段的成果向开发阶段转化的问题其实并不重要。然而，关键问题是如何确定“同一承包者”？假设勘探合同承包者为A，那A与B共同申请开发工作计划时，是否属于同一承包者？若A分立成B和C，他们申请开发工作计划时，又是否属于同一承包者的范畴呢？这涉及开发优先权的问题，因而需要进一步明确。

2. 勘探承包者放弃开发的成本计算问题

这一情况指的是勘探合同承包者完成勘探合同后，放弃进入开发阶段，选择退出“区域”活动的情况。虽然《公约》并未规定这类问题，但由于《公约》文本允许单独申请勘探工作计划或开发工作计划，而现有承包者均单独申请了勘探工作计划，未来不排除只进行勘探作业，而不进入开发作业的情况。因此，理论上应当考虑此种情况下，勘探承包者在勘探阶段投入的成本和获得的成果应当如何计算，是否以及如何对其进行补偿等问题。

这一问题主要涉及两个方面。第一是勘探阶段成果的转让问题。勘探规章对勘探合同期满时，承包者应提交的数据和资料进行了详细的规定[①]，这些数据和资料也是勘探承包者勘探阶段的成果之一。除了勘探阶段获得的资源样品、资源与环境保护方面的数据，勘探成果还应包括承包者在此阶段的投入。在勘探投资阶段，基本上是以勘测资源的储备量、位置、品位，计算相关资源的可开发潜力为主。该时期虽然各项投入较大，但并不能获得任何经济方面的收益。从近年深海矿产资源勘探情况看，以大洋多金属结核、多金属硫化物、富钴结壳资源为代表的深海固体矿产资源勘探力度不断加大，部分国家和跨国企业已经进

① 2013年《“区域”内多金属结核探矿和勘探规章》、2010年《“区域”内多金属硫化物探矿和勘探规章》、2012年《“区域”内富钴铁锰结壳探矿和勘探规章》附件四第11节。

行了试验性开发①。因此,勘探阶段是一项投入巨大的国际项目。那么,在承包者完成勘探合同后,不再申请开发计划的情况下,应当如何处置这些勘探成果呢？是否应当转让给海底管理局或其他开发计划申请者？勘探规章规定,承包者有权放弃其权利和终止勘探合同而不受罚。该条文指的是,在勘探合同尚未完成之时,承包者终止合同的情形。然而,勘探规章并未规定勘探合同期届满,勘探工作计划完成后,承包者放弃进入开发阶段的情况,也未提及如何计算承包者已取得的成果。这似乎有失公平。

第二,由于勘探阶段是纯粹的投资阶段,勘探合同承包者至少对其获得的勘探区域进行了为期15年,甚至更长时间的勘探活动,在资金、技术与人力方面的总体投入不可估量。如果由于某些原因导致该承包者无法进入或放弃进入开发阶段,那么,是否应当对其进行适当的补偿？又应当以何种方式和途径补偿？由谁进行补偿？这些都是需要深思的问题。

三、勘探开发合同权利义务的对等性

(一)勘探合同承包者权利与义务的比较

1. 勘探合同的性质分析

国际海底区域矿产资源勘探合同是满足《公约》规定的申请人与作为全人类代表的国际海底管理局,签订的关于勘探海底矿产资源的国际合同。从形式上看,该合同包含主体、内容、权利义务,符合合同的基本要素。从实质上看,勘探合同属于特殊的国际资源勘探"合同",其法律属性较为复杂。

首先,合同主体一方是作为国际组织的海底管理局,作业区域也位于国际海底,使得该合同具有国际属性。其次,从合同类型看,勘探合同应当属于广义上

① Sedysheva T Y-Melnikov M.Y.2012.Role of ore-bearing factor in evaluating of ore areas of Co-rich ferromanganese cmsts[C]//Mineral of the Ocean-6&Deep-Sea Minerals and Mining-3/Joint International Conference Abstracts.SPb.: VNIIO-keangeologia, pp.79-81; Koschinsky A, Alexander B, Ban M, Hein J R.2010.Rare and valuable metals for high—tech applications found in marine ferromanganese nodules and crusts relationships to genetic endmembers//Proceedings of 39th Underwater Mining Institute /Toward the Sustainable Development of Marine Minerals: Geological, Technological and Economic Aspects, pp.l-14; Blue Mining.2014.Breakthrough solutions for the sustainable exploration and extraction of deep sea mineral resources.Programme acronym: FP7-NMP, Subprogramme area: NMP.2013.4.pp.1-2.

的矿产资源勘查合同，由于其位于国际海底，因而有别于陆上矿产资源勘探合同。再者，从合同性质看，《公约》是国际社会共同努力、不同国家及利益集团之间相互协商妥协所达成的一项海洋治理领域的瞩目成果，[①]国际海底区域资源勘探与开发本质上代表了不同的国家利益，具有较强的政治色彩。因此，"区域"矿产资源勘探合同虽然与陆上矿产资源勘探合同类似，但鉴于其特殊性，并不能完全比照这类合同来处理问题。

2. 勘探合同承包者权利与义务的比较

总的来说，勘探合同承包者的权利义务并不平等。从合同内容看，勘探合同是为承包者创设具体权利与义务的合同。具体来说，勘探合同承包者享有的权利包括：放弃"区域"的权利、对勘探工作计划所涉区域的专属勘探权。而勘探合同承包者承担的义务包括：向管理局和发展中国家提供人员训练方案，承诺履行勘探合同义务，实施监测和评价深海底采矿对海洋环境的影响方案以及其他措施保护和保全海洋环境，保持数据资料的机密性。从条文文本看，明确规定属于承包者在勘探阶段的权利只有5项，而承担的义务则有12项（表3）。

表3　勘探合同承包者的权利与义务统计表[②]

序号	关键词	具体条文
勘探合同承包者的权利		
1	放弃"区域"的权利	《公约》附件三第17条第2款(e)，《结核规章》附件四第19条
2	勘探工作计划所涉区域的专属勘探权	《公约》附件三第3条第4款，《公约》附件三第16条，《结核规章》第24条第1款，《硫化物规章》第26条第1款，《结壳规章》第26条第1款

① 白佳玉.《联合国海洋法公约》缔结背后的国家利益考察与中国实践[J].中国海商法研究，2022，33(02)：3-13.

② 本表格由作者根据2013年《"区域"内多金属结核探矿和勘探规章》、2010年《"区域"内多金属硫化物探矿和勘探规章》、2012年《"区域"内富钴铁锰结壳探矿和勘探规章》的具体内容整理。

续表

序号	关键词	具体条文
3	勘探工作计划所涉区域的优惠和优先权	《公约》附件三第10条,《结核规章》第24条第2款,《硫化物规章》第26条第2款,《结壳规章》第26条第2款
4	获得司法救济的权利	《公约》附件三第18条
5	申请延期的权利	《执行协定》附件二第一节第9条,《结核规章》第26条第1款,《硫化物规章》第28条第2款,《结壳规章》第28条第2款
勘探合同承包者的义务		
1	放弃分配区域	《结核规章》第25条第1款,《硫化物规章》第27条第1款,《结壳规章》第27条第1款
2	申请开发工作计划	《执行协定》附件二第一节第9条
3	提供训练方案	《公约》附件三第15条,《结核规章》第27条,《结核规章》附件四第8条第1款
2	提交审查数据资料	《结核规章》第28条第1款,《硫化物规章》第30条第1款,《结壳规章》第30条第1款
3	说明和调整活动方案	《结核规章》第28条第2款,《硫化物规章》第30条第2款,《结壳规章》第30条第2款
4	按期找到担保国	《结核规章》第29条第3款,《硫化物规章》第31条第3款,《结壳规章》第31条第3款
5	承担不当行为损害责任	《公约》附件三第22条,《结核规章》第30条,《硫化物规章》第32条,《结壳规章》第32条
6	保护和保全海洋环境	《结核规章》第31条,《硫化物规章》第33条,《结壳规章》第33条
7	收集数据与制定方案	《结核规章》第32条,《硫化物规章》第34条,《结壳规章》第34条
8	接受法律与技术委员会相关建议	《结核规章》第39条第1款,《硫化物规章》第41条第1款,《结壳规章》第41条第1款
9	承诺履行合同的义务	《结核规章》第14条,《硫化物规章》第15条,《结壳规章》第15条

续表

序号	关键词	具体条文
10	保持数据资料的机密性	《结核规章》第36条第4款
11	避免扰动文物	《结核规章》第35条,《硫化物规章》第37条,《结壳规章》第37条
12	服从法院或法庭裁判	《公约》附件三第21条第2款

通过上表的对比可知,在一份勘探合同中,承包者承担的义务远比其所享有的权利要多。而一般的民商事合同中,双方约定的权利义务几乎是对等的。当然,不能简单地从条文数量上判断权利义务是否对等,勘探合同也不是普通的合同。但就《勘探合同》关于权利义务的规定来看,承包者受到的约束义务相对较多,实际拥有的权利相对较少,两者间并不对等。

(二)开发合同承包者权利与义务的比较

1. 开发合同的性质分析

首先,开发合同主体身份具有"特殊性"。开发合同的主体包括开发活动承包者与管理局。《公约》规定,"区域"内活动由企业部,和由缔约国或国有企业、或在缔约国担保下的具有缔约国国籍或由这类国家或其国民有效控制的自然人或法人、或上述各方的任何组合,与管理局以协作方式进行。且开发合同可规定承包者同由企业部代表的管理局之间采用联合企业或分享产品的形式,或任何其他形式的联合安排。[①]据此,开发活动的主体包括三类,一是缔约国或其担保下的自然人、法人等任何组合,统称为承包者,二是企业部,三是承包者与企业部组成的联合企业。需要注意的是,企业部作为开发合同主体具有一定的特殊性。一方面,作为管理局的组成机构之一,企业部本身需要承担《公约》规定的八项职务。2023年7月,国际海底管理局理事会决定设立企业部临时总干事职,代替企业部履行部分职能,[②]但企业部还未正式成立。另一方面,作为"区域"资源开发合同主体,企业部相比普通承包者,具有一定的优越性。例如,企业部可以单独

① 1982年《联合国海洋法公约》第153条第2款,附件三第11条第1款。

② 国际海底管理局.国际海底管理局理事会关于设立企业部临时总干事职位的决定[EB/OL].21 July 2023,https://www.isa.org.jm/wp-content/uploads/2023/07/2314379C.pdf. Last visited:2024-12-25.

或与其他承包者组成联合企业进行资源开发活动。对于其他承包者提供的保留区,企业部可以先行决定是否申请工作计划。若企业部在规定期限内未提交工作计划申请,提供保留区的承包者才有权申请,但其须真诚地提供机会让企业部参加为联合企业的合伙人。[①]考虑到上述情况,《公约》对企业部进行了适当限制,例如,规定"企业部初期的深海底采矿业务应以联合企业的方式进行",且只有在"其他实体提出开发工作计划获得核准时,或当理事会受到同企业部经营联营企业的申请时",才应考虑建立企业部。[②]又如,《公约》规定"适用于承包者的义务应适用于企业部"[③]。这些条款反映了《公约》为平衡企业部与普通承包者的地位所做的努力,同样也应在《开发规章草案》中得到体现。

其次,开发合同作业环境兼具自然与法律的"双重属性"。开发合同的作业环境兼具自然意义与法律意义。从自然层面看,国际海底区域资源开发活动是针对,位于水深约1500米至4000米以下的多金属结核、多金属硫化物和富钴结壳进行的资源开发活动。考虑到深海特殊的生态自然环境,采矿活动可能会对深海环境造成长期、广泛和重大的不良影响。承包者在采矿过程中,需要高度重视对"区域"自然资源的保护与养护,使其免受采矿活动的不利影响,并防止对海洋环境的动植物造成破坏。[④]从法律层面看,"区域"及其资源位于国家管辖范围外,在现行国际海底制度确立之前,一直未形成各国普遍接受的管辖方案。直至1982年《公约》将其确立为人类共同继承财产,使之从无主地状态变更为全人类所有的法律性质,由管理局代表全人类进行管理和保护。

2. 开发合同承包者权利与义务的比较

开发合同中承包者的权利与义务相对也不平等。《开发规章草案》第三部分

---

① 1994年《关于执行1982年12月10日〈联合国海洋法公约〉第十一部分的协定》附件二第二节第5段。

② 1994年《关于执行1982年12月10日〈联合国海洋法公约〉第十一部分的协定》附件二第二节第2段。

③ 1994年《关于执行1982年12月10日〈联合国海洋法公约〉第十一部分的协定》附件二第二节第4段。

④ 2019年7月,订正版《"区域"内矿物资源开发规章草案》第四部分详细规定了承包者在开发过程中应遵守的保护和保全海洋环境的相关义务,包括提交环境影响报告,制定环境管理和监测计划。国际海底管理局理事会."区域"内矿物资源开发规章草案[EB/OL].July 2019,https://ran-s3.s3.amazonaws.com/isa.org.jm/s3fs-public/files/documents/isba_25_c_wp1-c.pdf.Last visited:2024-12-25.

列举了承包者的权利与义务，具体包括开发合同专属权、合同用作担保的权利、转让合同的权利与减少或暂停生产四项权利，以及十六项义务（表4）。从条文表述上看，《开发规章草案》关于承包者义务的规定非常具体、细致，涉及事项较多。相比之下，承包者的权利范围则比较狭窄。从条文内容上看，《开发规章草案》赋予承包者的这四项权利还可以进一步划分为绝对权利与相对权利。例如，《开发规章草案》第18条规定承包者享有的专属权利就是一项绝对权利，“不得允许其他任何实体在合同区内开发或勘探同一资源类别”，这样的表述赋予承包者排他性的权利，为承包者在开发合同区域内的顺利作业提供了明确的法律保障。但是，该条第3款规定，“管理局应确保在合同区内对另一资源类别开展作业的其他任何实体不会干扰授予承包者的权利”。这一条款在维护承包者权利方面的作用有待商榷。例如，倘若合同区内存在其他承包者对另一资源进行勘探或开发活动，管理局如何确保不会干扰其授予承包者的权利？若同一合同区存在针对不同资源活动的多个承包者，又如何体现承包者权利的排他性呢？承包者权利的排他性问题具有重要的实践指导意义，值得深入探讨。

表4　开发合同中承包者权利与义务统计表①

序号	权利事项	义务事项
1	《草案》第18条　开发合同的权利和排他性	《草案》第26条　缴存环境履约保证金
2	《草案》第22条　使用开发合同作为担保	《草案》第28条　维持商业生产
3	《草案》第23条　开发合同下权利和义务的转让	《草案》第30条　确保安全、劳动和卫生标准
4	《草案》第29条　因市场情况而减少或暂停生产	《草案》第31条　合理顾及海洋环境中的其他活动
5		《草案》第32条　减少事故风险
6		《草案》第33条　防止和应对事故

① 本表格由作者根据2019年7月，国际海底管理局公布的最新订正版《“区域”内矿物资源开发规章草案》的具体内容整理而成。

续表

序号	权利事项	义务事项
7		《草案》第34条 通报事件
8		《草案》第35条 保护具有考古或历史意义的人类遗骸、文物等
9		《草案》第36条 保险义务
10		《草案》第37条 培训义务
11		《草案》第38条 提交年度报告的义务
12		《草案》第39条 保存完整的账簿、账目和财务记录
13		《草案》第40条 防止腐败
14		《草案》第41条 发现开发合同资源类别外的资源应通知管理局
15		《草案》第42条 关于广告、招股说明书或其他通知的限制
16		《草案》第43条 遵守其他法律规章

除开发合同专属权之外的其他三项权利属于相对权利，因为实施这些权利需要满足一定的前置条件。例如，承包者使用开发合同作为担保的前提是“经担保国和理事会事先同意”，转让开发合同的权利与义务的前提是“只有经理事会事先同意”。承包者可因市场情况临时减少或暂停生产，也附有“尽快通知秘书长”的后续义务。考虑到使用开发合同作为担保、转让开发合同都属于重大事项，这些前置义务的设立的确能够保障合同的安全性，确保合同的有效履行。但是，《开发规章草案》规定，资源开发活动应当按照“健全的商业原则”进行，这说明，开发合同关注的重点不在于如何约束、限制承包者，而应在于如何推动商业生产，以获取最大利益。《开发规章草案》制定的重点也应放在鼓励资源开发，保障承包者的合法权利，推动商业生产的顺利进行等方面。过度强调对承包者的管理，忽视承包者的权利，并不利于开发活动的推进，一定程度上削弱了开发合同的平等性。在这方面，《开发规章草案》似乎有所忽视。

第二节　中国承包者权益保护的主要问题

中国在第一轮国际海底区域资源竞争中，取得了五块专属矿区的丰硕成果。然而，相比其他勘探承包者，中国在“区域”资源活动中也逐渐暴露出一些潜在的隐患，如在承包者权益保护方面有所欠缺。具体表现在，合同专属权实现困难，合同履行进度缓慢，勘探活动主体类型过于单一。这些问题能否妥善处理不仅影响到中国未来申请勘探计划，也是决定中国能否在下一阶段的资源开发进程中继续处于领先地位的关键因素。因此，有必要根据中国当前的实际情况，深入研究此类问题的本源，尽可能寻找符合中国国情、能够解决当前困境的合理途径。

一、勘探开发合同专属权实现困难

《公约》第147条第1款规定，“区域”内活动的进行应合理地顾及海洋环境中的其他活动。这一问题可以理解为，同一区域内不同海洋活动的重叠问题，也是承包者在其专属矿区内的勘探、开发活动与其他海洋活动相适应的问题。从表面上看，这似乎并不是什么严重的问题。但从法律层面看，该问题其实限制了承包者专属权的范围。因为该条第3款又规定，在海洋环境中进行的其他活动，应合理地顾及“区域”内活动。此处的“其他活动”指的是铺设海底电缆和管道、捕鱼与科学研究等符合公海自由规定的活动。[①]那么，如何合理顾及其他海洋活动，合理顾及的程度是什么，哪些活动需要合理顾及，这些问题都有待商榷。

(一)“合理顾及”的含义

根据《公约》147条的字面理解，“合理顾及”的表述似乎包含两层含义。第一，“区域”内活动需与同一区域内的其他活动相互协调，合理进行，合同承包者与同一区域的其他活动主体是互不排斥的平行关系。第二，这种“合理顾及”存在先后顺序。假设同一海底区域内已经铺设海底电缆、管道，或进行捕鱼、科学研究活动，那么承包者在此“区域”内获得的专属权利不得排除现有的设施与活动；反之，如果承包者先行获得某一“区域”内资源勘探或开发的专属权利，则对

① 1982年《联合国海洋法公约》第87条。

该“区域”进行的其他海洋活动应当以不妨碍承包者的专属权利为前提。从“海洋环境中进行的其他活动应合理顾及‘区域’内的活动”这一表述看，若“区域”活动在先，其他海洋活动应当与之相适应，突出了勘探开发合同的优先顺位。但是，对于“合理顾及”的程度，勘探规章和《开发规章草案》都未作解释，至少不是完全避免的意思。这也意味着，承包者无法利用专属权排除资源勘探开发之外的其他海洋活动，其专属权的范围非常有限。

(二)海洋科学研究对勘探开发专属权的限制

目前，与“区域”活动最为相关的其他活动是同一“区域”内的海洋科学研究活动，由于其所在位置与“区域”作业产生了重叠，也因此最易与勘探或开发活动产生冲突。2016年7月，在管理局第22届会议上，秘书长曾就勘探区域内开展海洋科学研究的相关问题做出了一份报告。[①]鉴于区域内活动增加体现为核准的勘探工作计划从2011年的7个增至2016年的27个，勘探活动增加的一个后果就是，承包者和研究人员就在勘探区域内海床上进行海洋科学研究发生冲突的可能性增加。作为勘探活动一部分经常开展的活动，根据《公约》第一条第1(3)的术语定义，可被视为“区域内活动”，这些活动也可作为海洋科学研究来开展。例如，利用自动潜航器进行侧扫声纳测绘、箱芯取样和多心取样、温深电导探测器测量以及为高密度照片定性分析部署遥控潜水器。一方面，有许多原因表明在公海和“区域”内开展公开和广泛的海洋科学研究是必要的和可取的。海洋科学研究取得的资料有助于为制定勘探规章提供知识基础。健全管理“区域”环境很可能需要大型数据库和透彻的数据分析，这是个体承包者难以获得的。很可能无法完全根据个人承包者的勘探区域对环境影响做出全面评估，这种评估需要更全面的环境梯度情况。另一方面，承包者必须遵守严格的环境标准，监测其在“区域”内的活动所产生的影响。这两项活动通常应互补，但在特定情况下，可能是第三方作为海洋科学研究开展的活动会干扰承包者为监测其勘探活动的环境影响而做出的持续努力。然而，如何调和承包者和研究人员可能出现的利益冲突，是比较复杂且敏感的法律问题和关切事项。

作为拥有专属勘探权矿区最多的国家，中国对于这一问题的处理应当更为重视。根据《公约》，国际海底区域内的海洋科研活动不应不合理地干扰海底勘

---

① 国际海底管理局.勘探区域内开展海洋科学研究相关问题[EB/OL].12 May 2016, https://www.isa.org.jm/ sites/default/files/files/documents/isba-22c-3_0.pdf.Last visted:2024-12-21.

探合同赋予承包者的权利和义务。承包者和研究者必须适当顾及彼此权利且不对彼此活动造成不当干扰。管理局秘书长提出一个可能避免潜在冲突的方法，即进一步完善勘探规章。为此，有必要澄清现行规则，特别是“合理顾及”的对等义务，建议理事会就相关问题向国际海洋法法庭海底争端分庭寻求咨询意见。[①]不过，该问题至今还未得到管理局的明确答复。

（三）同一“区域”内矿产资源活动与生物资源活动的重叠

近年来，海洋生物遗传资源（简称“生物资源”）保护议题备受国际社会的关注。由于《公约》制定之时并未考虑到该内容，以至于《公约》在这一领域出现了“空白”。事实上，海水中存在大量生物资源。在同一“区域”内很有可能同时存在矿产资源与生物资源。从技术层面看，矿产资源勘探或开发活动与生物资源获取活动的方式、目的、对象均有所不同，不应该产生冲突。但从环境层面看，深海采矿活动无法避免对海洋自然生境的破坏，威胁海洋生态系统的生物多样性。[②]目前，国家管辖范围外生物遗传资源的法律规则尚在酝酿中，对于“区域”内的生物资源获取与开发活动的管辖权归属也处于讨论中。[③]对于同一“区域”内的矿产资源活动与生物资源活动产生的冲突，也无法援引具体的法条。

---

① 中华人民共和国常驻国际海底管理局代表处．国际海底管理局第22届会议[EB/OL].8 September 2016, http://china- isa.jm.china- embassy.org/chn/gljhy/jh/t1395674.htm. Last visited:2024-11-22.

② Waseem Ahmad Qureshi.Marine Biodiversity Conservation: the International Legal Framework and Challenges[J].*Houston Journal of International Law*,2018,40(3):854

③ 近年来，国内外关于国家管辖范围外生物遗传资源主题的研究较多。国外文章参见：Gjerde, Kristina M.Building a Platform for the Future: The Relationship of the Expected New Agreement for Marine Biodiversity in Areas beyond National Jurisdiction and the UN Convention on the Law of the Sea[J].*Ocean Yearbook*, 2019(33); Tomoaki Nishimura.The Legal Framework for Marine Genetic Resources: The Relationship between the UNCLOS and the Convention on Biological Diversity Regime[J].*Asian Business Lawyer*, 2018(21); Anja Morris.Marine Genetic Resources in Areas beyond National Jurisdiction: How Should the Exploitation of the Resources be regulated? [J].*New Zealand Journal of Environmental Law*, 2018(2)；国内文章参见：袁雪，廖宇程．国家管辖范围外区域海洋遗传资源的获取和惠益分享：机制选择与中国方案[J]．中国海洋大学学报，2019(05)；金永明．国家管辖范围外区域海洋生物多样性养护和可持续利用问题[J]．社会科学，2018(09)；张磊．论国家管辖范围以外区域海洋遗传资源的法律地位[J]．法商研究，2018,35(03).

(四)国际海底区域制度与公海自由制度的协调

事实上,承包者与同一区域其他活动者的关系正是“区域”活动与“公海自由”的限度问题。这是“区域”勘探开发活动中不可避免的重要问题。传统海洋法以自由原则和主权原则为主。自由原则的目的是确保不侵占海洋及各种用途的海洋自由,主权原则旨在维护沿海国家的利益,实质上导致了国家管辖权扩展到近海空间,并支持海洋的领土化。而“人类共同继承财产原则”的目的是维护整个人类的共同利益。因此,“区域”适用的“人类共同继承财产原则”,被认为处于传统法律原则的对立面。

从法条上看,两者的对立似乎表现得更为明显。以海洋科学研究为例,作为公海六大自由之一,海洋科学研究在“区域”需按照“区域”的制度进行。这表明,虽然《公约》鼓励海洋科学研究活动,但这种研究自由是有限度的自由,尤其是当它发生在“区域”内的时候。《公约》规定“区域”及其资源的海洋科学研究需为“谋求全人类的利益进行”,各缔约国“应促进海洋科学研究方面的国际合作”,以及“通过管理局或其他国际途径,切实传播所得到的研究和分析结果”。①显然,《公约》对“区域”内的海洋科学研究提出了更严格的要求,这表明海洋科学研究在公海的自由程度相比“区域”更高。②《公约》通过这样的制度设计,清晰地反映出“区域”制度与公海自由的界限。而从《公约》对两者的协调方式看,公海自由原则固然应当得到尊重,但其实现也理应受到“区域”勘探与开发活动的限制。否则,承包者的专属勘探权将沦为虚设。

二、勘探合同履行进度缓慢

从实际情况看,国际海底区域勘探合同延期是普遍存在的问题。

(一)勘探合同延期的现状

截至2017年3月24日,共有7个“区域”勘探合同到期,这7个承包者毫无例外的都申请了合同延期并获得管理局批准。截至2022年3月,理事会又核准了8

---

① 1982年《联合国海洋法公约》第143条。

② T.Scovazzi.The Evolution of International Law of the Sea:New Issues,New Challenges[J].*Recueil des Cours de l'Acadimie de Droit International*,2000:218-219 and T. Scovazzi,Mining.Protection of the Environment,Scientific Research and Bioprospecting: Some Considerations on the Role of the International Sea-Bed Authority[J].*International Journal of Marine and Coastal Law*,2004(19):398.

个承包者关于延长已核准的多金属结核勘探工作计划的申请，其中7个承包者已是第二次申请延期（表5）。

表5　多金属结核勘探合同延期情况表[①]

承包者	担保国	勘探合同期	延期合同时间
国际海洋金属联合组织	保加利亚、古巴、捷克共和国、波兰、俄罗斯联邦、斯洛伐克	2001年3月29日—2016年3月28日	2021年3月28日（第1次） 2026年3月28日（第2次）
海洋地质作业南方生产协会	俄罗斯联邦	2001年3月29日—2016年3月28日	2021年3月28日（第1次） 2026年3月28日（第2次）
大韩民国政府	—	2001年4月27日—2016年4月26日	2021年4月26日（第1次） 2026年4月26日（第2次）
中国大洋矿产资源研究开发协会	中国	2001年5月22日—2016年5月21日	2021年5月21日（第1次） 2026年5月21日（第2次）
深海资源开发有限公司	日本	2001年6月20日—2016年6月19日	2021年6月19日（第1次） 2026年6月19日（第2次）
法国海洋开发研究所	法国	2001年6月20日—2016年6月19日	2021年6月19日（第1次） 2026年6月19日（第2次）
印度政府	—	2002年3月25日—2017年3月24日	2022年3月24日（第1次） 2027年3月24日（第2次）
德国联邦地球科学及自然资源研究所	德国	2006年7月19日—2021年7月18日	2026年7月18日（第1次）

就勘探合同延期这一问题来看，需要关注三个方面的问题。首先，对于可以申请合同延期的次数，目前管理局尚未规定。这或许是因为管理局自2017年正式将“区域”内矿产资源开采规章草案的制定工作纳入会议议程，其对未来“区域”开发活动抱有较大的期待，甚至可能预测在第一批延期勘探合同到期后，该

① 该表格根据国际海底管理局官网数据以整理。International Seabed Authority. Polymetallic nodules contractor [EB/OL].https://www.isa.org.jm/exploration- contracts/polymetallic-nodules/.Last visited:2025-01-31.

批承包者就将进入开发阶段。结果并未如其所愿。其次,在当前复杂多变的国际形势背景下,并不满足开发条件,因而管理局也只能核准勘探合同的延期。再者,至2026年3月28日,第一批7个申请合同延期的承包者又将面临第二次延期合同到期的问题,届时是否能够进入开发阶段,目前还未知晓。如果届时仍然无法进入开发阶段,是否可以继续申请第三次延期合同?这些问题值得关注。

(二)中国关于勘探合同延期的法律问题

从我国的勘探合同情况看,作为第一批申请延期的承包者之一,中国大洋协会已申请两次(每次为期5年)的延期合同,但至2026年3月28日,第二次延期合同也将到期,届时中国将面临是否进入开发阶段的重要抉择。如果无法进入开发阶段,中国应提前思考对应措施。例如,是否再次申请延期勘探合同?以何种理由再次申请?管理局是否再次核准延期勘探合同?

这一问题非常棘手。一方面,管理局并未规定勘探合同的延期次数,若中国申请第三次甚至第四次延期,是否会被管理局拒绝?如果延期勘探合同的申请被拒,中国又无法进入开发阶段,是否会影响中国的专属勘探权?另一方面,部分发达国家早已对资源开发趋之若鹜。之前就出现了加拿大借瑙鲁与汤加两国的发展中国家身份,成功以“借壳上市”的方式参与“区域”保留区的勘探活动[①]。其他发达国家也同样关注资源的开发活动,即便是未加入《公约》的美国也时刻关注着海底区域活动的所有动态。在此背景下,若发达国家率先进入开发阶段,而中国因客观原因无法快速进入开发,是否会影响中国的实际利益?上述问题还需尽快研究。

国际海底区域既有丰富的资源储备,又占据重要的战略地位,围绕矿产资源开发的活动更是牵一发而动全身。除了商业价值与战略意义外,开发活动也与国际政治的稳定、国际关系的融洽息息相关。从中国的角度看,当前世界正处于新的动荡变革期,恐怖主义沉渣泛起、新冠疫情全球肆虐、乌克兰危机延宕加剧、中东冲突硝烟再起,整个世界乱象纷呈。[②]当下并不是开采“区域”矿产资源的良

① 2011年7月22日和2012年1月11日,针对位于克拉里昂—克利帕顿断裂带的保留区,瑙鲁海洋资源有限公司与汤加近海矿产资源有限公司分别与海底管理局签订多金属结核的勘探专属合同。事实上,这两家公司是加拿大投资设立的,只是借用了瑙鲁与汤加两国的国家身份与地位。这就是所谓的“借壳上市”,即发达国家借发展中国家地位参与保留区的勘探活动,进而获取保留区的矿产资源专属勘探权。

② 黄惠康.百年变局下涉外法治建设的时代逻辑[J].当代世界,2024(03):36-41.

好时机。同时,中国的开采技术与装备也尚未成熟,不应该贸然进入开发阶段。中国应当推迟资源开发的进程,并且建议管理局延后考虑进入开发阶段的问题。一方面,成熟的商业开发时机尚未到来,另一方面,完备的技术开发手段还未得到实践验证,从主客观角度看,距离真正实现大规模的商业性开采还有一段时间。

三、勘探合同主体过于单一

中国参与"区域"活动的历史远早于1990年,但直至1990年,中国大洋协会在海底管理局正式登记为先驱投资者,分配到一块位于太平洋的多金属结核的开辟区。在此时期,中国已经开始对该资源的勘探进行了一系列准备工作。时至2000年,管理局相关机构成立,中国大洋协会才得以与秘书处正式签订勘探合同。可以说,中国大洋协会在"区域"活动的历史舞台上发挥了极其重要的作用,并为我国争取到了具有重要战略意义的海底资源矿区。在此时期,中国大洋协会对外代表中国申请"区域"矿区,对内作为大洋专项工作办公室,管理大洋事务,是我国大洋事业的开拓者。在中国目前已经获得的四块勘探矿区中,2001年、2011年和2014年获得的矿区均由中国大洋协会代表中国与管理局签订勘探合同,直至2017年才由五矿集团申请获得一块勘探合同矿区。2019年10月18日,北京先驱高技术开发公司与管理局在北京签订了一份多金属结核勘探合同,这对中国来说,无疑又是里程碑式的成就。然而,相比国际社会多元化的勘探主体参与方式,中国参与"区域"勘探活动的主体过于单一,可能会影响未来的发展。

(一)国际海底区域资源勘探合同主体的现状

一般来说,申请参与"区域"勘探活动的主体符合《公约》及三个勘探规章的规定,经管理局理事会批准,与秘书处签订勘探合同后,正式成为勘探矿区的承包者,完成了合同申请者向承包者的身份转换。从目前国际社会参与"区域"勘探活动的主体情况来看,主要有国家、国有实体、私营企业、科研院所与国家联合体五种主体类型(表6)。

表6 国际海底区域矿产资源勘探合同数量统计表①

序号	承包者	担保国	勘探合同期	地点	性质
(一)多金属结核勘探合同					
1	国际海洋金属联合组织	保加利亚、古巴、捷克共和国、波兰、俄罗斯联邦、斯洛伐克	2001年3月29日—2016年3月28日	克拉里昂—克利帕顿断裂区	国家
2	海洋地质作业南方生产协会	俄罗斯联邦	2001年3月29日—2016年3月28日	克拉里昂—克利帕顿断裂区	私企
3	大韩民国政府	韩国	2001年4月27日—2016年4月26日	克拉里昂—克利帕顿断裂区	国家
4	中国大洋协会	中国	2001年5月22日—2016年5月21日	克拉里昂—克利帕顿断裂区	国有实体
5	深海资源开发有限公司	日本	2001年6月20日—2016年6月19日	克拉里昂—克利帕顿断裂区	私企
6	法国海洋开发研究所	法国	2001年6月20日—2016年6月19日	克拉里昂—克利帕顿断裂区	科研院所
7	印度政府	印度	2002年3月25日—2017年3月24日	中印度洋海盆	国家
8	德国联邦地球科学及自然资源研究所	德国	2006年7月19日—2021年7月18日	克拉里昂—克利帕顿断裂区	科研院所
9	瑙鲁海洋资源公司	瑙鲁	2011年7月22日—2026年7月21日	克拉里昂—克利帕顿断裂区(保留区)	私企
10	汤加近海矿物资源公司	汤加	2012年1月11日—2027年1月10日	克拉里昂—克利帕顿断裂区(保留区)	私企

① 表格内容根据国际海底管理局网站公布的勘探合同信息整理而成。International Seabed Authority.Polymetallic nodules contractors[EB/OL].https://www.isa.org.jm/exploration-contracts/polymetallic-nodules/.Last visited:2025-01-31.

续表

序号	承包者	担保国	勘探合同期	地点	性质
11	全球海洋矿物资源公司	比利时	2013年1月14日—2028年1月13日	克拉里昂—克利帕顿断裂区	私企
12	英国海底资源有限公司	大不列颠及北爱尔兰联合王国	2013年2月8日—2028年2月7日	克拉里昂—克利帕顿断裂区	私企
13	马拉瓦研究与勘探有限公司	基里巴斯	2015年1月19日—2030年1月18日	克拉里昂—克利帕顿断裂区（保留区）	私企
14	新加坡大洋矿产有限公司	新加坡	2015年1月22日—2030年1月21日	克拉里昂—克利帕顿断裂区（保留区）	私企
15	英国海底资源有限公司	大不列颠及北爱尔兰联合王国	2016年3月29日—2031年3月28日	克拉里昂—克利帕顿断裂区	私企
16	库克群岛投资公司	库克群岛	2016年7月15日—2031年7月14日	克拉里昂—克利帕顿断裂区（保留区）	私企
17	中国五矿集团	中国	2017年5月12日—2032年5月11日	克拉里昂—克利帕顿断裂区	国有实体
18	北京先驱高新技术开发公司	中国	2019年10月18日—2034年10月17日	西太平洋	国有实体
19	牙买加蓝矿有限公司	牙买加	2021年4月4日—2036年4月3日	克拉里昂—克利帕顿断裂区（保留区）	私企
（二）多金属硫化物勘探合同					
1	中国大洋协会	中国	2011年11月18日—2026年11月17日	印度洋西南洋脊	国有实体
2	俄罗斯联邦政府	俄罗斯	2012年10月29日—2027年10月28日	大西洋中脊	国家
3	大韩民国政府	韩国	2014年6月24日—2029年6月23日	中印度洋	国家
4	法国资源开发研究所	法国	2014年11月18日—2029年11月17日	大西洋中脊	科研院所

续表

序号	承包者	担保国	勘探合同期	地点	性质
5	德国联邦地球科学及自然资源研究所	德国	2015年5月6日—2030年5月5日	印度洋中脊和印度洋东南洋脊	科研院所
6	印度政府	印度	2016年9月26日—2031年9月25日	印度洋中脊	国家
7	波兰政府	波兰	2018年2月12日—2033年2月11日	大西洋中脊	国家
(三)富钴铁锰结壳勘探合同					
1	日本国家石油天然气金属公司	日本	2014年1月27日—2029年1月26日	西太平洋	国有实体
2	中国大洋协会	中国	2014年4月29日—2029年4月28日	西太平洋	国有实体
3	俄罗斯联邦自然资源和环境部	俄罗斯	2015年3月10日—2030年3月9日	太平洋麦哲伦山	国家
4	巴西矿产资源公司	巴西	2015年11月9日—2030年11月8日	南大西洋雷欧格兰地—海隆	私企
5	大韩民国政府	大韩民国政府	2018年3月27日—2033年3月16日	西太平洋	国家

截至2024年12月31日，海底管理局共批准签署31份勘探合同。其中，多金属结核勘探合同19份，多金属硫化物合同7份，富钴结壳合同5份。根据承包者主体类型分析，私营企业作为“区域”勘探活动主体出现12次，占合同总数的38.7%；国家政府出现9次，占合同总数的29%；国有实体出现6次，科研院所出现4次，分别占比19.4%与12.9%(图13)。在多金属结核勘探合同的承包者中有11个是私营企业，占多金属结核勘探合同总数的57.9%。从数量上看，国际海底区域资源勘探活动主体以私营企业居多，且主要集中在多金属结核资源。从类型上看，勘探活动主体呈现出多元化的发展趋势。这种现象的产生是国际社会对资源开发前景的期待和预判的结果，也是国际市场推动和促进的结果。

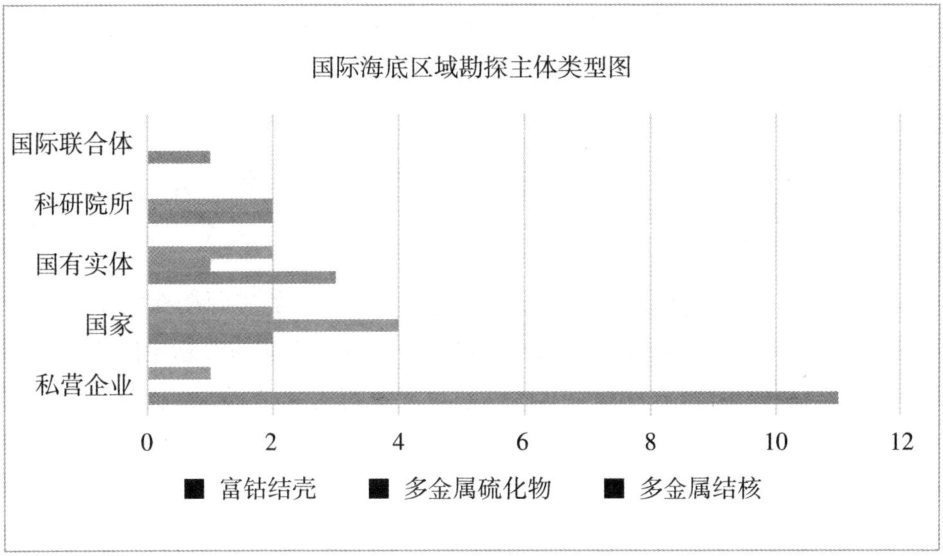

图13　国际海底区域勘探主体类型统计图①

（二）中国参与主体单一化的解决路径

中国目前已经获得五块矿区，是世界上拥有矿区最多的国家，也已成为国际社会关注的“重点对象”。若仍然沿用过去的做法，容易招致其他国家的非议，不利于后期矿区的申请。并且，单一的申请主体所要承担的风险相比多样化的申请主体更加巨大。因此，建议我国“区域”勘探主体向多元化的方向发展，在这方面，可以借鉴一些国家的做法。例如，俄罗斯，其分别以海洋地质南方联合体、俄罗斯联邦政府与俄罗斯联邦自然资源和环境部三类主体，成功获得三种不同资源的矿区。又如日本，分别以深海资源开发有限公司与日本国家石油天然气金属矿物公司两类主体，申请了多金属结核与富钴结壳资源。

随着“区域”活动重心从资源勘探逐步转向开发阶段，中国还需面临转型时期的机遇与挑战。我国在“区域”内的活动除了科研目的以外，主要还是为今后进入商业开发做准备，而商业性质的活动是公司、企业这类市场主体擅长的领域。因此，一方面应当从政府层面积极宣传、鼓励民间主体参与“区域”活动，另一方面，国家应发挥宏观调控作用，建立完善的管理体制，通过科技创新、资源共

① 图表内容根据国际海底管理局网站公布的勘探合同信息整理。International Seabed Authority.Polymetallic nodules contractors［EB/OL］.https://www.isa.org.jm/exploration-contracts/polymetallic-nodules/.Last visited:2025-01-31.

享、税收优惠等政策，吸引市场主体参与“区域”勘探活动，促进国际海底区域资源勘探活动主体向多元化发展。

第三节 国际法视角下承包者的权益保护机制

国际海底区域资源勘探开发合同是《公约》框架下的资源勘探活动。作为“人类共同继承财产原则”的践行者，承包者是“区域”活动的实际操作者。保障承包者的合法权益既符合“人类共同继承财产原则”的根本逻辑，也能鼓励更多的承包者参与“区域”活动，促进“区域”事业的有效开展。从合同主体看，勘探与开发合同受到条约法的部分约束；从合同内容看，国际投资法也具有部分借鉴价值。本节聚焦于此类合同的特殊性质，从国际法层面对合同承包者权益的保护问题进行探讨。

一、承包者权益保护的逻辑基础

保护承包者的合法权益符合“人类共同继承财产原则”的根本逻辑。虽然法律学者尚未就人类共同财产原则的定义达成普遍共识，但“共同财产”所包含的关键要素已经得到普遍认可。例如，不得私人占有，不能获得法律上承认的共同财产空间[①]，来自所有国家的代表必须管理该“区域”资源，因为公共区域被认为是属于每个人的。从这个角度看，政府被降格为代表其人民的角色，来进行“区域”的管理。哈丁认为，通过承认资源是共有的，并同意它们需要管理，可以保护和培育其他更宝贵的自由。[②]因为大众管理在实践中是不可行的，协调共享管理的专门机构必须是以全人类的名义管理公共空间。[③]为了子孙后代的利益，应当

---

① Jennifer Frakes.The Common Heritage of Mankind Principle and the Deep Seabed, Outer Space, and Antarctica: Will Developed and Developing Nations Reach a Compromise? [J].*Wisconsin International Law Journal*, 2003, 21(2): p.411.

② Herman E.Daly.Adjustment to Sustainable Development: The Obstacle of Free Trade[J].*Loyola of Los Angeles International and Comparative Law Journal*, 1992, 15(1): 33-44.

③ Jennifer Frakes.The Common Heritage of Mankind Principle and the Deep Seabed, Outer Space, and Antarctica: Will Developed and Developing Nations Reach a Compromise? [J].*Wisconsin International Law Journal*, 2003, 21(2): 412.

保护“区域”这一公共领域，避免“公地悲剧”的发生。[①]该原则关于实现全人类共同利益的深刻内涵，与承包者利益的保护密切相关。

（一）承包者利益保护的基础："全人类"的一分子

“人类共同继承财产原则”的核心是为“全人类”的“共同利益”，通过ISA管理“区域”，对矿产资源开发的收益进行分享。这种方式的合理性不仅表现在规定海底区域资源的使用，监测深海环境的变化，也体现在平衡各国利益冲突，稳定社会和平的方面。从承包者的角度看，利益驱动是商业活动的本质，致力于“区域”活动的原动力是对资源的追求，这是无可厚非的。从全人类的角度看，作为“人类共同继承财产原则”的核心，“区域”资源开发获得的利益最终将分享给所有人。虽然具体的分配方式还不确定，但公平合理的分配原则已受到普遍认同。表面上看，承包者的利益与全人类的利益似乎存在矛盾，但实则不然。因为承包者首先也是全人类的一分子，全人类的利益也同样也有他的一份。更何况，目前关于利益分配的方式尚未确定，分享给全人类的利益到底来源于资源开发的收益，还是承包者缴纳的开发费用，抑或是两者的结合，这些问题都不确定，所以也无法估计具体的资源收益。但无论如何，承包者作为全人类的一员，与全人类处于同一梯队。

（二）承包者利益保护的目标：鼓励参与“区域”资源活动

从利益分享的角度看，矿产资源开发收益需与全人类共同分享，那么，收益越多，可分配的利益也就越多。从“区域”活动的角度看，承包者只是一个合格的资源勘探与开发的实践者，其获得的收益有部分需要分享给全人类，这种操作模式中，承包者似乎只是一个提供资源勘探开发服务的“技术工”。无论承包者拥有怎样的国家地位，掌握多么尖端的科学技术，只要是在“区域”开发活动中获得的收益，就属于人类共同财产，必须与全人类共同分享。因此，为了使可分配的收益总量尽可能地增加，国际社会应当鼓励更多的国家、企业、法人和自然人投身于“区域”资源勘探与开发活动中去，不断推进“区域”事业的建设与发展，努力实现全人类利益的最大化。

---

① “Tragedy” in this sense should not be seen as tragic in the conventional sense, nor must it be taken as condemnation of the processes that are ascribed to it.Rather, the word tragedy is used here in the spirit of the philosopher Alfred Whitehead as “the remorseless working of things.” Garrett Hardin.The Tragedy of the Commons[J]. *SCI*, 1968,(162):1243.

(三)承包者利益保护与全人类利益的关系:协调统一

目前的深海矿产资源制度正按照上述目标良好的运行着。但作为实际开发活动的承包者与“全人类”的关系问题,似乎受到了质疑。从根本上看,承包者与全人类并不存在所谓的冲突,一方面,承包者申请开发工作计划虽然是以利润为动机,但本质上也是在为全人类而工作,因为其获得的收益,一部分最终将回馈给全人类。从这一层面上看,承包者与全人类是一种合作关系。从理论上看,承包者也是全人类的一员,承包者的活动既是为自己,也是为全人类,承包者的收益决定了全人类的收益,从收益角度看,两者更像是共同进退的伙伴关系。据此,可以认为,保护承包者利益的同时,不仅与全人类利益不矛盾,反而有利于实现全人类利益的实现。维护承包者在“区域”活动中的合法权益,能够提高承包者的投资积极性,促进资源开发活动,最终实现承包者与“全人类”的双赢。

二、条约法对勘探开发合同的有限约束

根据《维也纳条约法公约》(简称《条约法》)的规定,“条约”是至少两个国际法主体意在原则上按照国际法产生、改变或废止相互间权利义务的意思表示的一致。按照这个定义,条约应当包含以下四项内容:(1)条约的主体,即条约的当事者,必须是国际法主体;(2)这些当事者必须至少有两个;(3)这些当事者必须有一致的意思表示;(4)这些一致的意思表示必须意在产生、改变或废止在原则上按照国际法的相互权利义务。下面分别就这四个因素判断勘探合同的基本属性。

(一)《维也纳条约法公约》的可适用性

理论上,只有满足条约应当具备的条件,才能适用《条约法》。关于《条约法》对“区域”勘探开发合同的可适用性,具体可以从四个方面进行讨论。

第一,条约的主体。条约的主体包括主权国家、非完全主权国家、国际组织、其他具有缔约能力的国际法主体。其中,主权国家是最重要的国际法主体,因而也是条约最通常的当事者,历来被认为具有同盟权和缔约权。《条约法》明确规定,每一国家都有缔结条约的能力[①],因为缔约能力是国际人格的最重要的表现,也是国家主权的一个基本属性。国际组织被认为是部分的国际法主体,在一定范围内也有缔结条约的能力。从勘探开发合同主体类型看,由于《公约》规定,勘探和开发合同承包者可以是企业部、国家、国有企业、由缔约国担保或有效控制

① 1969年《维也纳条约法公约》第6条。

的自然人或法人[①]，而只有当承包者是国家的情况下，才符合《条约法》规定的主体资格。其他类型的承包者并不是条约的合法主体。作为合同的另一当事方，海底管理局当然是具备缔约能力的国际组织，这在其组织章程和职能中已明确规定。

第二，条约主体的数目。《条约法》规定条约的当事者必须至少有两个，这是简单的自明之理，因为国际法上的条约正如国内法上的契约一样，必须至少是双方行为。合同当事人只包括承包者和管理局秘书处，从条约类型看，属于双边条约的一种。

第三，一致的意思表示。首先，国际法上的条约与国内法上的契约具有明显的共同点，即各个条约当事者必须有一致的意思表示，才能成立条约。其次，这种意思表示必须由有权代表的机关，如国家元首、持有全权证书的代表等，代为意思表示。再者，在国际法上，条约的缔结只要求缔约各方意思表示一致，而不要求一定的方式。最后，至少两个一致的意思表示必须意在产生、改变或终止原则上按照国际法的相互权利义务，否则就没有条约存在。

根据勘探开发合同的订立情况看，其是承包者与管理局对于勘探开发活动权利与义务的一致意思表示而订立的书面合同，是为创设承包者的专属勘探开发权、规范承包者行为的合同。但是，合同承包者并不一定是有权代表的机关，只有当承包者是国家的时候，它才能作为该国家的代表。从这一角度看，勘探开发合同并不符合条约关于有权代表的机关意思表示一致这一要素。

依照上述分析，由于合同承包者不一定是国家主体，因此是否可以分情况讨论适用《条约法》的问题？首先，在承包者是国家主体的情况下，勘探开发合同满足《条约法》对条约四要素的规定，可以将该合同视为广义上的国际条约。那么，关于合同的签订、修改和终止均应当受到《条约法》的约束。对于合同未规定承包者完成勘探计划后，放弃开发计划的情形，也可以根据条约修改的程序，对合同格式范本进行修改。或者通过与承包者的双边谈判，签订补充条约或新的条约。其次，在承包者为非国家主体的情况下，合同并不符合条约的基本构成要件，无法从《条约法》的角度加以约束。但这并不意味着其可以超脱法律约束，国际法还有诸多原则和规则能够适用。

(二)条约解释的善意原则

善意原则是国际法一般法律原则，乃国际条约得以有效实施的基础，在条约

① 1982年《联合国海洋法公约》第153条。

解释诸要素体系中具有重要地位。[①]“善意”一词意指“理性、合理”，它总是与条约的理解、解释、适用联系密切。《条约法》第31条规定，应当善意地解释条约。[②]虽然难以精确的定义“善意”的内涵，但条约必须善意履行，当然亦须善意予以解释。所谓以善意解释，无非是从诚实信用的立场进行解释。[③]善意是指由下列因素构成的一种思想状态：1. 在信仰或目的方面的诚实；2. 对其责任或义务的诚实；3. 遵守贸易或商业中公平交易的合理商业标准；4. 没有欺诈意图或寻求不合理利益的意图。[④]善意往往被放到平等主体之间的关系中，尤其是契约关系或条约关系的语境中讨论。“善意”的含义高度抽象且处于发展中，作为条约解释诸要素的灵魂，善意在具体个案中通过对诸解释要素和方法的指导、限制和调节来得以实现、转化。善意原则包括禁止权利滥用原则和保护合法期望原则，通过赋予每一当事方以相同条件，提高了法律制度的合法性[⑤]。可见，“善意”是包括条约缔约方在内的国际社会成员的行为方式，体现了对公平、正义价值的追求，是维护国际社会正常法律秩序的基本要求。

从《条约法》的角度反观勘探开发合同，在将其视为国际双边条约之一的情况下，对合同的解释理应秉持善意原则进行。从整体上看，合同的“善意”体现在设立该合同的目的与宗旨方面，其旨在为全人类利益而开展区域勘探开发活动，是对矿产资源的善意使用。而从具体内容看，这种“善意”似乎有些欠缺。例如，承包者在勘探开发合同中的优先权与专属权难以实现，其对合同的处置权也有所限制，合同规定的权利义务不对等，勘探阶段的前期投入无法得到承认，缺少有关承包者退出“区域”活动的补偿规定，这些问题的出现均表明勘探开发合同在公平、平等层面有所缺憾，对承包者并不“善意”。若通过对承包者的苛刻要求，增加“全人类”的利益，那么这种牺牲一方利益、成就另一方利益的合同本身也有失公平，更谈不上善意。

善意原则可以被视为平等、公平、诚信等元素的综合体现，是维护条约合法

---

① 张庆麟，黄幽梦.论善意原则对国际投资协定公私利益平衡的调节——以投资仲裁中善意原则的适用为视角[J].时代法学，2023，21(05)：107-116.

② 1969年《维也纳条约法公约》第31条第1款。

③ 李浩培.条约法概论[M].北京：法律出版社，2003：355.

④ Bryan A.Garner.Black´s Law Dictionary[J].*West Group*，1999：701.

⑤ [美]Thomas Cottier，Krista N.Schefer.世界贸易组织中的善意及合法期望之保护[M].韩秀丽译.北京：北京大学出版社，2005：183.

与合理的基础。事实上,条约并非僵化的文稿,其在为缔约方提供稳定性以完成缔约方赋予条约的目的的同时,条约也随时间而变动,以适应国际社会的新形势及新需求。[①]《条约法》中规定了条约的嗣后实践[②],是一种重要且常见的解释条约的非正式的方法,能够使已经订立的条约继续保持条约效力及作用,同时缓解条约变动性与稳定性之间的冲突。[③]比起重新谈判条约,选择条约解释这一途径更有利于条约目标的实现。现有勘探开发合同从其标准文本内容上看,欠缺对承包者权益的合法保护,应当从条约解释的角度进行完善。具体来说,首先应当在合同订立之宗旨——为"全人类利益"的基础上,承认承包者的合法权益。例如,适当增加承包者的现实权利,赋予承包者更多的合同处置权,在勘探承包者退出"区域"活动时,根据其前期投资给予适当补偿等。

三、国际投资法对勘探开发合同的借鉴意义

国际投资指的是国际(跨国)直接投资活动,而国际投资法正是调整这类活动的各种法律规范的总和。从国际经济法的角度看,勘探开发合同比较符合国际投资的基本形态。

(一)国际投资基本模式与勘探开发合同的对比

将国际投资的一般结构与"区域"资源活动进行比较,不难发现,两者具有高度的相似性。首先,在国际投资关系中,投资国与东道国是投资活动的主体,投资国通过在东道国的投资,促进资本向东道国境内流动。而在深海资源勘探与开发活动中,承包者通过在"区域"的"投资",实现获取资源信息与成果的目的。从这一层面看,承包者相当于国际投资中的投资国,海底管理局相当于东道国(图14),承包者的勘探开发活动相当于投资国向东道国的投资活动。其次,国际投资活动根据具体实践情况,受到投资国与东道国的对外投资法,双边、区域性或全球性投资协定,以及政府间规范性文件的法律约束。而"区域"活动则受到《公约》、勘探规章、《开发规章》等相关法律规定的约束。从这一层面看,勘探开发合同类似于规范当事人行为的双边投资协

① 国际法委员会第六十届(2008年)会议报告附件A(A/63/10号文件)para.1.

② 1969年《维也纳条约法公约》第31条"解释之通则"第3款规定:"……应与上下文一并考虑者尚有:……(乙)嗣后在条约适用方面确定各事国对条约解释之协议之任何惯例。"

③ 刘筝.仲裁庭的条约解释权及《维也纳条约法公约》的引导与制约[J].华南师范大学学报(社会科学版),2021(01):139-156.

定。因此,当前有关国际投资的法律与双边投资条约可以为勘探开发合同的完善提供诸多借鉴。

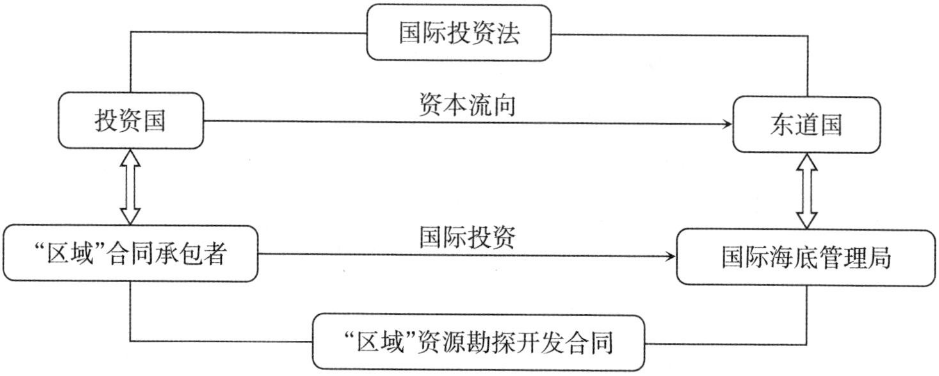

图14 国际投资法基本模式与勘探开发合同模式对比图[①]

(二)国际投资法对勘探开发合同的可借鉴性

在国际交往日趋频繁的今天,国际投资活动类型多样,发展迅速,形成了一套相对成熟的法律规范体系。在战后初期,国际投资多以发达国家向发展中国家的资本输出,而当前的跨国投资已不再局限于过去的形式。越来越多的发展中国家也开始在发达国家进行投资,实现了国际投资活动主体在经济层面的平等。当然,无论以何种形式开展的国际投资活动,其涉及的法律内容与构成要素基本一致。从勘探合同生产的历史看,自2001年首批勘探合同[②]订立至今,只经过了19年时间,相对于国际投资法律规范的发展历程,"区域"资源勘探开发合同还处于成长阶段,存在许多缺陷与不足。这方面的问题可以借鉴国际投资领域的法律制度进行完善。具体来说,可以从四个方面进一步阐述。

第一,对于"投资"的认定。国际投资协定中的投资定义条款可能潜藏着对

---

① 该图根据国际投资法相关理论与国际海底区域勘探合同的具体规定制作。

② 从时间上看,国际上第一批与国际海底管理局订立国际海底区域资源勘探合同的有国际海洋金属联合组织与俄罗斯海洋地质作业南方生产协会,这两份合同均是在2001年3月29日正式签署的。International Seabed Authority.Polymetallic nodules contractors[EB/OL].https://www.isa.org.jm/exploration-contracts/polymetallic-nodules/.Last visited:2025-01-31.

投资者的履行要求。大多国际投资协定都采用了广泛的投资定义,其规制的投资涵盖了各种形式的商业活动和实体(包括财产、权利和利益)。[①]。在现代国际经济生活中,“投资”不再限于有形资产,而是多种多样的[②]在美国提交对方缔约国供谈判用的“双边投资保护条约”样本[③](简称“美式协定”)中,将“投资”定义为:由缔约国另一方的国民或公司直接地或间接地投入的各种形式的资本,诸如股票、债券、各种劳务合同与投资合同等。在中法投资保护协定[④](简称“中法协定”)中,有关“投资”的定义与美式协定的内容基本一致。除“投资”外,美式协定还将保护范围扩大至“各种有关活动”,包括“公司、分公司、代理处、办事处、工厂以及其他各种营业行动机构所从事的组织、管理、经营、维持以及出让等活动;订立、履行与实施各种合同;取得、使用、保护以及出让各种各样的财产,包括各种知识产权和工业产权;筹措资金,购买股票与发行股票;为进口货物而购买外汇。”中法协定并无此种条款,但从协定精神以及中国同其他国家(如意大利)缔结的投资协定的规定来看,与投资有关的活动也在保护范围之内。[⑤]如上所述,国际投资的内涵丰富,定义明确。勘探合同也应当像国际投资一样,在合同中或勘探规章中阐明“投资”的定义,这是对承包者合法权益的确认。

第二,关于外资准入与待遇问题。双边投资保护协定一般规定,缔约一方根据其法律,或法规、政策、行政惯例及审批部门享有的法定权限,准许缔约对方投资者的投资,从而显示对东道国在外资准入方面自主权的尊重。例如,在2016

---

① 沈伟.国际投资协定的机构性转向与中国进路[J].比较法研究,2024(02):191-208.

② 在著名的Salini v.Morocco案中,仲裁庭设定了投资的四个特征:一定的投入、持续一定的时间、承担交易风险以及对东道国经济发展有贡献。Salini Costruttori SpA and Italstrade SpA v.Kingdom of Morocco(Decision on Jurisdiction,23 July 2001),ICSID Case No.ARB/00 /4,para.52.

③ 陈安,刘智中.国际经济法资料选编[M].北京:法律出版社,1991:783-792。此种范本以后经数度增订更新,形成了2004年的现行谈判范本。http://www.ustr.gov/Trade_Sectors/Investment/Model_BIT/Section_Index.html.Last visited:2024-11-11.

④ 中国国际法学会.中国国际法年刊(1985)[M].北京:中国对外翻译出版公司,1985:542-548.

⑤《中华人民共和国政府和意大利共和国政府关于鼓励和相互保护投资协定》第3条第2款规定:“缔约一方的国民或公司在缔约另一方领土内与投资有关的活动所享受的待遇,不应低于任何第三国国民或公司与投资有关的活动所享受的待遇。”参见中国国际法学会.中国国际法年刊(1985)[M].北京:中国对外翻译出版公司,1985:610.

年，中国陕西煤化集团与塔吉克斯坦输变电BOT项目投资项目中，中方根据《塔吉克斯坦共和国投资协议法》第十三条规定："已经签订的投资协议由塔吉克斯坦共和国政府送往议会按照塔吉克斯坦共和国法定程序批准，批准之日，协议生效"①。在外资待遇方面，双边投资保护协定一般要求相互给予对方投资者以"公平和公正的待遇"。在勘探开发合同中，这一要求相当于给予承包者以"公平和公正的待遇"，而这在现有勘探合同或开发合同的草案中未得到有效的保证，至少承包者能够获得的权利与之应当负担的义务相比，并不公平。

第三，关于利润汇出的问题。中法协定允许投资者在"合理期间内"自由转移利润、资本清算所得及征收补偿等收入。美式协定则规定此类款项应可"自由地和及时地"转移。该规定对于投资国来说，极大地保障了其合法权益。勘探合同也应当包含此类条款，例如，允许勘探工作计划完成后，承包者进行资本清算，以便于统计其在勘探阶段的合法投资。

第四，补偿问题。在国际投资协定中，补偿是有效保护投资国合法权益的重要途径。例如，中法协定和美式协定中都规定了东道国对外资实行征收或国有化的前提条件，其中给予补偿是必要条件之一。实践中，东道国对外的征收判断标准较低，只要构成类似征收的结果即可。例如，国际投资争端解决中心的仲裁庭曾在Metalclad v. Mexico案中采用"纯粹效果原则"，判定墨西哥政府环境保护措施的实施构成类似征收的效果，不考虑措施的动机和目的，认定这种征收的存在。②另外，虽然各国在补偿数额及支付方式方面，存在重大区别，但普遍接受"适当的补偿"这一条款。同样，在国际投资框架下讨论勘探合同，将其视为国际投资的一种特殊类型，理应将补偿纳入考虑范围。尽管双边投资协议的补偿是建立在东道国征收的基础上，而勘探合同的补偿则建立在承包者主动退出"区域"活动的基础上，但两者的投资行为基本一致，不能因承包者的主动行为而否定其在勘探阶段的投资。因此，在承包者因故退出"区域"活动情况下，建议勘探制度对其进行适当的补偿，以保障承包者的合法权益。

另外，从国际投资实践看，除了上述四个问题外，国际投资风险的预测、识别与评估也是跨国投资中需要重点考虑的因素。在"一带一路"倡议实施的大背景

---

① 常鹏，穆安营.塔吉克斯坦输变电BOT项目投资协议策划[J].国际工程与劳务，2018(12):76-78.

② Metalclas Corp.v.United Mexican States (Mexico' s Counter - Memorial, 17 Feb.1998), ICSID Case No.ARB(AF)/97/1, para.838.

下，我国对“一带一路”沿线国家的投资日益增加，同时也带来了更加显著的投资风险。[①]自2013年“一带一路”倡议提出以来，中国对中亚国家的能源投资额不断稳定增加，2019年，中国对吉尔吉斯斯坦的投资规模达到了15.5亿美元。[②]但投资风险也日渐暴露，例如，2018年至2019年吉尔吉斯斯坦比什凯克市等城市曾经发生反华集会和针对中国企业的打砸事件。2020年1月和3月，吉尔吉斯斯坦纳伦州发生抗议租赁土地给中国人的示威和将中国筑路工人驱离营地的事件。[③]这些事件给中国企业在境外的投资活动敲响了警钟，促使中国企业愈加重视跨国投资的风险评估与管控领域。

“区域”资源活动也同样存在巨大的风险问题，而目前的勘探开发合同中并未考虑到该因素，间接损害了承包者的合法权益。因此，建议在《开发规章》中增加开发活动的风险评估，进一步保障承包者的合法权益。

本章主要论述了国际海底区域资源勘探与开发活动中承包者权益的保护问题。承包者作为“区域”活动的主体，是确保深海资源活动顺利进行的关键环节，也是《开发规章》制定中最关键的问题之一。围绕着承包者优先权与专属权是否具有可实现性，承包者对于勘探开发合同的处置权是否具有可实施性，承包者在勘探开发合同中的权利与义务是否具有对等性，这三大问题与承包者的合法权益密切相关，直接影响承包者的积极性。中国作为“区域”活动的重要参与者，面临来自三个方面的考验。第一，考虑到日益频繁的海洋活动，勘探与开发合同承包者需要面临与同一“区域”其他活动的协调问题，导致中国承包者的专属权实现困难。第二，中国当前的勘探合同履行进度相对缓慢。至2026年5月，我国第一个勘探合同的第二次延期合同也将到期，届时是否还将继续申请延期勘探合同也是一个需要提前思考的问题。中国应当对未来的国际政治局势及经济发展趋势做好预判工作。第三，对于已经获得专属勘探权的五个“区域”合同，中国承包者的身份较为单一，与其他国家相比，国内主体参与“区域”事业的能力与热情略显不足。

---

① 胡必亮，刘清杰.“一带一路”投资国别风险测算、评估与防范[J].学习与探索，2023，(01)：87-109+204.

② 黄一玲.“一带一路”高质量发展背景下中国对中亚能源投资风险应对探析[J].国际关系研究，2024，(3)：100-158.

③ 李琪.污名化中国在中亚地区的舆情成因与化解路径[J].陕西师范大学学报(哲学社会科学版)，2020，(5)：9.

第四章　国际海底区域资源开发中的环境保护问题

对于《开发规章》的制定，国际社会的重点之一就在于开发活动中的环境保护问题。由于深海环境的脆弱性与未知性，相关环保措施、环境准入标准的制定显得尤为重要，不同国家和非政府组织都非常关注这一问题，纷纷表达各自的不同意见。不可否认，“区域”矿产资源开发与环境保护之间存在着较为明显的矛盾，本质上反映了人类发展权与环境权之间的法律冲突。如何协调这些冲突、缓解两者的矛盾是当前首要解决的问题。中国在“区域”环境保护领域的表现有待加强。一方面，由于自身环保意识觉醒较晚，又难以获得发达国家的技术转让，导致我国环保技术相对薄弱。另一方面，环保标准的制定又可能因为一些政治原因而成为阻碍中国进入资源开发阶段的门槛。这使得“区域”资源开发的环境问题变得更加复杂，对中国提出了较高的要求。

第一节　国际海底区域环境保护的国际问题

国际海底区域生态环境保护是开发阶段需要解决的最为关键的问题。最初谈论“区域”矿产资源勘探与开发活动时，国际社会曾围绕环境保护问题产生过激烈的讨论。环保主义者表示强烈反对[①]，他们认为，人类对海洋环境的影响了解还不够多，海底资源开采行为将破坏未被发现的生物多样性，例如，破坏海洋

① Pedro Re.Deep-Sea Hydrothermal Vents ´Oases of the Abyss[J].*New Technologies and Law of the Marine Environment*,2000(70);Shawncey Webb,Encyclopedia of Environmental issues[J].*New Technologies and Law of the Marine Environment*,2011:1100.

生物聚集之处,进而摧毁整个鱼类种群。这些反对人士要求暂停深海勘探开发活动,除非能够提出有效的环境保护措施。[①]鉴于勘探活动的增加以及国际社会即将把重点从勘探转向开发阶段,海底管理局面临的一个核心挑战就是建立一个适当的环境保护标准和措施,以及相关的程序保障和体制安排,尽可能减少采矿活动对深海环境造成的不良影响。

一、国际海底区域资源开发与环境保护的法律冲突

资源开发与环境保护一直是人类社会发展史中的一对固有矛盾体。无论处在何种历史时期,人类追求生存、改善生活条件的渴望都是无止境的。问题在于,如今人类对自然的所需一定程度上已超出自然本身的复原能力,造成了自然"赤字"。这表明自然界已无法承载人类的过度索取。[②]从根本上看,资源开发是人类发展的必要手段,也是人类行使发展权的表现方式。但生态环境本身也具有值得法律保护的权益属性,即环境权益。那么,发展权与环境权相比,两者孰先孰后,孰轻孰重?这就需要深入分析两者的法律价值,根据基本的法律位阶做出判断。

(一)发展权的价值属性

《发展权利宣言》表明,"发展权利是一项不可剥夺的人权,发展机会均等是国家和组成国家的个人的权利"。[③]这是作为人权话语的发展权第一次正式得到确认,但早在《联合国宪章》的序言中就已经初步表述过,"联合国应促进较高之生活程度,全民就业,及经济与社会进展",并进一步在《世界人权宣言》中分别以"经济、社会和文化权利"详细阐述。[④]发展权是人类的基本权利之一,它不仅是

---

① Greenpeace.Deep Seabed Mining: An Urgent Wake- up Call to Protect Our Oceans [EB/OL].17 July 2013, http://www.greenpeace.org/international/Global/international/publications/oceans/2013/Deep-Seabed-Mining.pdf.Last visited:2024-12-11.

② 从经济学角度看,这一矛盾关系也反映了人类生存与资源利用的关系。P.K.Rao. International Law and Econonics [M].Oxford: Blackwell Publishers Ltd.,2002,第一章,可持续性与可持续发展。

③ 联合国大会.发展权利宣言(41/128)[EB/OL].1986-12-04, https://documents-dds- ny.un.org/doc/RESOLUTION/GEN/NR0/494/22/IMG/NR049422.pdf?OpenElement.Visited date:2024-11-12.

④ [美]玛丽·安·葛兰顿.美丽新世界:《世界人权宣言》诞生记[M].刘轶圣译.北京:中国政法大学出版社,2016:174.

一种人权观念,也具有实际价值。

发展权具体到国家层面,表现为各国有权实行采矿的发展政策。发展中国家从陆地采矿租金中获得了巨大的经济利益,陆地采矿业占外国直接投资的60%至90%,占出口额的30%至60%,占政府收入的3%至20%,占国民收入的3%至10%,占就业的1%至2%。[①]政府收入包括特许权使用费、税收、行政费和补偿费。发达国家将深海采矿视为对陆地采矿的补充,因为他们能从本国管辖范围内的深海采矿活动中获得可观的收入。根据《公约》的规定,各国拥有开发大陆架自然资源的主权权利,这一权利范围可以从领海基线延伸至350海里,或从2500米等深线延伸至100海里。[②]以巴布亚新几内亚(Papua New Guinea,简称"PNG")为例,其与加拿大鹦鹉螺矿业公司(简称"Nautilus")组成的联合财团在距离PNG 31英里的地方进行首个深海矿产资源商业开采。PNG从深海采矿活动中获得的收益包括:2%的特许权使用费、30%的税收、0.25%的生产税、10%的增值税、16.25万美元的年度燃料消费税、一项社区发展基金以及其他费用,例如,3618.99美元的勘探许可证费和15791.96美元的采矿许可证费,PNG还拥有该项目30%的权益。[③]Nautilus公司计划在其20年的许可期间(仅Solwara项目1的许可数量)后,为PNG提供1.42亿美元的直接收益。[④]再加上Nautilus在PNG

① Cecilia Jamasmie.CHARTS: This Is How Much Gold Miners Really Put into Their Host Countnies, MINING.COM[EB/OL].27October 2014, http://www.mining.com/this-is-howmuch-gold-miners-really-put-in-their-host-countries-38891/.Last visited: 2024-11-14.

② 1982年《联合国海洋法公约》第76条、第77条。

③ Nautilus Minerals Investor Update.NAUTILUS MINs.3, 9(Aug.13, 2015), http://www.nautilusminerals.com/IRM/PDF/1648/ConferenceCall Presentation [hereinafter NAUTILUS, Investor Update]; NAUTILUS, EIS, NAUTILUS MINERALS, ENVIRONMENTAL IMPACT STATEMENT: SOLWARA I PROJECT II(Sept.2008), http://www.nautilusminerals.com/irm/content/pdf/environment- reports/Environmental% 201mpact% 20Statement% 20-% 20Main%20Report.pdf, at 2-1; GOLDER Assocs., MINERAL RESOURCE ESTIMATE SOLWARA PROJECT, BISMARCK SEA, PNG 12-5(2012), http://www.nautilusminerals.com/irm/content/pdf/SL01-NSG-DEV-RPT-7020-001_Rev_1_Golder_Resource_Report.pdf.at 19.

④ NAUTILUS, EIS, NAUTILUS MINERALS.ENVIRONMENTAL IMPACT STATEMENT: SOLWARA I PROJECT II , September 2008, http://www.nautilusminerals.com/irm/content/pdf/environment-reports/Envi ronm ental%201mpact%20Statement%20-%20Main%20Report.pdf, at 10-5.Last visited: 2019-11-4.

现有的47份勘探许可证，仅是深海矿产开发这一项至少就是2014年PNG国内生产总值的一半。[①]正如库克群岛政府说的，政府设想的深海采矿将于21世纪末在其管辖水域内开始实施，它可以将“发展中国家”提升至“发达国家”的地位。[②]即使是工业化国家也会从中受益。英国期望深海采矿在30年间为国家经济贡献400亿欧元。[③]将这些直接经济利益与其他利益相结合，突出了深海采矿的重大贡献，特别是对发展中国家的贡献。

（二）环境权的价值属性

发展权是人权理论衍生出的一项基本内容。然而，环境权同样也能够从环境法领域找到相关的法律渊源，即环境权理论。国内学者自1982年将环境权理论正式引入我国，使其成为环境法学研究的热点论题。[④]一些学者认为环境权与生存权存在共同的地方，两者都属于基本人权的内容，但它们属两类不同性质的权利。[⑤]广义环境权论的主要特征是将环境权看作一个宽泛的、开放式的权利体系，凡是与环境相关的，或者说凡是由环境法规定的权利，都可以归纳为环境权。该理论认为，环境权就是享有适宜环境的权利和保护环境的义务。[⑥]任何生活于这个地球上的人类都平等地享有环境权。

环境权的客体是环境利益，指的是环境为人类所带来的利益。如，《公约》对

---

① ASIAN DEV.BANK, PAPUA NEW GUINEA [EB/OL].2015, http://www.adb.org/sites/default/files/publication/175162/png.pdf.Last visited:2024-11-14.

② Rupert Neate.Seabed Mining Could Earn Cook Islands ‘Tens of Billions of Dollars [EB/OL].GUARDIAN, 5 August 2013, http://www.theguardian.com/business/2013/aug/05/seabed-miningcook-islands-billions.Last visited:2024-11-14; Frequently Asked Questions.SEABED MINERALS AUTH[EB/OL].http://www.seabed mineralsauthority.gov.ck/faqs.Last visited:2024-12-11.

③ Rupert Neate.Seabed Mining Could Earn Cook Islands ‘Tens of Billions of Dollars [EB/OL].GUARDIAN, 5 August 2013, http://www.theguardian.com/business/2013/aug/05/seabed-miningcook-islands-billions.Last visited:2024-12-15.

④ 王社坤.环境权理论之反思与方法论重构[J].山东科技大学学报(社会科学版),2012,14(01):34-45.

⑤ 陈泉生.环境时代与宪法环境权的创设[J].福州大学学报(哲学社会科学版),2001,(04):16-29+151.

⑥ 广义环境权论的代表人物陈泉生教授将环境权描述为“享有适宜健康和良好生活环境，以及合理利用环境资源的基本权利”。参见陈泉生.环境法原理[M].北京:法律出版社,1997:106.

各国提出了“使捕捞的鱼种的数量维持在或恢复到能够生产最高持续产量的水平”的要求，以及使相关“鱼种的数量维持在或恢复到其繁殖不会受严重威胁的水平”的要求。[①]上述规定的目的是使渔业资源可为人“利”的功能永不衰减，以维护环境利益。这是海洋渔业资源服务人类需求的利益，是环境利益的一类。通过法律条文保护环境本质上正是对环境利益的保护，使其能够长久持续地为人类服务。

（三）发展权与环境权的法律冲突分析

由于发展权与环境权是两种截然不同的法律利益，两者必然存在冲突与矛盾。人类一直都在寻找解决这一问题的最佳途径。事实上，从法律位阶的角度看，发展权与环境权可以按照一定的位阶排序，但这种排序在不同历史时期表现得并不相同。纵观人类历史，人与自然的关系始终是人类文明的重要基础，并且伴随着文明的演进而发展。从早期人类被动的适应环境，到现代人有意识地塑造环境，无不体现出人与环境相统一的写照。人类与环境这一系统是以人为中心，由人类与其生存环境长期相互作用而形成的复杂系统[②]。并且随着社会生产力的发展，人类与自然环境的关系在不同历史时期呈现出不同的主次或先后的顺序特点。

在17世纪至19世纪初，处于世界工业革命时期的人类以发展生产力为首要目标，在与生态环境的关系中，属于自然资源的“占有者”和“掠夺者”。在19世纪中后期，人类因几次爆发的环境危机才开始意识到保护赖以生存的环境的重要性。因而提出了“可持续发展”的理念，以期生态环境系统能够长期而稳定地为人类社会提供生态系统服务，从而维持和改善人类福祉[③]。20世纪90年代以来，在经济快速发展和人口持续增加的背景下，加之早期对环境的过度消耗，整个地球生态系统面临着巨大的挑战。仅中国在1991年至2009年年间，就出现了约3.3×10^4次环境事故，平均2至3天发生一次事故[④]。当前，人类活动已成为全球

① 1982年《联合国海洋法公约》第119条第1款。

② 陈静生，蔡运龙，王学军.人类—环境系统及其可持续性[M].北京：商务印书馆，2001.

③ Turner B L, Kasperson R E, Matson P A, et al.A framework for vulnerability analysis in sustainability science[J].*Proceedings of the National Academy of Sciences of the United States of America*, 2003, 100(14): 8074-8079.

④ He G, Lu Y, Mol A P, et al.Changes and challenges: China's environmental management in transition[J].*Environmental Development*, 2012(03): 25-38.

环境变化的主要驱动力，并且正在给全球大部分地区带来不利甚至是灾难性后果[①]。这促使人类日渐关注生态环境保护、人与自然和谐共生的课题。

对于人与自然这组关系，在工业时期，人类发展无疑是排在第一顺位的。这也符合当时的总体社会环境。但自21世纪伊始，环境保护理念逐渐被拔高，还在不断地引起人类的关注。可持续发展的国际法出现于20世纪60年代，其特点是在意识形态方面，将发展与非殖民化、国际合作和经济发展联系起来。[②]可持续发展概念与环境意识的结合，是在1972年6月5日至16日在斯德哥尔摩举行的联合国人类环境会议时进行的。第一次环境会议设立了联合国环境规划署，以便与1966年设立的联合国开发计划署密切合作。当时还通过了一项软法贡献，即《斯德哥尔摩宣言》，将经济社会发展与保护和改善人类环境相结合，是迈向可持续发展未来的重要一步。

可持续发展被世界自然保护联盟于1980年首次使用，国际自然保护联盟在其报告《世界自然保护策略》中提出，生物资源保护的可持续发展[③]。1983年，联合国大会通过决议成立了世界环境与发展委员会，[④]1982年5月内罗毕会议失败后，挪威总理格罗·哈莱姆·布伦特兰被任命为布伦特兰委员会主席。该委员会于1987年出版了题目为《我们共同的未来》的报告，并以其第2章《走向可持续发展》而闻名，向全世界普及了这一表达和概念。事实上，布伦特兰报告是1992年联合国环境与发展会议的一个重要灵感来源，这次会议的重要成果是通过了五项文件：两项国际公约（《生物多样性公约》和《气候变化公约》）和三项软性法律文书《森林原则声明》《关于环境与发展的里约热内卢宣言》（以下简称《里约宣言》）和《21世纪议程》，这些文件都确立了可持续发展的概念。《里约宣言》规定了27项原则，其中12项明确提到可持续发展的哲学。[⑤]作为一个起点，第一项原则规定"人是可持续发展关切的中心"。"国际法在可持续发展领域的发展"是27项

---

① Steffen W, Crutzen P J, McNeill J R.The Anthropocene: Are humans now overwhelming the great forces of nature[J].*AMBIO*, 2007, 36(08): 614-621.

② G.Feuer & H.Cassan.Droit international du developpement[M].Paris: Dalloz, 1985.

③ World Conservation Strategy: Living Resource Conservation for Sustainable Development.

④ United Nations General Assembly, Resolution38/161 Process of preparation of the Environmental Perspective to the Year 2000 and Beyond, 19 December 1983.

⑤ 参见《关于环境与发展的里约热内卢宣言》原则1,4,5,7,8,9,12,20,21,22,24和27。

原则所确定的目标之一，直接指向可持续发展的定义。

目前，国际社会已基本形成以环境可持续发展为目标的国际环境保护法律规范，各国也将这一议题设为关键问题。可以说，当前生态环境保护的重要程度已高于人类发展，环境权处于优先于发展权的法律地位。在少数环境破坏极其严重的地区，修复环境损伤、弥补环境损失是第一要务，环境保护的重要性远胜于人类发展。

二、国际海底区域环境保护制度的可行性与有效性

关于深海矿产资源开发的内容主要规定在《公约》第十一部分、附件三《执行协定》，以及《开发规章草案》第四部分。部分涉及渔业、海洋科学研究等方面的环境要求也散见于《公约》各章节中。总的来说，《公约》对海洋环境保护提出了较高的标准，《开发规章草案》的内容也反映了对环境保护问题的重视。但是，从深海采矿的角度看，这些有关环境保护的规定是否具有可行性，在多大程度上有效，可能需要进行深入的论证。

（一）《公约》关于海洋环境保护的规定

海洋环境的保全和保护主要规定在《公约》第十二部分，数十年来的实践经验表明，该内容具备许多显著优势。第一，规定保全和保全海洋环境为首要义务。《公约》首次以具有法律约束力的形式明确规定了各国有保全和保护海洋环境的义务，并详细阐述了这项义务，包括采取必要措施保护和保全稀有或脆弱的生态系统，以及衰竭、受威胁或有灭绝危险的物种和其他形式的海洋生物的生存环境。[①]第二，全面覆盖所有形式的污染。《公约》也是首次包括所有污染源，呼吁各国采取必要措施防止、减少和控制海洋环境的污染，包括陆源、航运、倾倒、海底活动和大气层污染。[②]它还规定采取措施防止、减少和控制海洋环境的污染时，采取的行动不应直接或间接将损害或危险从一个区域转移到另一个区域，或将一种污染转变为另一种污染。[③]第三，采用渐进原则。通过识别国际和地区组织，以及外交会议的能力，采取法律法规，推荐防治、减少和控制污染的程序，《公约》为国际规则和标准的不断升级以及在各国国内的合并铺平了道路[④]。例如，

① 1982年《联合国海洋法公约》第192条、第194条第5款。

② 1982年《联合国海洋法公约》第194条第3款。

③ 1982年《联合国海洋法公约》第195条。

④ 1982年《联合国海洋法公约》第194条、第195条、第196条、第208条。

《公约》使适用于在海上倾倒废物和其他物质的国际法从一种允许的方式演变为高度预防的方式[①]。第四，明确在全球和区域一级进行合作的责任。第197条规定，各国都有责任在全球性的基础上或在区域性的基础上进行合作，制定保护和保全海洋环境的国际规则和标准，同时考虑到区域特点。它还包括在海洋污染研究和制定海洋污染预防、控制和减少的科学标准方面进行合作的义务[②]。第五，向发展中国家提供强有力的科学和技术援助。根据第202条和第203条，将直接或通过有关国际组织向发展中国家提供援助，以保护和保全海洋环境以及预防、减少和控制海洋污染。在国际组织中，发展中国家将优先分配适当的资金和技术援助。第六，预先评估计划活动和不断监测的要求。根据第204至第206条，各国应积极监测它们管辖或控制下的计划中的活动，可能对海洋环境造成重大污染或重大和有害的变化的影响。根据第192条和第194条，这种对污染风险或影响的预先评估和监测是采取一切必要措施预防、减少或控制污染以及保全和保护海洋环境义务的一个基本组成部分。第七，关于国家执行义务和权力的详细规定，包括港口国、沿海国和船旗国。第21条集中规定了执行和保障措施，以平衡沿海国保护其环境的权利和各国在航行方面的利益。

（二）勘探规章与《开发规章草案》关于环境保护的规定

三部勘探规章和《开发规章草案》均要求管理局制定并定期审查环境规则、规章和程序，以确保有效保护海洋环境，使其免受“区域”内活动可能造成的有害影响。为了确保有效保护海洋环境，管理局和担保国对这种活动应采取《里约宣言》原则15所阐述的预防性办法和最佳环境做法。承包者、担保国和其他有关国家或实体应同管理局合作，制定并实施监测和评价深海底采矿对海洋环境的影响的方案。[③]其中，反复强调“保护海洋环境免受‘区域’内活动可能造成的有害影响”。《开发规章草案》对于开发过程中的环境保护要求更加具体，要求制定较

---

① C Redgwell.The 1982 LOSC and Protection of the Marine Environment，in David Freestone et al.(eds)The Law of the Sea：Progress and Prospects[M].Oxford：Oxford University Press，2006：188.

② 1982年《联合国海洋法公约》第200条、第201条。

③ 参见2013年《“区域”内多金属结核探矿和勘探规章》、2010年《“区域”内多金属硫化物探矿和勘探规章》、2012年《“区域”内富钴铁锰结壳探矿和勘探规章》第五部分“保护和保全海洋环境”，2019年《“区域”内矿物资源开发规章草案》第四部分“保护和保全海洋环境”。

高水平的环境标准，实施环境管理系统，编制环境影响报告和环境管理和监测计划。同时，还要求承包者必须进行污染控制和废物管理，并设立环境补偿基金用于修复环境损害。

这些涉及环境保护的具体要求虽然不能完全避免采矿对深海生态环境造成的损害，但在很大程度上能够降低、减轻可能带来的不利后果。

然而，这些具体规则的实施不仅要求承包者拥有高水平的环保技术条件，也需要其具备高素质的环保理念，这是无法通过法律规范形式确立的内容。并且，考虑到环保措施的实施意味着开发成本的增加。大部分情况下，资源保护就意味着减少对资源的获取和使用。以海洋环境保护区的设置为例，理想情况下，海洋保护区被设计用于提供严格的资源保护的特定区域和容纳国际社会使用的其他区域，形成一个综合各种用途和资源的系统。①由于以保全和保护海洋生态系统为宗旨，海洋保护区很大程度上限制了对海洋资源的使用，因此，对新的海洋保护区提出的建议往往面临许多阻力。②《开发规章草案》规定的诸多环保措施最终能落实到何种程度，还有待观察。

三、国际海底区域环境损害的救济方式

自然资源的开发总是难以避免地伴随着环境损害，海洋资源开发活动亦是如此。深海生态系统极其脆弱，生长缓慢，韧性低，然而它们却为地球上的所有生命提供了至关重要的生态系统服务③。研究表明，“区域”采矿活动可能会对深海环境造成长期、广泛和重大的不良影响④，包括破坏铁锰结壳、结核、海山和与热液喷口的特殊生物群落，例如，沉积物和有毒物质的扩散。⑤倘若采矿活动对

① National Framework, NAT'L OCEANIC & ATMOSPHERIC ADMIN［EB/OL］. http://www.msp.noaa.gov/framework/index.html.Last visited:2024-10-14.

② Harold R.Upton & Eugene H.Buck, Cong.Research Servive.Crs Report for Congress:Marine Protected Areas:An Overview[J].2010(09).

③ Response to the Consultation on the Working Draft-Exploitation Regulations(ISBA/Coms/2016/I)Submitted to ISA on 2 November 2016,See At Risk(SAR).p.4.

④ J.Halfar and R.M.Fujita.Danger of Deep-Sea Mining Threat to Marine Ecosystems[J].*Science*, 2007(316):987, citing the Tusch Research Group, in R.Wolfrum(ed.) Proceedings:International Symposium Kiel Institute of International Law, Kiel, Germany, 17 to 20 May 1989,Berlin:Duncker & Humblot,1990.

⑤ C.Van Dove.Tighten regulations on deep-sea mining[J].*Nature*,2011(470)31-33.

深海环境造成了实际损害，应该通过何种方式对环境进行补偿？此外，《公约》还规定了哪些救济方式呢？这些问题值得引起管理局的重视。

（一）海底环境损害的不可控性

海洋环境是复杂的、动态的和广袤的，人类关于其进程和组成部分的知识还非常粗浅。虽然海洋在传统上被认为是取之不尽、用之不竭的，能够支持任何人类活动，但现在很清楚的是，不断增加的人类活动、不合理的使用海洋正在将海洋推向其生态承载力的极限。

据联合国粮食及农业组织2019年的报告显示，全球75%以上的鱼类已被完全捕捞或过度捕捞，接近枯竭边缘[①]，越来越多的海洋物种受到威胁或濒临灭绝。管理不善、破坏性的捕捞方式，例如，海底拖网捕捞，以及非法、不受管制和未报告的捕捞，都是对鱼类种群以及其依赖的生态系统造成一系列不利影响的原因。随着工业化进程的加快，人类活动制造出了大量的二氧化碳以及其他有毒有害气体，海洋仅吸收了所有人为碳排放量的25%—30%，而其他有毒有害气体还会与海水发生化学反应，引发全球海洋变暖，酸性增强，海平面上升，洋流变向的状况，从而使得海洋中的低氧区域不断扩张，水分层现象更加明显，从而对海洋生物的生存环境造成负面影响，导致生态系统遭到难以逆转的破坏，其复原力也会逐渐被削弱。[②]此外，现有的和新兴的海洋使用方式对海洋环境构成其他威胁，例如，船源污染、海洋废弃物、噪声污染、海洋施肥、二氧化碳封存、声学温度测量、人工岛屿和管道建设，近海石油和天然气勘探、海底采矿、生物勘探，以及扰乱海洋环境的科学研究。

尽管目前已高度重视深海采矿过程中的海洋环境保护问题，各国在进行实际开发活动前，都会经过严格的环境影响评估与监测活动。例如，英国政府于2014年颁布了《英国深海资源勘探法》，对已获得深海资源开采许可证的承包者进行事前尽职调查，对其深海作业进行严密的监控，以确保其行为不至于损害海洋环境。但该法案并没有规定英国应该采用哪些条款和条件进行这些监督，这意味着开采许可证的性质和内容对不同的承包者将有所不同，使得监测更加困

① FAO.2006 State of World Fisheries and Aquaculture（SOFIA）2007[EB/OL].2017，http://www.fao.org/docrep/009/AO699e/AO699eOO.htm.Last visited：2024-12-11.

② 戴瑛，周景行.全球海洋环境治理的挑战与思考[J].海洋经济，2018，8(05)：57-64.

难。[①]对此,世界野生动物基金会明确表达了他们的担忧,认为该法案缺乏清晰的环保措施,无法明确的衡量深海采矿作业到底如何影响周围海洋环境。[②]不仅环境监测的实际效果令人不满,甚至引人怀疑这些环境保护规定设置的初衷是否真的是从环保的角度出发,还只是为了实现尽快开采而虚设的条文?因为深海环境保护在资源开发带来的巨大利益面前,显然缺乏原动力。

除了环境预防、监管措施的有效性存在一定的疑问,更重要的是,深海环境损害本身就具有不可控性。深海矿产开发作为一项高风险的活动,必然存在海洋生态环境破坏的风险。因此,在开发活动开始前先未雨绸缪的探讨环境损害的救济问题,实属必要。

(二)海底环境损害的可补偿性

海底环境受到损害后,是否可以通过一定的方式进行补偿?如何对环境进行补偿?这些问题在《开发规章草案》中做出了部分阐释。《开发规章草案》第55条规定,管理局将设立一项环境补偿基金(简称"基金"),用于实施任何旨在防止、限制或修复"区域"内活动对"区域"造成的任何损害、其费用无法从承包者或担保国(视情况而定)回收的必要措施。[③]该条表明,管理局已经考虑到采矿活动造成环境损害后的修复问题,并为此专门设立了一项基金。问题是,这种环境补偿措施在多大程度上有利于修复受损环境。

海洋环境补偿也被称为海洋生态补偿,是对海洋使用过程中利益相关方经济利益的协调以实现海洋生态的保护和治理。本质上属于经济理论范畴,其理论渊源主要是外部性理论、产权理论、公共物品理论和可持续发展理论。[④]海洋生态补偿的目的是协调海洋生态保护和海洋经济可持续发展。学者们普遍认为,海洋生态补偿是以保护海洋生态环境与可持续利用海洋生态系统服务并举为目的,运用法律、行政、市场等手段调节利益相关者、环境、经济及社会利益关

① Jasbinder Ghag.Regulating Deep Sea Mining and the Importance of Protecting Marine Life from Damage[J].*Environmental Law Review*,2014,16(04):245.

② http://assets.wwf.org.uk/downloads/report-stage-deep-sea-mining-briefing.pdf.Last visited:2018-12-11.

③ 国际海底管理局."区域"内矿物资源开发规章草案[EB/OL].第55条,2019年7月,https://ran-s3.s3.amazonaws.com/isa.org.jm/s3fs-public/files/documents/isba_25_c_wp1-c.pdf.Last visited:2024-12-25.

④ 许瑞恒,林欣月,姜旭朝.海洋生态补偿研究动态综述[J].生态经济,2020,36(07):147-153.

系的制度安排。[①]这种以经济手段补偿环境损害的方式可以在很大程度上帮助受损环境的修复,但必然无法使受损环境恢复到最初状态,至多只是恢复原本的环境功能。并且,从经济角度看,环境补偿基金的资金来源主要是开发承包者缴纳的费用和罚款。在不增加开发承包者应缴费用的前提下,基金的资金可能难以覆盖环境补偿的现实需求。因此,环境补偿基金设立的实际效果是否能够达到预期水平,还需要进一步验证。

(三)环境保护义务的可诉性

《公约》关于环境保护义务的规定,通过"爱尔兰诉英国混氧燃料工厂案"得到了实际履行。对于违反这一义务的缔约国,可以通过争端解决条款对其追责。"爱尔兰诉英国混氧燃料工厂案"[②]是一起非常著名的海洋环境污染纠纷仲裁案件。案件大致情况如下:英国西北部有座480英亩的核燃料厂,该厂前身是皇家军械厂,自1947年起生产钚反应堆,将放射性核废料排入临近的爱尔兰海。爱尔兰海属于半闭海,坐落于爱尔兰共和国东海岸。1957年10月,该厂发生核泄漏事故,但未引起政府重视,仍然继续开发核动力。2001年10月3日,英国政府通过一项决议,承认该厂的合法性。该决议开启了燃料厂的试运行。爱尔兰政府因此认为英国怠于履行《公约》项下的法律义务,并向联合国提起仲裁。同年10月25日,爱尔兰根据《公约》第287条以及附件七第1条向英国就涉及混合氧化物燃料工厂、放射性物质的跨国运输以及爱尔兰海海洋环境保护提起仲裁。爱尔兰提出了五项与《公约》有关海洋环境保护要求相关的具体诉求,例如,英国违反《公约》第192、193、194、207、211、214条的规定,没有采取必要措施阻止、减少或控制污染物造成爱尔兰海的环境污染。同时,爱尔兰还申请停止燃料厂运行的临时措施。

该案的争议主要涉及争端解决程序的管辖权与仲裁庭规定临时措施的条件。[③]关于临时措施的条件,需要满足三个条件。除了具有初步管辖权之外,第

① Xinzhang S, Hailin Z.Establishing eco-compensation system in China: Practice, problems and strategies[J].*China Population*, Resources and Environment, 2008, 18(05): 139-143.

② "爱尔兰诉英国混氧燃料工厂案"由常设仲裁法院仲裁庭审理,从2001年10月25日至2008年6月6日,耗时近7年,最终以爱尔兰撤销仲裁而结束。案件来源:http://www.pca-cpa.org/showpage.asp?pag_id=1148.Last visited:2024-09-01.

③ 本章只讨论与海洋环境保护有关的仲裁庭规定临时措施问题,不讨论管辖权争议问题。

二个条件是存在难以弥补的危险。从国际司法实践来看,这种危险大多与重大环境污染有关,本案中的燃料厂所造成的污染已经达到了这一条件。需要注意的是,"存在难以弥补的危险"并不要求已经造成危险,只要存在危险发生的可能性就可以了。第三个条件是情况紧急。本案中,爱尔兰请求规定临时措施的一个重要理由是,燃料厂的运作将导致不可逆转的海洋污染,导致爱尔兰遭受难以弥补的紧急和严重威胁。然而,仲裁庭拒绝了爱尔兰的主张,因为英国与爱尔兰并未就燃料厂造成海洋污染问题达成共识,而英国又对防止海洋环境污染做出了一定程度的保证,所以仲裁庭认为其无法对爱尔兰可能遭受的海洋污染威胁的紧急程度做出评估。最终,仲裁庭拒绝了爱尔兰请求仲裁庭规定进一步临时措施的诉求。

对此结果,有学者认为仲裁庭的决定是恰当的,因为在规定临时措施程序中,仲裁庭无法就实体问题做出更多的调查和阐释。从程序上看,燃料厂可能对爱尔兰造成不可逆转的污染也未显现出来。[①]如果仅从程序上看,仲裁庭的做法的确是妥当的,但若考虑到"不可逆转、难以弥补的危险"的具体程度,可能还有商榷的空间。本案中,燃料厂自1947年以来就一直向爱尔兰海排放核废料,对于爱尔兰海沿岸的爱尔兰国家必定会造成一定影响,但由于海水的流动性,可能稀释了这种污染物的损害风险,使得难以弥补的危险未能显现出来。

尽管本案最终以爱尔兰撤销仲裁为完结,但其所带来的影响却非常深远。例如,《公约》缔约国可以根据争端解决条款,对违反环境保护义务的缔约国提起仲裁或诉讼,促使海洋环境保护义务成为具有可诉性的一般法定义务。

第二节　中国关于国际海底环境保护的主要问题

在国际社会面临深海矿产资源勘探向开发过渡的背景下,中国应当聚焦于迈入开发阶段的准备工作,这将决定未来中国的五块勘探合同区域能否顺利转变为开发合同。因此,国际海底区域活动的转型为中国带来了巨大的挑战。海底采矿过程中的环境保护问题是《开发规章》制定中的关键内容,亦是国际社会

① 吴士存主编.国际海洋法最新案例精选[M].北京:中国民主法制出版社,2015:176-177.

关注的焦点。毕竟，在1500米或海底更深处，任何采矿破坏都会对环境造成永久的伤害。[①]尽管中国已在各个国际场合表明对深海环境保护的重视态度，2016年出台的《深海海底资源勘探开发法》更是大篇幅规定，"区域"活动必须顾及对深海环境的影响。但中国关于深海环境保护的技术与实践尚且不足，还需进一步完善。

一、国际海底环境保护技术相对薄弱

中国一直以来都十分关心海洋环境保护问题，但所掌握的海洋环境保护技术与发达国家相比，差距依然明显。对于未来如何在资源开发过程中协调与深海环境的关系，还需要从技术层面加强研究。目前，中国在海洋环境保护技术领域的自主研发能力相对较弱。这主要基于三个方面的原因。从历史层面看，早期中国社会主要追求发展目标，以解决全民温饱问题为导向，难以顾及环境保护问题，这是社会发展的历史规律所决定的。从现实层面看，国内的环境保护立法进程较缓，国民整体的环保意识觉醒较晚。从客观层面看，国际海底环境保护技术是目前的新兴领域。虽然"环境保护"已非新鲜词汇，但环境保护技术，乃至应用于深海环境的科学技术对于大部分国家而言，可能困难重重。

（一）历史原因：因发展需要忽视人与环境的平衡关系

处于不同历史时期的人类在认知水平、生产关系与社会生产力方面都存在巨大的差异，因而呈现出不同的文明形态。整个人类发展史，书写了人类从渔猎文明到农耕文明，再从工业文明到现代生态文明的进步过程。人类文明的发展史也是人类不断适应自然、改造自然、协调自身与自然关系，实现人类自身发展，推动社会进步的过程。在农耕文明时期，社会生产力有限，人类最基本的需求莫过于温饱。在解决基本生存问题都举步维艰的前提下谈论环境保护，实在是强人所难。到了工业文明时期，社会总体目标是经济发展，只有国家综合实力提升，才能实现普通民众的个体发展。因此，工业时期为发展而牺牲环境是情势所迫，也是无奈之举。当前，社会经济呈稳定增长态势，民众生活水平日益提高，国家有能力，也有余力关注生态文明建设问题。这是历史发展的必然，没有哪个社会能跳脱这一历史过程。在中国改革开放阶段，西方国家曾一度指责中国缺乏

---

① M.McCarthy.Deep-sea mining adds to fears of marine pollution，Independent[EB/OL].2010，http://www.independent.co.uk/environment/nature/deep- sea- mining- adds- to-fears-of-marine-pollution-2016292.html.Last visited:2024-10-10.

环境保护意识,以环境换取发展。然而,他们似乎遗忘了自己国家的发展史。西方以蒸汽机和电力为代表的两次工业革命,哪次不是以牺牲环境为代价换来的,西方的工业革命不是也造成了环境伤害吗?

(二)现实原因:国内环境立法进程较慢

中国以农业为基础开始社会主义建设,自然资源对于薄弱的工业基础也具有极其重要的作用。[①]1978年3月5日,五届全国人大一次会议通过修订的《宪法》第11条第3款规定:"国家保护环境和自然资源,防治污染和其他公害。"这是首次在《宪法》中确认了国家的环境保护职责,并明确了环境保护工作领域为自然资源保护和污染防治两个方面,为专门环境保护立法确立了宪法依据。自此,国内逐渐开始重视生产活动中的环境保护问题,并通过立法的方式明确环境保护的责任、目标与措施。

近几年,我国生态文明建设工作取得了很大的成就,尽管国内对环境保护的高度关注始于21世纪初,环保意识还有待进一步加强。从法律层面看,我国的环境保护基本法从1979年的《环境保护法(试行)》颁布,到1989年正式通过《环境保护法》,再到2014年生态文明入宪,才逐渐形成完备的环境保护法律体系与制度。[②]从政策层面看,2012年11月,党的十八大提出"大力推进生态文明建设",并将生态文明建设纳入推进中国特色社会主义事业的"五位一体"总体布局中,党和国家领导人多次在重要场合强调绿色经济、生态循环、可持续发展等环保理念,明确了环境保护的重要地位。党的十八大提出的法治建设"新十六字方针"——"科学立法、严格执法、公正司法、全民守法",是新时期我国法治建设的重要衡量标准。[③]党的二十大报告指明,人与自然和谐共生是中国式现代化的重要内容和典型特征。实现人与自然和谐共生的中国式现代化蕴含着深刻的法治意蕴和深厚的法治期许,要求建立内容完备、结构严密、逻辑融贯的生态环境法治体系。[④]这些内容都离不开可持续发展原则的实施。

---

① 吕忠梅,吴一冉.中国环境法治七十年:从历史走向未来[J].中国法律评论,2019(05):102-123.

② 郑少华,王慧.中国环境法治四十年:法律文本、法律实施与未来走向[J].法学,2018(11):17-29.

③ 刘卫先.以中国式现代化引领环境法治建设[J].中州学刊,2023(07):67-74.

④ 秦天宝.人与自然和谐共生的中国式现代化之环境法治保障[J].武汉大学学报(哲学社会科学),2023,76(3):28-38.

可持续发展已成为环境保护和环境法制建设的指导思想，对于环境保护问题的重视度还在不断地提高。可见中国正在以实际行动改善生态环境，弥补早期忽视环境功能、缺乏环境意识造成的环境损害。

（二）客观原因：国际海底环境保护技术难度较大

国际海底环境保护技术是当前的新兴领域，国际社会对此少有提及。国内有关这一问题的研究尚未出现。关于海底采矿的环境保护问题，多数研究均是围绕采矿对海洋生态系统与生物多样性的影响这一主题。涉及技术的研究又只是从采矿技术、深潜技术或挖掘技术等层面展开的，并未有人就环境技术这一主题进行过研究。而对于海底环境保护的议题，又多是提出应当高度重视环境影响、环境风险等因素的普遍结论，无一提及如何自主研发环境保护技术、提高环保水平或如何引进国外环保技术等方面的内容。造成这一现象的主要原因固然是这一技术在客观上，属于专业性强、难度系数大的特性，但也反映了我国在这一领域的弱势。当然，或许也存在冷门、高深与尖端等其他因素，使得该领域的研究有些默默无闻。同时，考虑到绝大多数先进技术都涉及专利与知识产权保护的问题，鲜有人在公共场合探讨也实属正常。

海底环境保护技术主要包括深海采矿前期的环境评估与预测，采矿过程中的环境保护措施，以及采矿结束后对采矿地点环境的修复和补偿。总体上具有难度高、风险大、专业性强等特征。一项设备要想在海底运作，除了要保证它能够被安置在深海区域，还要确保其能在高强度水压的环境下正常工作，这样高难度的要求几乎是无法想象的。深海环境对技术要求相当严苛，普通能在平坦的陆地上正常运作的设备，是无法承载深海高强度水压的。更重要的是，位于海平面数千米以下的国际海底对人类而言，属于一个全新的未知领域。虽然人类已发明海底探测设备，部分发达国家也已掌握了深海采矿技术，但尚未进行实际开采活动。关于深海采矿活动将会对深海生态环境造成怎样的负面影响，这种影响程度有多大，持续时间多久，都还是未知数。目前对于深海环境影响的评估仅仅停留在预测阶段，围绕这一主题的研究也仅是从理论层面出发，至多是在模拟深海环境的基础上开展试验，进而得出参考结论，并不能完全代替实际情况。中国当前在深海环境保护技术领域的研究尚浅，相对部分发达国家而言，存在明显的技术短板。因此，今后国内应当重点关注这一技术领域的研发与创新。

二、国际海底环保技术转让作用有限

国际绿色技术转让是国际社会应对国际环境变化、保护环境的根本措施。其核心思想是，发达国家应当在环保领域的技术转让方面给予发展中国家必要的帮助。自从1972年斯德哥尔摩会议以来，历次国际环境保护会议提出或订立的国际条约与国际法文件均对国际绿色技术转让问题有所关注与规定。[①]

但在实际操作层面，这些国际条约与国际文件并未产生预期的效用。法律层面的原因，主要是欠缺技术转让机制的具体条款，例如，《联合国气候变化框架公约》《京都议定书》《巴黎气候协定》等应对环境问题的国际条约与国际法律文件多倾向于促进绿色技术的转让，但其致命的缺陷在于，涉及技术转让问题的规定过于模糊与抽象，缺少良法应具有的明确性，导致许多具体问题无法可依。而《与贸易有关的知识产权协定》《保护工业产权巴黎公约》等构成的国际知识产权保护机制只重视知识产权保护，忽视了知识产权的流转，使得绿色技术转让机制成为虚设。总的来说，价值维度上，国际合作价值作用发挥有限。利益维度上，现有规则难以协调技术转移各方利益。实践维度上，实施全过程缺乏保障机制。[②]

现实层面的原因包括发达国家故意不作为，发展中国家购买力不足，一些掌握技术的跨国企业设置一些知识产权壁垒来限制发展中国家获得环保技术等，这些情况均导致发展中国家通过技术转让方式获得环保技术成为遥不可及的梦想。事实上，技术转让不是自发形成的，多数是通过市场途径进行的，主要发生在跨国公司之间并且带有一定成本。历年来有关环境技术转让的国际谈判一直在进行，但有关气候变化相关技术的国际转让并不顺利。

国际海底区域采矿活动中同样也存在技术转让困难的问题。“区域”的技术转让与一般的国际技术转让不同，在“区域”资源开发上，发展中国家存在着技术能力的先天性弱势，无法与发达国家处于平等的地位。因而，通过技术转让能够推动发展中国家建立和完善技术能力体系。这就要求“区域”技术转让规则为技

---

① 比如在2010年结束的坎昆会议所达成的坎昆协议，在应对气候发展方面提出了诸如开展一系列活动并成立有关机构，保护易受气候变化威胁的人们，并为发展中国家提供在制定规划、建设本国可持续未来的进程中所需的资金和技术，成立技术机制等建议。

② 马忠法，郑文龙. 可持续发展理念下国际绿色技术转移规则审视：演进、不足及完善[J]. 大理大学学报，2024，9(05)：95-105.

术要素向发展中国家的流转提供充足的法律支撑。[①]《开发规章草案》鼓励发达国家按《公约》要求向发展中国家进行技术转让，但未规定具体的转让规则，且这种转让以自愿为主，而非强制性规定。因此，这一技术转让规定能否为发展中国家提供实际帮助，目前还尚不确定。

三、国际海底区域资源开发环保门槛限制

目前，《开发规章草案》已规定了较为详细的环境影响评估、预防措施、环境责任基金等一系列与国际海底区域环境保护有关的内容。从环境保护的角度看，这些措施都是实际有效的，对于未知领域的深海环境，再严苛的环保要求似乎都是无可厚非的。然而，从国际关系层面看，环保标准的制定并非单纯的以现实环境状况为依据，实则暗含国际社会的暗潮涌动。

技术进步和利益驱动致使深海采矿相关各方相互角逐，竞争态势愈发明显。以深海环境保护为目的，限制采矿活动的行为，表面看是部分环保组织为保护人类共同环境，阻碍深海资源开发。但仔细思考，不难发现，高标准的环保门槛并不会真正阻碍拥有先进技术的发达国家，反而限制了技术落后的发展中国家。这对于中国而言，形势更为严峻。中国在采矿技术与环保技术领域存在着短板，与发达国家的差距明显。过高的环保门槛设置必然会阻碍中国参与"区域"开发活动的进程。事实上，部分发达国家，如澳大利亚、加拿大、荷兰等，以及其他发达国家影响的国际组织观察员高举环保大旗，企图以环保领域的高技术门槛限制发展中深海大国，这一苗头已经凸显。美国虽然不是《公约》的缔约国，但其国内许多研究所均是管理局的观察员，对管理局规则的制定具有一定的影响力。因此，在环保问题上，中国的确处于被动的位置，需要从根本上提高环保技术储备，避免受到其他发达国家的遏制。

第三节　国际环境法视角下国际海底环境保护机制

当前，关于环境保护的国际条约包括1992年《1969年〈国际油污损害民事责

---

① 李志文，吕琪．国际海底区域技术转让规则的理想和现实之协调[J]．政法论丛，2018(02)：91-99.

任公约〉1992年议定书》[①]，1994年《联合国防治荒漠化公约》[②]，1997年《联合国气候变化框架公约京都议定书》[③]，2000年《〈生物多样性公约〉卡塔赫纳生物安全议定书》[④]，2001年《关于持久性有机污染物的斯德哥尔摩公约》[⑤]，2001年《国际燃油污染损害民事责任公约》[⑥]，2010年《〈生物多样性公约〉关于获取遗传资源和公正和公平分享其利用所产生惠益的名古屋议定书》（简称《名古屋议定书》）[⑦]等。国际社会已充分认识到环境的国际保护的重要性，环境保护的国际条约法体系已基本形成，许多环境保护的国际法原则已得到举世公认，乃至成为国际习惯法。然而，国际环境法的实施却没有达到预期的效果，正如亨金教授曾指出的，关于环境方面的宣言和协议数量激增，但是共同领域的环境情况却在持续恶化。因此，现在需要的不是更多的规则，而是更为有效地履行现存和处于开始阶段的义务[⑧]。

一、国际海底区域资源开发环境保护制度分析

鉴于采矿活动可能给环境带来的重大损害，管理局特别重视矿产开发过程中的环境保护问题。从2011年第17届年会至今，管理局已制定并实施了一系列与深海环境有关的举措，用以保护和养护"区域"的自然资源，使其免受采矿活动的不利影响，并防止对海洋环境的动植物造成破坏。目前正在拟定的《开发规章

---

① Protocol of 1969 International Convention on Civil Liability for Oil Pollution Damage（London，27 November 1992），1996年5月30日生效，中国于2000年1月5日加入。

② United Nations Convention to Combat Desertification- UNCCD（Paris，17 June 1994），1996年12月26日生效，中国于1997年5月19日加入。

③ Kyoto Protocol to the United Nations Framework Convention on Climate Change（Kyoto，11 December 1997），2005年2月16日生效，中国于2002年8月30日加入。

④ Cartagena Protocol on Biosafety to the Convention on Biological Diversity（Montreal，29 January 2000），2003年9月11日生效，中国于2005年9月6日加入。

⑤ Stockholm Convention on Persistent Organic Pollutants（Stockholm，22 May 2001），2004年5月17日生效，中国于2004年6月25日加入。

⑥ International Convention on Civil Liability for Bunker Oil Pollution Damage（London，23 February 2001），2008年11月21日生效，中国于2009年3月9日加入。

⑦ Nagoya Protocol on Access to Genetic Resources and the Fair Equitable Sharing of Benefits Arising from Their Utilization to the Convention on Biological Diversity（Nagoya，30 October 2010）.

⑧ [美]亨金.国际法：政治与价值[M].张乃根译.北京：中国政法大学出版社，2005：139.

草案》第四部分详细规定了承包者应遵守的具体规则，包括提交环境影响报告，制定环境管理和监测计划。同时，管理局还提出设立环境责任信托基金，为切实保障“区域”环境提供全面的法律框架。

（一）以预防性原则为环境保护的基本原则

《开发规章草案》中明确规定了环境保护的四项重要原则，第一是采用《里约宣言》[①]原则15所反映的预防性办法，评估和管理“区域”内开发活动危害海洋环境的风险。《里约宣言》又称《地球宪章》(earth charter)，其原则15规定：为了保护环境，各国应根据它们的能力广泛采取预防性措施。凡有可能造成严重的或不可挽回的损害的地方，不能把缺乏充分的科学肯定性作为推迟采取防止环境退化的费用低廉的措施的理由。管理局早在第六届会议制定《结核规章》时，已将这一原则纳入其中。2018年公布的《开发规章草案》更是重申了该条原则内容，在第四部分进一步细化了相关执行措施。第二是执行环境保护措施时适用最佳可得技术和最佳环保做法。第三是将最佳可得科学证据纳入环境决策，包括就环境评估开展的所有风险评估和管理，以及根据或按照良好行业做法采取的管理和应对措施。第四是在评估、评价和管理开发活动在“区域”内造成的环境影响方面，包括在及时获取相关环境信息方面，促进问责制并提高透明度。[②]

实践中，预防原则与尽职调查义务具有密切的联系。在2010年纸浆案中，国际法院裁定乌拉圭违反了其在1975年与阿根廷签署的《乌拉圭河规约》[③]第7条对阿根廷的通知义务。乌拉圭在批准CMB(ENCE)工厂和Orion(Botnia)工厂对于弗雷本托斯(Fray Bentos)港口码头的环境许可之前，没有将该计划通知乌拉圭河行政委员会。[④]国际法院的裁定指出，通知乌拉圭河行政委员会的义务是履行预防义务的必要组成部分。收到通知的各方可以“进行磋商，以评估计划的风

---

① 《联合国环境与发展会议的报告》，1992年6月3日至14日，里约热内卢，第一卷，《环发会议通过的决议》，联合国出版物，决议1，附件一。

② 国际海底管理局.“区域”内矿物资源开发规章草案[EB/OL].2019，第46条，https://ran- s3.s3.amazonaws.com/isa.org.jm/s3fs- public/files/documents/isba24- ltcwp1- ch.pdf.Last visited:2024-12-02.

③ The Statute of the River Uruguay, 26 February 1975, 1982 UNTS 339(entered into force 18 September 1976).

④ Pulp Mills on the River Uniguay(Argenfina v Unfguay), [2010] ICJ Rep 14 [Pitp Mills], at paras 111, 122.

险,并就可能消除这些风险或将其影响降至最低的变更进行谈判"①。法院重申预防性原则作为一种国际惯例的地位,并指出这一原则起源于尽职调查的义务。它的分析是根据科孚海峡案的具体规定,即每个国家都有"不允许明知其领土被用于违反其他国家权利的行为的义务"②。一个国家应当采取一切可能的措施来履行预防义务。根据1975年《乌拉圭河规约》第36条,乌拉圭和阿根廷都有义务采取措施避免改变乌拉圭河的生态平衡。③这些措施包括执行行政框架,确保双方遵守该框架。④除采取和执行适当措施外,本条规定的尽职调查义务要求这些措施"符合适用的国际协定,并在有关情况下遵守国际技术机构的准则和建议"。⑤因此,各国为履行尽职义务而采取的措施既应符合国内法律和条例,也应符合国际协议和标准。

(二)环境影响评估与环境管理计划并行实施

目前,国际海底管理局已经通过了环境影响评估的相关规则,并支持或参与了大量的环境研究项目,包括在太平洋克拉里昂—克利帕顿断裂区(Clarion-Clipperton Zone,简称"CC区")进行的环境管理计划研究项目,以获得关于环境基线方面的资料,评估海底采矿的潜在影响,制定相应的环境管理计划。在管理局第17届会议上,提出了CC区的环境管理计划草案,CC区是科学家提出的,由九个特殊地点组成的"环境利益区"网络⑥,目的是保护自然生态系统的结构和功能。由于存在历史性的采矿主张,当时拟议的九个地点并不是最佳地点,因为建立环境利益区网络应避免与现有采矿主张产生任何重叠。国际社会在就是否需

① Pulp Mills on the River Uniguay(Argenfina v Unfguay),[2010] ICJ Rep 14 [Pitp Mills],at para 115.

② CorfiC hannel(United Kbigdom of Great Bitain and Northern IrelanvdAl bania),[1949] ICJ Rep 4 at2 2.

③ The Statute of the River Uruguay,26 February 1975,1982 UNTS 339(entered into force 18 September 1976),art 36.

④ Pulp Mills on the River Uniguay(Argenfina v Unfguay),[2010] ICJ Rep 14 [Pitp Mills],at para 187.

⑤ Pulp Mills on the River Uniguay(Argenfina v Unfguay),[2010] ICJ Rep 14 [Pitp Mills],at para 190.

⑥ 国际海底管理局.克拉里昂-克利帕顿区环境管理计划草案[EB/OL].2011年4月6日,https://ran-s3.s3.amazonaws.com/isa.org.jm/s3fs-public/files/documents/isba-17ltc-2_1.pdf.Last visited:2024-11-20.

要限制任何可能的采矿活动进行广泛辩论后，要求管理局提供进一步的科学资料和举办更多的讲习班。虽然原先选择的九个地点不会得到永久保护，但至少需要进行示范性宣传，以便通过指定另一个地点来实现类似的保护。

环境管理计划的确立是管理局于2012年提出计划，经过深入研究，于2013年确立了具体实施规则。该计划在当时被认为是重要处理事项，从制定到确立只经过了一年左右的时间，其确立速度之快，足见管理局对“区域”环境保护的高度重视。2012年管理局第18届会议上，理事会认为在区域一级执行全面的环境管理计划是适当和必要的措施之一，以确保有效保护称为CC区的区域的海洋环境，使其免遭该区域的活动可能造成的有害影响，并认为该计划中应列入建立特别环境利益区域代表性网络的规定，核准了CC区环境管理计划，这一计划将初步在三年期内执行。[①]在接下去的19届会议上，法律与技术委员会印发了《指导承包者评估“区域”内海洋矿物勘探活动可能对环境造成的影响的建议》，[②]该建议提出，在“区域”内勘探矿物的合同应要求承包者收集海洋和环境基线数据，建立环境基线，供对照评估其勘探工作计划的活动方案很可能对海洋环境造成的影响，及要求承包者制定监测和报告这些影响的方案。承包者应与管理局和担保国合作制定和执行这种监测方案，且应每年报告环境监测方案的结果。2014年7月15日，管理局举行了一次公开会议，审查环境管理计划的执行情况。会议收到了一份初步报告，该报告建议建立一个强大的数据库，与研究项目开展合作，在2015年举办一次关于执行环境管理计划的讲习班，讲习班的内容包括制定关于影响参照区和保全参照区的准则，用于在CC区进行全区规模的战略环境评估。据此，秘书处对承包者、科学界、国际及区域机构等数据提供方开展了工作。2015年，管理局法律与技术委员会又拟议制定大西洋中脊环境管理计划[③]。今后，还将会在更多区域制定类似的环境管理计划。

---

① 国际海底管理局.理事会有关克拉里昂—克利帕顿区环境管理计划的决定[EB/OL].2012年7月26日，https://ran-s3.s3.amazonaws.com/isa.org.jm/s3fs-public/files/documents/isba-18c-22_1.pdf.Last visited:2024-11-20.

② 国际海底管理局.指导承包者评估“区域”内海洋矿物勘探活动可能对环境造成的影响的建议[EB/OL].2013年3月1日，https://ran-s3.s3.amazonaws.com/isa.org.jm/s3fs-public/files/documents/isba-19ltc-8_1.pdf.Last visited:2024-12-20.

③ 国际海底管理局.执行克拉里昂-克利帕顿断裂区环境管理计划与制定“区域”内其他环境管理计划[EB/OL].2015年3月3日，https://ran-s3.s3.amazonaws.com/isa.org.jm/s3fs-public/files/documents/isba-21ltc-9_5.pdf.Last visited:2024-12-20.

这种对更全面的环境管理办法的政治支持，加上需要建立环境基线，以便在任何大规模采矿发生之前进行影响评估，为国际采矿局执行其环境任务创造了额外的动力。

（三）设立环境责任信托基金

《开发规章草案》创造性地提出设立环境责任信托基金，表明管理局对开发过程中的环境保护高度重视。根据《开发规章草案》规定，该基金主要具备五个方面的用途：第一，实施防止、限制或修复“区域”内活动对“区域”造成的任何损害、其费用无法从承包者或担保国（视情况而定）回收的必要措施。第二，促进研究可减少“区域”内开发活动造成环境损害或破坏的海洋采矿工程方法和做法。第三，与保护海洋环境有关的教育和培训方案。第四，资助对恢复和修复“区域”的最佳可得技术进行研究。第五，在技术和经济上可行的情况下恢复和修复“区域”。该基金的资金来源主要有承包者的缴费、罚款，理事会的其他资金。

从环境保护的角度看，管理局的做法旨在促进承包者在开发活动中有意识的照顾环境影响，预防因开发活动给深海环境造成的损害。另一方面，环境信托基金的设立也意味着，为开发承包者设立了更高的环境准入门槛。因为该基金的主要资金来源于承包者的缴费与罚款，实际上又增加了承包者的资金负担。

（四）其他保护“区域”环境的具体措施

除了《开发规章草案》规定的环境保护措施外，其他国际性或区域性环保措施也可以适用于“区域”环境的保护。例如近几年颇受关注的海洋环境保护区。在解决国家管辖范围以外地区的海洋生物多样性保护方面，国际社会广泛讨论了建立具有法律约束力的有代表性海洋保护区网络的必要性。[①]多项国际文书呼吁建立海洋保护区，包括《生物多样性公约》[②]、《里约宣言》的成果文件[③]、《可持

---

① K.M.Gjerde and A.Rulska-Domino.Marine Protected Areas beyond NationalJurisdiction: Some Practical Perspectives for Moving Ahead[J].*International Journal of Marine and Coastal Law*,2012(27):351-373,at p.353;K.N.Scott,Conservation on the High Seas:Developing the Concept of the High Seas Marine Protected Areas[J].*International Journal of Marine and Coastal Law*,2012,27(4):849-857;T.Scovazzi.Marine Protected Areas on the High Seas:Some Legal and Policy Considerations[J].*International journal of Marine and Coastal Law*,2004,19(01):1-17.

② 1992年《生物多样性公约》第8条。

③ UNGA Resolution 66/288(n 54),paragraph 177.

续发展问题世界首脑会议的执行计划》[1]和《21世纪议程》[2]。此外,联合国大会多次呼吁各国和国际组织将海洋保护区纳入保护海洋生物多样性的工具之中。[3]需要注意的是,特定区域的海洋保护区在矿产资源区域的执行和空间规划措施超出了承包者的权利范围,需要管理局采取统一的行动。[4]

2002年,可持续发展世界峰会在南非约翰内斯堡举行,政府领导人承诺采取进一步措施,到2010年减少生物多样性丧失的速度,促进海洋生态系统方法的应用管理,到2010年,以促进代表海洋保护区网络的建立,到2012年,保持重要和脆弱的海洋和沿海地区的生产力和生物多样性,并将海洋和沿海地区的管理纳入重点领域。[5]海洋保护区网络对于维持高度活动的海洋动物以及久坐不动的深海物种至关重要,因为它保护了觅食场所、迁徙路线、幼虫来源和其他重要区域。具有代表性的海洋保护区网络还可以提供一种谨慎和科学严谨的方法,不仅可以保护已知的重要物种,也可以维护作为未来保障的各种栖息地和生态系统。[6]管理良好的海洋保护区网络可以提高生物多样性和生态系统服务对气候变化和其他人为或自然影响的恢复能力和脆弱性。[7]

海洋保护区与生物多样性保护密切相关,是作为保护和可持续利用国家管辖范围外海洋生物多样性的协议的一部分,包括海洋遗传资源、环境影响评估、

① Plan of Implementation of the World Summit on Sustainable Development(n 56),chapter iv,paragraph 32(c).

② Agenda 21 adopted by thc UN Conference on Environment and Development (Rio de Janeiro,3 to 14 June 1992) Section II,chapter 17,and paragraph 17.86.

③ UNGA Resolution 68/70(n 24),paragraphs 208-213;UNGA Resolution 67/78(n 53),paragraphs 192-198.

④ Aline Jaeckel.An Environmental Management Strategy for the International Seabed Authority-The Legal Basis[J].*International Journal of Marine and Coastal Law*,2015(30):107.

⑤ World Summit on Sustainable Development(WSSD),Agenda 21 Plan of Implementation.Johannesburg Declaration on Sustainable Development, A/CONF.199/20, Johannesburg,South Africa,September 2002.

⑥ UNEP 2006,a report by K.M.Gjerde.Ecosystems and Biodiversity in Deep Waters and High Seas[UNEP Regional Seas Reports and Studies No.178(UNEP/IUCN,Switzerland,2006)].

⑦ K.MacKinnon,N.Dudley and T.Sandwith.Natural Solutions:Protected Areas Helping People to Cope with Climate Change[J].*Oryx*,2011,45(04):461-462.

能力建设和技术转让。且在当前国际社会收到了广泛的国际支持。这一模式同样可以应用于“区域”，对于“区域”脆弱、且不易打扰的生态环境，可以设立海洋保护区，进一步增加保护的程度。为了促进海洋保护区网络的建立，各国可以协商指定和认可海洋保护区的程序，作为采用国际公认标准的科学驱动过程的一部分。基于科学的海洋保护区代表性网络设计过程，加强在管理局和承包者、担保国，以及与《生物多样性公约》缔约国之间的合作，明确分配责任，能够使之发挥更大的作用。当然，海洋保护区的功能与管理局环境管理计划存在重叠，但是仍有部分值得借鉴之处。通过利用不同的环境管理工具，全面实现“区域”环境的保护。

总体上看，尽管管理局已经在执行其环境职能方面采取了非常多的措施与办法，三部勘探规章载有一些关于勘探活动中环境保护方面的规定，但仍然存在很大的挑战。首先，一些减少海底采矿对环境影响的措施没有被列入勘探规章，例如，需要采用以生态系统为基础的环境管理办法。第二，已列入勘探规章的环保义务缺少能够保障其有效执行的具体方式。例如，促进管理局实施预防性措施需要哪些详细的程序和制度措施？这些内容包含哪些具体标准？这些问题与海底矿物的勘探和开采同样重要。然而，最重要的是，保护海洋环境的措施是在临时基础上决定的，今后可能会进行调整。如果资源开发阶段的商业压力增加，这些措施就会变得相对脆弱。①

二、国际海底区域环境保护制度的理论基础

（一）可持续发展原则的提出与发展

国际海底区域环境保护制度的理论基础是国际社会普遍接受的可持续发展原则。以人类可持续发展为目标的深海环境保护，不仅是一项行动指南，也是一种思想理念。可持续发展原则的提出，可以追溯到1992年6月，在巴西里约热内卢召开的《联合国人类环境与发展大会》，大会通过了最重要的环保文件是《里约

① Aline Jaeckel.An Environmental Management Strategy for the International Seabed Authority-The Legal Basis[J].*International Journal of Marine and Coastal Law*,2015(30):96.

宣言》[①]。该宣言在《人类环境宣言》[②]的基础上明确地提出了“可持续发展”的环境保护与社会经济发展的协调目标，并贯穿于几乎所有原则，其中11项原则在不同的上下文中强调了“可持续发展”的目标和要求[③]。“可持续发展”理念是一个极其重要的有关环境与发展的协调理念。

从历史角度看，随着工业革命的产生和发展，自然环境才开始真正受到人类越来越多的破坏或干扰。工业革命的发祥地英国伦敦因空气污染曾是有名的“雾都”，泰晤士河也曾污浊不堪就是典型的例子。步入后工业化时代的欧美发达国家较早认识到环境问题的严重性，并从20世纪60至70年代开始大力开展环境治理。然而，同时，大批新兴的发展中国家是否也要重蹈工业化国家的“先发展、后治理”覆辙。这是共同生活在一个地球上的整个人类所面临的极大挑战。发达国家已经发展了，非常希望净化环境，而发展中国家迫切要求发展，又不得不同时关注环境保护。这是提出“可持续发展”理念的时代背景，其核心是包括所有发达国家与发展中乃至最不发达国家之间的国际合作，“建立新的、公平的全球伙伴关系”，以保护全球环境与今世后代的可持续发展。

《里约宣言》的27项原则囊括了发展与环境所涉及的几乎所有重大原则问题[④]，其中原则2重申了著名的《人类环境宣言》第21项原则，作为发展与环境的原则体系中的基石，原则3、4则分别体现了发展中国家和发达国家的关键诉求，即“发展权必须得到实现以公平地满足今世后代的发展与环境需要”，“为了实现

---

① Rio Declaration on Environment and Development Annex 1 of Report of the United Nations Conference on Environment and Development(Roi de Janairo, 3-14 June 1992), United Nations publication, Sales No, E.73.II.A.14 and corrigendum, chap.I. 中文本参阅王曦主编.国际环境法资料选编[M].北京：民主与建设出版社，1999:677.

② Declaration on the United Nations Conference on the Human Environment，又称《斯德哥尔摩人类环境宣言》Stockholm Declaration on the Human Environment(June16, 1972), UN Doc.A/Conf.48/14.Rev, 1(UN Pub.73.II.A.14).该宣言中文本可参阅王曦主编.国际环境法资料选编[M].北京：民主与建设出版社，1999:666.

③ Rio Declaration on Environment and Development, (Roi de Janairo, 3-14 June 1992), United Nations publication, Sales No, E.73.II.A.14 and corrigendum, chap.I. 原则1，4，5，7，8，9，12，21，22，24，27。中文本参阅王曦主编.国际环境法资料选编[M].北京：民主与建设出版社，1999:677.

④ 有学者将原则3至原则8和原则16视为可持续发展的实体要素，原则10、17为程序要素，并认为第一次将这些要素系统化。参阅[英]帕特莎·波尼、埃伦·波义尔.国际法与环境[M].那力等译.北京：高等教育出版社，2007:82.

可持续发展，环境保护应作为发展进程中不可缺少的组成部分，且不能脱离该进程来考虑”[①]。这两方面诉求的碰撞与协调，构成了近四十年来环境保护国际合作中无数跌宕起伏的主旋律。

（二）关于环境可持续发展原则的现实困境

根据《公约》和国际环境法的规定，大部分专门以环境保护为目的制定的国家义务，实际上无法在资源开发和保护之间取得平衡，更别说考虑到经济因素。[②]以《公约》为例，《公约》第十二部分规定了保护和保全海洋环境的法律目标与原则，要求各国应采取防止、减少和控制海洋环境污染的措施，并根据不同海域对沿海国规定了具体的管辖权与环境保护标准。对于专属经济区，《公约》第56条规定，沿海国对“海洋环境的保护和保全”具有管辖权，特别是对抗陆地来源的污染[③]。并且，沿海国有权决定其专属经济区内生物资源的可捕量，但需确保这种生物资源的维持不受过度开发的危害[④]。对于大陆架，沿海国可以为勘探大陆架和开发其自然资源的目的，行使主权权利[⑤]。第208条规定，沿海国应制定法律和规章，以防止、减少和控制来自受其管辖的海底活动或与此种活动有关的对海洋环境的污染，以及来自依据第60条和第80条在其管辖下的人工岛屿、设施和结构对海洋环境的污染。由于近海一直被认为是最重要且最危险的海洋污染来源，因此，《公约》赋予了沿海国与这一危险作斗争的一般权限。[⑥]

事实上，环境保护目标的履行存在两个方面的问题。一方面，尽管已建立可

---

① Rio Declaration on Environment and Development，（Roi de Janairo，3-14 June 1992），United Nations publication，Sales No，E.73.II.A.14 and corrigendum，chap.I. 原则2、3。中文本参阅王曦主编．国际环境法资料选编［M］．北京：民主与建设出版社，1999：677.

② Nathalie Ros.Sustainable Development Approaches in the New Law of the Sea［J］.*SYIL*，2017（21）：24.

③ 1982年《联合国海洋法公约》第207条第1款。

④ 1982年《联合国海洋法公约》第61条第2款。

⑤ 1982年《联合国海洋法公约》第77条。

⑥ Cf.J.W.Kindt.The Law of the Sea：Offshore Installations and Marine Pollution［J］.*Pepperdine Law Review*，1985：381-426；N.Ros.La pollution resultant de l´exploitation du sol et du sous-sol：le cas du plateau continental，in Droit des sites et sols pollues.Bilans et perspectives，Paris：L´Harmattan，2017，forthcoming；and for a regional approach，Exploration，Exploitation and Protection of the Mediterranean Continental Shelf，in C.Cinelli & E.M.Visquez Gemez（Ed.）.Regional Strategies to Maritime Security：a Comparative Perspective［J］.MARSAFENET，Valencia：Tirant lo Blanch，2004：101-131.

持续发展目标,环境保护依然不能成为优先事项,特别是对发展中国家来说。[①]另一方面,各国越来越面临缺少人力、物力、财力和资源方面的支持,难以有效处理污染和不可持续开发的行为。尽管国际法一般原则规定,开发自然资源和生物或非生物的权利,不应妨碍各国保护海洋环境及其生物多样性的目标,但其结果就是开发和保护之间无法取得平衡。而《公约》和《生物多样性公约》均要求资源开发与环境保护必须按照可持续发展的逻辑进行平衡。经济水平欠发达导致环境保护的实施困难,在很大程度上解释了开发自然资源的经济利益使这些国家无法按照可持续发展的逻辑,平衡环境保护问题。今世和后代的需要似乎是无法调和的。但最具欺骗性的一点是,在大多数情况下,开发不可再生资源甚至不符合经济发展的目的,也不会造福于全人类,而只造福于少数与这类资源应用有关的工业团体,特别是在近海活动方面,例如近海非法捕鱼。最重要也最令人失望的是,从可持续发展的角度来看,这些情况也存在于发达国家中。旧的民主制度及其政治领导人无法在经济剥削的短期前景和环境保护的长期目标之间取得平衡,特别是在目前的经济危机背景下。[②]

(三)可持续发展原则的回归:协调发展与环境的关系

可持续发展既是经济目标,也是环境目标。环境问题不能同社会和经济问题对立,两者不应失之偏颇,而应得到平衡和共同执行,这也是海洋法的一项基本要求。联合国近几年的事态发展证明了这一点。2015年4月举行的《联合国海洋法公约》与海洋法不限成员名额非正式协商进程第十六届会议正是专门讨论海洋和可持续发展,即环境、社会和经济三个可持续发展方面的一体化。[③]同样,2015年9月25日大会通过的《联合国2030年可持续发展议程》确定了可持续发展目标14[④],特别关注海洋生物的保护和可持续利用海洋与海洋资源,促进可持续发展,不仅作为17个可持续发展目标之一,并作为一项相互高度联系的议程

---

① Nathalie Ros.Sustainable Development Approaches in the New Law of the Sea [J].*SYIL*,2017(21):25.

② Nathalie Ros.Sustainable Development Approaches in the New Law of the Sea [J].*SYIL*,2017(21):25.

③ Sixteenth meeting of the UN Open-ended Informal Consultative Process on Oceans and the Law of the Sea.

④ A United Nations Conference to Support the Implementation of SDG 14 will be convened at the UN Headquarters from 5 to 9 June 2017.

的一部分，其中包括9个与海洋密切相关的其他目标。[①]

实际上，可持续发展的逐步出现意味着一种新的法律方法，将发展与环境问题联系起来。在海洋法方面，《公约》与《生物多样性公约》出现了一系列新的原则和规则，定义了一个全新的环境保护法律框架，例如，沿海国在海上空间和海洋资源方面的权利和义务，关于保全和保护海洋环境的要求。这种新方法的运用能够平衡海洋资源开发与海洋生物多样性保护，应对来自深海资源开发经济利益的核心挑战，贯穿了整个海洋法涉及的内容，从渔业的可持续管理到非法捕鱼，从国家管辖范围外的生物多样性到近海石油开发与国际海底采矿。可持续发展这一原则或方法赋予海洋法的未来崭新的价值内涵，不管是从谈判的角度，还是从海洋管理的角度来看，都是如此。

可持续发展原则具有丰富的内涵，其所描述的“发展”是在人类自身发展的同时，融入了环境保护的因素。该原则同样适用于“区域”矿产资源开采这一主题。在解决资源开采与环境保护的冲突时，应当思索是否存在两者的利益交汇点或价值平衡点。可持续发展就是这其中的关键点，因为它既是人类发展的根本追求，也是环境保护的最终目标。鉴于人类目前对深海环境的认知程度有限，现有技术水平尚不能完全掌握深海生态体系结构，更无法准确预测资源开采活动将对“区域”造成何种程度的损伤。在此背景下，国际社会对于资源开采活动的进行应当慎之又慎。当开发活动正式开始时，更有必要确保深海环境保护与资源开发维持一种相对平衡的状态，以便保护海底这一未知领域的生物多样性。否则，由于这些生态系统的发展速度异常缓慢，加之人类对其的认知有限，一旦对这些生态系统造成损害，恐怕很难进行环境修复工作，这对子孙后代来说是无法弥补的损失。可持续发展更是无从谈起。

当务之急，国际社会应当加强认知驱动的深海生态系统调查研究，尽可能多的掌握对深海生物群落的知识体系，寻找相对有效的生物保护措施与生态修复方案，推动深海资源开发与特殊生态系统保护的同步发展，努力实现资源开发与环境保护的共同可持续。

---

① Poverty eradication(SDG 1), food security and sustainable agriculture(SDG 2), health(SDG 3), clean water and sanitation(SDG 6), modern energy(SDG 7), growth and employment(SDG 8), climate(SDG 13), ecosystems and biodiversity(SDG 15) and partnerships(SDG 7).

三、国际海底区域环境保护制度的核心价值

国际海底区域环境保护反映了“人类共同继承财产原则”的内在要求，体现了该原则对作为人类生存空间的环境利益的关注。然而，关于“人类共同继承财产原则”中环境保护元素是否存在的问题，理论层面一直存在争议。有学者认为，环境保护并不是人类共同财产理念的一部分，因为环境保护与“使某一特定地区保持现有条件的义务”有关[①]。也有学者发现，在利用国际共同利益时，必须尊重后代的利益[②]。这些可以从“人类共同继承财产原则”的发展历程中得到合理解释。人类共同财产的概念来源于人们关于如何解决公地悲剧的思考。对于人类生存环境的共同保护，在很大程度上弥补了无人管理、自由活动的“公地”带来的缺陷。而“人类共同利益”元素构成了“人类共同继承财产原则”的核心基础，并以此为目标确立了该原则的基本框架。最后，国际社会设立了专门机构确保该原则的具体落实。

（一）国际海底区域环境保护的起因：避免重现“公地悲剧”

尽管很早之前就有学者提出了助长公地悲剧的动机[③]，但加勒特·哈丁的著作却重申了这类动机产生的后果，并将其视为一类问题。[④]具体来说，哈丁研究了具有以下特征的资源：首先，当公域的使用者使用了公域的一部分时，该使用者获得了使用的所有好处；其次，这种消费的成本在所有潜在使用者之间共享。当资源具有这些特征并没有受到限制时，自由资源的潜力将被多数人发现并利

---

① Macdonald.The Common Heritage of Mankind[J].*In Recht Zwischen Umbruch Und Bewahrung*:*Festschrift Fur Rodolf Bernhardt* 153,Ulrich Beyerlin et al.eds,.1995:155.

② Wolfrum.The Common Heritage of Mankind[J].*Max Planck Encyclopedia of Public International Law*,*Nov*.2009,at 22-23.www.mpepil.com.Last visited:2024-11-10.

③ 许多人的观察与哈丁的《公地悲剧》相似。埃莉诺·奥斯特罗姆指出，所谓的“公地悲剧”曾出现在亚里士多德的《政治学》一书中，“大多数人所共有的东西，得到的关注最少。每个人都主要考虑自己的利益，几乎不考虑共同利益。”哈丁的一些同时代人也提出了类似的观点。斯科特·戈登在《共同财产资源的经济学理论：渔业》中说，“没有人会珍惜对所有人都免费的财富，因为那些足够勇敢地等待适当时机使用它的人，只会发现它已经被别人拿走了。”哈罗德·德姆塞茨，在《产权理论》中写道，“假定土地为公有……人们就会倾向于在土地上过度狩猎和劳作，因为这样做的成本是由其他人承担。”

④ Barton H.Thompson,Jr.Tragically Difficult:The Obstacles to Governing the Commons[J].*Environmental Law*,2000(30):241-242.

用，最终导致"公地悲剧"。为了进一步阐明自己的观点，哈丁讲述了一个关于开放式牧场的故事。[①]在牧场资源容量远远超过使用者的需求时，使用者共享牧场的负面影响并不会呈现出来。但随着时间的流逝，潜伏在暗处的公地悲剧将逐渐显现。通过分析一些与之有着相同动机的情境，哈丁将这些情况归为一类特殊的问题，前所未有地引起了国际上对公地问题的广泛关注，并激发了学者们寻找解决公地悲剧的方法的热情。

在研究过程中，评论家们发现了许多相同的悲剧问题。这项研究首先关注的是哈丁所关注的典型的公有资源，例如，渔业资源匮乏[②]和油田过度生产[③]。而渔业就是公地悲剧的重要前兆[④]。早期公海自由捕鱼的状况直接导致世界渔业

---

① 哈丁关于开放牧场的故事大意是：牧牛人可以自由决定是否把自己的牛，以及多少头牛带到一个开放牧场，即公地进行饲养。每次牧牛人往牧场里放养一头牛，之后都会把其带回家中进行屠宰，而牧场每增加一头牛对牧场造成的压力是所有潜在的牧场（即公地）使用者共同承担的成本。原文如下：These payoffs in terms of "utilities"-each herder received one positive utility every time he added a cow and lost a fraction of one utility every time a cow was added to the commons.See Hardin.The Tragedy of the Commons[J].*Science*，1968(162)：1244.

② Carol Rose.The Comedy of the Commons：Custom，Commerce，and Inherently Public Property[J].*U.CHI.L.REV*，1986(53)：748(Overfishing was our initial metaphor for the ´tragedy of the commons).

③ Lee Anne Fennell.Common Interest Tragedies[J].98 New.U.L.REV.907，914 n.32，2004."Oil presents a tragedy of the commons to the extent that the total amount of oil available for anyone´s use diminishes with overly speedy extraction，or to the extent such rapid extraction ushers in other inefficiencies that reduce the total benefits to be gleaned from the resource(such as private storage costs)."

④ 斯科特·戈登在他的经典文章《共同财产资源的经济理论：渔业》中提出，渔业是公地悲剧的重要前兆。原文如下：During the latter part of the last century，the Scottish fisheries biologist，W.C.Macintosh，and the great Darwinian，T.H.Huxley，argued strongly against all restrictive measures on the basis of the inexhaustible nature of the fishery resources of the sea.As Huxley put it in 1883："The cod fishery，the herring fishery，the pilchard fishery，the mackerel fishery，and probably all the great sea fisheries，are inexhaustible：that is to say that nothing we do seriously affects the number of fish.And any attempt to regulate these fisheries seems consequently，from the nature of the case，to be useless.See H.Scott Gordon.The Economic Theory of a Common-Property Resource：The Fishery[J].J.POL.ECON.1954(62)：124-126.

资源的急剧下降就是最佳的证明。此外，在被称为“最后的边疆”的外层空间领域，[①]由于卫星运行轨道数量有限，而各国不断增加卫星的发射量，也导致了越来越多的冲突。[②]

所有这些都表明，公共领域的拥堵是公有物的使用者数量与其使用的消耗性之间的交互关系，拥堵的程度取决于公共领域资源的可容纳量。[③]需要注意的是，资源通常有多个维度。即使是我们每天呼吸的空气资源，也存在国家的、区域的甚至全球的维度。而公地和公共资源也存在巨大的差别。从资源总量看，使用公共资源并不会消耗或减少资源量[④]。而公地的资源总量基本上是确定的，例如公海渔业资源，当然不包括人工养殖的领域。如果个别使用者增加资源使用量，就会导致其他使用者可使用的资源量的减少，所有使用者之间实质上是潜在的竞争关系。从使用者角度看，公共资源都设有管理者，例如，国防[⑤]和信息交流[⑥]领域，国家是其主要的管理者。而在公地领域，并不存在这样的管理员。公地的性质实际上不仅有利于滋生相互竞争的价值观，也有利于刺激对利益的追逐，长此以往将打破原有社会体系的稳定性。

因此，纯粹的公地概念逐渐被国际社会抛弃，取而代之的是建立有效管辖下的公共区域，如人类共同财产范畴下的国际海底区域。本质上，“区域”及其资源仍然具有公共属性，只是这种“公共性”代表的是全人类，而不是部分群体。相比于公域中的“公共性”，共同财产原则的辐射范围更加广泛，覆盖了全人类。并且，只要按照《公约》关于“区域”资源利用的具体规定，任何人都可以使用“区域”及其资源。设立海底管理局的目的是为了有效保护“区域”资源，使之更好地为人类所用。这不是一种限制使用的方式，相反，它却是保障每个人都能够合理使

---

① Star Trek：The Corbomite Maneuver（NBC television broadcast Nov.10，1966）.

② 参见1976年《赤道国家波哥大宣言》。

③ Brigham Daniels.Emerging Commons and Tragic Institutions［J］.*Environmental Law*，2007（37）：515-536.

④ Robert O Keohane & Elinor Ostrom.Introduction，in LOCAL COMMONS AND GLOBAL INTERI ［J］.EPENDENCE：HETEROGENEITY AND COOPERATION IN Two DOMAINS 13（Robert O.Keohane & Elinor Ostromn eds.，（1995）.

⑤ Daphne Keller.A Gaudier Future That Almost Blinds the Eye［J］.*Duke Law Journal*，2002（52）273.

⑥ Michael A.Carrier.Cabining Intellectual Property Through a Property Paradigm［J］.*Duke Law Journal*，2004（54）：32.

用,共同获利的途径。

(二)国际海底区域环境保护的基础:人类共同利益

第二次世界大战至今几十年的时间里,环境保护领域的发展极其迅速。自60年代末以来,人们普遍意识到地球环境日益恶化,与环境保护有关的重要多边条约已增加到大约100项。这些条约的突出特征是,在大多数情况下,这些公约或条约对缔约国没有任何直接的好处,只有义务。而各国普遍接受的态度也表明人类对未来环境状况的担忧。1998年生效的《关于取得资料、公众参与决策和在环境事项上取得正义的公约》[①]强调了环境保护作为各国普遍义务的正义性,该公约阐释了公众参与在制定环境政策方面的重要性,并呼吁其缔约国采取一切合理步骤促进这种参与。

值得注意的是,人们越来越认识到人类滥用其行星环境的严重性,它对后代造成的前所未有的威胁,以及它已经开始对全世界的自然环境和社会造成的灾难性伤害。[②]2000年《地球宪章》呼吁"建立尊重自然、普世人权、经济正义,以及和平文化的可持续的全球社会"[③],这些目标是当务之急,是对地球上的人民,对他人,对更大的生活社区和对后代的责任。1997年教科文组织《当代对后代的责任宣言》[④]和2010年《地球母亲权利世界宣言》[⑤]草案,其目的从其标题中是不言而

---

① UNECE Convention on Access to Information, Public Participation in Decision-Making and Access to Justice in Environmental Matters[EB/OL].25 June 1998, 2161 U.N.T.S.447, U.N.Doc.ECE/CEP/43, reprinted in 38 I.L.M.517(1999) and V BASIC DOCUMENTS, http://Iive.unece.org/fileadmin/DAM/env/pp/ documents/cep43e.pdf.Last visited: 2024-10-13.

② Bums H.Weston, David Bollier.Universal Covenant Affirming a Human Right to Commonsand Rights-Based Governance of Earth´s Natural Wealth and Resources[J]. *Journal of Human Rights and the Environment*, 2013, 4(02): 218.

③ Adopted at The Hague by the Earth Charter Commission[EB/OL].June 29, 2000, available from the Earth Charter Commission at http://www.earthcharter.org, reprinted in BASIC DOCUMENTS, at V.K.3.Last visited: 2024-10-11.

④ Adopted Nov.12, 1997 on the report of UNESCO Commission V at the 27th plenary meeting of the UNESCO General Conference.http://unesdoc.unesco.org/images/0011/001102/110220e.pdf#page=75.Last visited: 2024-10-05.

⑤ Adopted Apr.22, 2010 by the World People´s Conference on Climate Change and the Rights of Mother Earth at Cochabamba, Bolivia.http://celdf.org/downloads/FINAL%20UNIVERSAL%20DECLARATION%200F%20 THE%20RIGHTS%200F%20MOTHER%20EARTH%20APRIL%2022%202010.pdf.Last visited: 2024-10-05.

喻的。

然而，全人类的利益只有通过国际合作和接受所有政府的义务来获得，即使他们没有即时收到回报。其根本目的是消除可能危及未来生活或违反基本人类价值观念的情况，并为包括后代在内的每一个人创造更美好生活的条件。世界社会论坛2009年的《公地宣言》呼吁"所有公民和组织致力于恢复地球，创造人类共同继承的未来"，"以共同基础参与安排、协作，为构建一个可持续的、公平的、生命生存的世界提供最好的希望。"[①]

曾任马耳他大使的阿尔维德·帕尔多于1970年发表他关于人类共同资源的意见，他非常明确地指出，人类在保护海洋环境质量和合理和公平地开发其国家管辖范围以外的资源方面的压倒一切的共同利益。[②]《公约》提出了迄今为止人类共同财产概念的最详细版本。其规定非常详尽和复杂，以至于一些国家认为它不切实际，因此没有签署《公约》。然而，共同财产概念的标准却可以从其他国际合作领域的协议中得出。例如，不得占有原则，被认为是共同财产概念的一项不可或缺的标准。毫无疑问，不占有是对有关地区自由使用的保证，如航行或科学研究。这是公有物的基本特征，不是我们这一代人所继承的共同遗产，也不是我们这一代人必须尽可能不受损害地把它传给后代的共同遗产。从这一点看来，最基本的标准似乎是为了全人类（实质上是一种信任）的利益而无害地——即和平地——使用和良好的管理。

在这些标准下，共同财产的概念似乎比通常理解的更为广泛。"财产（遗产）"一词当然被用来包括很多东西。例如，《保护世界文化和自然遗产公约》，通过联合国教育、科学及文化组织于1972年11月23日在法国巴黎问世，其所指的自然

---

① Opened for signature at the World Social Forum in Belem do Pard(Brazil), January 2009.Reprinted in V BASIC DocUMENTS, at V.K.5, bienscommuns.org.Last visited: 2024-10-05.

② 马耳他大使阿尔维德·帕尔多在1970年12月3日，于欧洲理事会议会大会上作了一次重要的发言，总结性的发表他对于管理共同资源的意见：传统上，国际法主要涉及国家间关系的管理。但是，在海洋空间，现在已经是时候承认，作为国际法的一项基本原则，人类在保护海洋环境质量和合理和公平地开发其国家管辖范围以外的资源方面的压倒一切的共同利益。这并不意味着无视个别国家的利益，而是承认这样一个事实，即从长远来看，这些利益只能在国家间密切合作的稳定国际制度的框架内得到保护。Arvid Pardo.The Common Heritage; Selected Papers on Oceans and World Order, 1967-1974, Valletta: Malta University Press 1975: 176.

遗产包括纪念碑、建筑、自然特性的地质和地形学的形成，或精确划定区域，具有突出的普遍文化价值。从历史的角度来看，艺术、科学、自然之美，或自然保护，根据公约缔约双方认识到他们的责任是确保识别、保护、展示和传播未来的遗产，这种遗产构成世界遗产的保护，是国际社会作为一个整体的责任合作。因此，为确保实现《公约》的目标提供了具体措施，特别是通过设立一个具体的合作机构、设立一份世界遗产名录以及在某些情况下组织国际援助。两项区域公约也涉及文化遗产[①]，可以列举出一长串条约，这些条约旨在确保保护和向后代传播景观和野生动植物。[②]“人类共同继承财产原则”适用于国际海底区域的标准也是如此，“区域”属于全人类，现代人必须有效良好的管理“区域”，确保“区域”的自然环境能够顺利传递给下一代，这才是真正意义上的“全人类”的财产。

（三）国际海底区域环境保护的方式：发挥国际海底管理局的“工具”作用

20世纪期间，技术进步使人类能够进入全新的领域，即大气层和外层空间，人类有能力利用存储在深海海底的矿物，然而也逐渐意识到这个星球的资源并不是无限的，人类必须考虑自身生存所需的资源是否能长久的维系。因此，产生了一个不得占有、但可共同使用资源的简单机制。对资源的自由使用是不够的，涉及资源管理、安排、分配等因素必须融入国际体系中去，人类需要用一个理性的方式管理自然资源，这样才能将其传给子孙后代。[③]

国际海底管理局作为一个专门管理“区域”的国际组织，其法律地位曾引起学者的关注。关于国际组织与国家的关系问题，一直悬而未决。一方面，由于国家

---

① 1969年5月6日在伦敦签署的《欧洲考古遗产保护公约》在序言中承认，“虽然保护欧洲考古遗产的道义责任……这首先是关乎国家的问题，也是欧洲国家共同的问题。而1976年6月16日在圣地亚哥签署的《保护美洲国家考古、历史和艺术遗产公约》的序言部分，规定将文化遗产传给后代，这一遗产只有在美洲间最健全的合作框架内通过相互欣赏和尊重才能得到保护和维护。

② 最有趣的例子是《保护自然和自然资源的非洲公约》（阿尔及尔1968年9月15日）序言写着，为保护、利用和开发自然资源而采取单独和联合行动的必要性，“通过建立和维护它们对人类现在和未来福利的合理利用”。《国际濒危物种贸易公约的野生动植物》（华盛顿1973年3月3日）也宣称野生动植物是地球自然系统中不可替代的一部分。许多条约都有同样的表述，如《保护欧洲野生动物和自然生境公约》（1979年9月19日伯尔尼）和《南太平洋保护自然公约》（1976年6月12日阿皮亚）。

③ Alexandre Kiss.The Common Heritage of Mankind: Utopia or Reality[J].*International Journal*,1985(40):425.

是创建、维持和潜在的解散国际组织的实体，国际组织只是国家的联合代理，从这一层面看，两者处于垂直的隶属关系。另一方面，根据国际法，国际组织是独立的法人，具有很大程度的自主权。在国际事务中，国际组织可以要求各国使用同样的方法裁决违反国际义务的行为，即主权平等，用来解决彼此之间的争端。此外，完全豁免制度保护国际组织不受单独国家的控制与管辖。从这一角度看，两者又呈现出横向平行关系。在垂直关系中，国际组织被描述为国家操控的工具，而横向关系中，国际组织在国际层面上是各国的同行。[①]当然，这两种区分方式并不是真正意义上的二分法，因为国际组织既不是纯粹的工具，也不完全拥有自主性。[②]国际组织的资源和职能、决策结构和成员组成促使它们更接近工具或同行那一端，这主要取决于它被审视的角度。[③]例如，聚焦于联合国秘书长，则联合国看起来更像一个国家的同行。若聚焦于安全理事会或联合国大会，联合国看起来则更像一个工具。同理，聚焦于深海环境保护的职能，国际海底管理局更倾向工具这一角色。

国际组织是工具这一观点强调了国家与国际组织间是委托代理性质的关系。[④]正如所有的代理一样，国际组织享有一定程度的自由裁量权，但各国仍需对其负责。国家根据共同决定建立国际组织，通过具体章程或公约明确建立的目的与职能。在国际组织建立和运行时，国家都会发挥关键作用。例如，通过联

---

① Kristina Daugirdas.How and Why International Law Binds International Organizations[J].*Harvard International Law Journal*,2016(57):327.

② There may be 1Os that do not fit neatly along this spectrum.For example, it may not capture the relationship between the EU and its member states because the EU has some features of supranational governance.But those very features have caused some scholars to suggest that the EU should not be understood as an 1O.See, e.g., Armin von Bogdandy, Neither an International Organization nor a Nation State: The EU as a Supranational Federation, in THE OXFORD HANDBOOK OF THE EUROPEAN UNION(Erik Jones et al.eds., 2012).

③ The vehicle perspective may seem especially appropriate for an 1O like NATO, for example, in light of its limited membership and the rule that its twenty-eight member states must reach consensus before making important decisions.See Int'l Law Comm'n, Responsibility of International Organizations: Comments and Observations Received from International Organizations, U.N.Doc.A/CN.4/637, at 11-12(Feb.14, 2011).

④ Christian Tomsuchat.Ensuring the Survival of Mankind on the Eve of a New Century[J].*Recueil Des ours*, 1999, 62(23):91.

合国大会和安全理事会等机构，各国制定了诸多国际政策，并选择其中关键的行政官，决定联合国的预算规模以及资金分配。[①]与此同时，国家一边扮演“局外人”的主要角色，另一边又在他们建立的国际组织中扮演“内部人”的角色。每个国际组织至少有一个机构完全由会员国组成。联合国大会、安全理事会和经济与社会理事会。均是如此。各国不仅为国际组织的决策提供了关键的投入，也在执行这些决定时发挥了关键作用。

国际海底管理局虽然扮演着“工具”的角色，但其具有不同于一般国际组织的特殊性。因为其并不是个别国家的代理者，而是全人类的代理者。其自由裁量权、管辖权、职能范围、机构设置等方面均由全人类通过的组织章程决定。至今为止，它在代表全人类管理深海环境方面做出了突出的贡献。关于海洋环境保护，《公约》明确要求海底管理局保护海洋环境不受海底矿物开发活动造成的损害[②]。虽然勘探活动被认为是对海洋环境的微创性活动，但管理局必须处理保护海洋环境的问题，因为勘探活动将转向开采测试、建造和商业运作。[③]管理局采用了《里约宣言》的“预防办法”，并要求在审议勘探申请之前，编写环境影响评估。2012年，管理局通过了一项东太平洋结壳的环境管理计划，划出了9个具有特殊环境利益的区域，以协助编制环境评估研究报告，并从承包者研究人员的研究活动中收集资料。同时，管理局还在2013年向发展中国家和环保组织的观察员发送的利益相关者调查中纳入了环境问题。[④]

总的来说，国际社会关于深海开发活动中的环境保护问题存在诸多不同意见。就目前的《开发规章草案》而言，环境保护问题受到高度的重视。《开发规章草案》第五部分专门规定了保护和保全海洋环境的具体要求与方式，并首次创设了环境责任信托基金，为开发承包者制定了较高的环境标准。从中国的角度看，脆弱的深海环境当然需要通过严格的环保措施与环保标准加以维护，但中国的深海环境保护技术相对薄弱，加上《开发规章草案》制定过程中受到一些政治因素的影响，使得环保领域可能会设置较高的准入门槛，阻碍中国的资源开发进

① 一般是国际组织中的代表团和机构。

② 1982年《联合国海洋法公约》第209条和第215条，附件三第17条。

③ Caitlyn Antrim.The International Seabed Authority Turns Twenty［J］.*Georgetown Journal of International Affairs*，2015(16)：192.

④ Caityn Antrim.The International Seabed Authority Turns Twenty［J］.*Georgetown Journal of International Affairs*，2015(16)：193.

程,未来形势不容乐观。从可持续发展原则与“人类共同继承财产原则”的角度看,人类发展与环境保护并不存在必然的冲突,本质上两者是殊途同归。因此,应当将人类发展与环境保护放在同等重要的位置,平衡两者的关系。从“人类共同继承财产原则”的角度看,国际海底区域环境保护是为杜绝“公地悲剧”重现,对此,管理局应当发挥其作为国际组织的“工具”作用。完善的深海环境保护措施与环境标准是进入开发阶段的基础前提,而合理公平的财务机制则是推动资源开发进程的经济保障。下一章将详细论述《开发规章》中的财务机制构建问题。

第五章　国际海底区域资源开发中的财务机制问题

《开发规章》关于财务机制的设计首先应当考虑全人类共同利益，并包含科学合理的惠益分享机制，以反映“人类共同继承财产原则”的根本要求。具体来说，财务机制的设计需要满足三个方面，一是合理的缴费项目设计，二是科学的特许权使用费设计，三是公平的利益分享机制。然而，《开发规章草案》似乎并未实现这些目标，一定程度上阻碍了资源开发的进程。整体上看，目前的财务机制未能考虑《公约》提及的发展中国家、陆上采矿国、地理不利国等国家的特殊需求。如，缴费机制的设计忽视了开发风险的计算，难以保障承包者的合法权益。利益分享机制也尚未形成具体的适用规则。因此，当前的财务机制还需从国际法的视角下，审慎考虑其科学性、合理性与公平性，进一步完善财务方面的相关规定。

第一节　国际海底区域资源开发财务机制的国际问题

国际海底区域资源开发阶段主要围绕“区域”矿产资源的商业生产，涉及的关键问题是，承包者如何缴纳开发费用，开发资源产生的经济利益又该如何通过具体的财务机制与全人类共同分享。《公约》规定，应在无歧视的基础上公平分配从“区域”内活动取得的财政及其他经济利益[①]，但并未规定具体的执行方式。《开发规章草案》虽然对承包者应缴纳的资源开发费用拟定了初步标准，但存在一些

① 1982年《联合国海洋法公约》第140条第2款。

突出问题。而对于资源开发利益的公平分配,《开发规章草案》并未明确规定。财务机制的制定既关系到“人类共同继承财产原则”的具体落实,也与稳定国际经济市场、平衡国际关系密切相关,因而受到国际社会的普遍关注。在遵循人类共同财产的基本原则上,缴费机制与利益分享机制不仅要以客观公正为制定标准,又要体现公平合理的理念,既要以全人类利益最大化为目标,也要平衡承包者的利益诉求。

一、缴费项目设置的合理性

2015年3月底,管理局秘书处散发了开发活动缴费机制讨论文件,收到了来自各利益攸关方的反馈。非洲组强调收益分配机制是人类共同继承财产制度的一个关键部分,南非也强调收益分配应该基于平等和协商一致的原则。中国主张制定开发规章应该考虑国际社会的整体利益,要有充分的科学依据以及要在成员国、承包者以及管理局中寻求利益平衡。[①]各方关注的焦点可以归纳为,承包者如何缴纳费用,需要缴纳的具体费用项目,以及承包者与管理局的利益如何平衡的问题。

根据《执行协定》第八节合同财政条款的规定,《开发规章草案》对开发承包者应缴纳的费用与缴费方式制定了较为详细的实施办法,分别设立了不同类型、不同时间、不同方式的缴费制度。从缴费项目类型看,《开发规章草案》将承包者需缴纳的费用分别规定于第七部分和第八部分(表7)。合同的财政条款部分包括特许权使用费、未付特许权使用费的利息与罚款三项费用。年费、行政费、其他规费包括年度报告费与其他8类需要缴费的项目。这种区分表明,特许权使用费与其他费用是两种完全不同性质的费用,管理局对此进行了明确的区分。特许权使用费是针对合同区已出售或已回收尚未出售的含矿矿石收取的资源使用费[②]。而年费、行政费则是针对开发合同的申请、审查、续签、转让等内容,具有类似手续费的性质。

---

① 中国大洋矿产资源研究开发协会.中国常驻国际海底管理局代表牛清报大使在管理局第23届会议大会“秘书长报告”议题下的发言,http://www.comra.org/2017-11/07/content_40059689.htm.Last visited:2024-12-31.

② 国际海底管理局.“区域”内矿物资源开发规章草案[EB/OL].July 2019,第64条,https://ran- s3.s3.amazonaws.com/isa.org.jm/s3fs- public/files/documents/isba_25_c_wp1- c.pdf.Last visited:2024-12-20.

表7 《开发规章草案》中承包者缴费项目统计①

《开发规章草案》内容	费用项目	具体条文
第七部分 合同的财政条款	1. 特许权使用费	第64条
	2. 未付特许权使用费的利息	第79条
	3. 罚款	第80条
第八部分 年费、行政费和其他规费 (一)年费	1. 年度报告费	第84条
	2. 固定年费	第85条
(二)申请费和其他收费	1. 申请批准开发工作计划	第86条
	2. 开发合同续签	第20条
	3. 转让开发合同利益和批准的工作计划	第23条
	4. 使用合同或批准的工作计划为担保	第22条
	5. 商业生产暂停	第29条
	6. 工作计划的修改	第57条
	7. 核准经修改的/最终关闭计划	第59条第2款和第60条
	8. 核准经修改的环境管理和监测计划	第52条第8款(b)项
	9. 其他	

除了上述已经列明的应缴纳费用项目外,对于"费用"一栏,《开发规章草案》中还包括一项"其他"费用,这为今后新设缴费项目埋下了伏笔。此外,承包者还需承担环境履约保证金,用于确保承包者按开发合同约定的环境保护计划开展资源活动。②还包括一些未列明的潜在费用项目,例如,承包者暂停合同或合同到期、

① 该图数据来源于国际海底管理局公布的《"区域"内矿物资源开发规章草案》,2019年7月,https://ran-s3.s3.amazonaws.com/isa.org.jm/s3fs-public/files/documents/isba_25_c_wp1-c.pdf.Last visited:2024-12-20.

② 国际海底管理局."区域"内矿物资源开发规章草案[EB/OL].July 2019,第26条,https://ran-s3.s3.amazonaws.com/isa.org.jm/s3fs-public/files/documents/isba_25_c_wp1-c.pdf.Last visited:2024-12-20.

解决或终止的金钱赔付义务，承包者履行培训义务所支出的费用，保险费用等。[①]

事实上，当前《开发规章草案》关于缴费种类的设置矛盾较多，令人担忧其实际效益。第一，固定年费的抵免功能设计模糊。《执行协定》第8节的合同财政条款特别规定了任何财政缴费制度都应包括自商业生产开始之日起缴付的固定年费，强调其具有抵免其他缴费种类的功能，但是具体如何抵免在《开发规章草案》中并未涉及。第二，《开发规章草案》为承包者规定了较多的费用项目，却未规定可以减免费用的情况。其附件十第8节规定，在合同发生不可抗力的情形下，"只要承包者采取了一切合理措施克服施工的延误或障碍，承包者对因不可抗力而无法避免的延误或因而无法履行本合同所规定的任何义务不负赔付责任。"该条表明，即便符合不可抗力的规定，也只能免除承包者的赔付责任，而没有其他的费用减免优惠。《开发规章草案》全文均未提到费用减免或优惠的内容，这对承包者来说，可能有失公平。因此，缴费机制设计的合理性还有待商榷。

二、特许权使用费的科学性

《执行协定》规定，有关合同财政条款的规则应该考虑采用特许权使用费制度或结合特许权使用费与盈利分享的制度[②]。《开发规章草案》拟采用特许权使用费制度，该缴费机制是2018年7月，由麻省理工学院材料系统实验室主任理查德·罗思（Richard Roth）教授设计的金融模型，其就多金属结核海底采矿的经济学所作的介绍对理事会讨论公正公平的缴费机制问题很有帮助。[③]《开发规章草案》附录四"确定特许权使用费负债"具体解释了各类别资源的特许权使用费的计算方法，根据不同资源类别分别适用不同的费率标准。

第一，明确计算特许权使用费中的专业名词的具体含义。例如，适用的特许权使费率是指以下各表所示的适用资源类别的特许权使费率，或根据本规章进

① 国际海底管理局."区域"内矿物资源开发规章草案[EB/OL].July 2019，第36条、第37条，附件十第7节，https://ran-s3.s3.amazonaws.com/isa.org.jm/s3fs-public/files/documents/isba_25_c_wp1-c.pdf.Last visited:2024-12-20.

② 1994年《关于执行1982年12月10日〈联合国海洋法公约〉第十一部分协定》第八节第1(c)款。

③ 国际海底管理局.理事会主席关于第二十四届议一部分期间工作的声明[EB/OL].2018年3月13日，第6页，https://ran-s3.s3.amazonaws.com/isa.org.jm/s3fs-public/files/documents/isba24c-8-ch.pdf.Last visited:2024-12-20.

行的任何审查后,由理事会做出决定确定特许权使用费率。平均牌价是指有关金属的平均牌价,即按照管理局规定和公布的特许权使用费收益申报期内官方牌价上的每公吨金属每日价格的平均值(美元)计算的价格。平均品位是指从采矿区中的一系列品位获得相关金属平均含量①,表示为在估值点每吨含矿矿石的金属百分比,并列于下文关于适用资源类别的各B栏中。相关金属是指由理事会鉴定并确定的含矿矿石中所含的金属,用于计算假设总值。相关金属价值是指相关金属的假定总价值,按平均牌价和平均品位的乘积计算。

第二,根据不同的商业生产阶段,适用不同的特许权使用费率。主要分为商业生产第一阶段和第二阶段。商业生产第一阶段指商业生产开始之日起[x]年的固定期限,商业生产第二阶段指商业生产第一阶段结束后[y]年的固定期限。具体时间还在商讨中。估值点是指首次出售点或将含矿矿石从合同区运至运输矿石的船舶上的第一转移点。

第三,对于不同的资源类别,也适用不同的特许权使用费率。

第四,适用的特许权使用费率及其计算方式和基础可能会因不同的相关金属和不同资源类别应缴纳的特许权使用费之间的差异而不同。根据应缴特许权使用费的计算公式进行模拟计算,《开发规章草案》提供了两种计算方式。第一种,特许权使用费收益申报期间的应缴特许权使用费的计算方法是:每种相关金属的相关金属价值乘适用特许权使用费率所得结果的总和,乘在估值点出售或转让的含矿矿石的数量(以公吨计),因此:

$RP=[(RMV^1 x\ ARR^1)+(RMV^2 x\ ARR^2)+(RMV^3 x\ ARR^3)+\cdots(RMVx\ ARR)]x$ 含矿矿石总量(公吨)

其中:

RP=应缴特许权使用费

RMV^1=第一相关金属价值

ARR^1=适用于第一相关金属的适用特许权使用费率

RMV^2=第二相关金属价值

---

① 平均品位(含量)可根据按照管理局的资源分类准则向管理局提供的资源评估来确定。规定中可以包括一系列可接受的品位参数,实际平均品位显示在特许权使用费收益中,必要时须进行测定。参见国际海底管理局."区域"内矿物资源开发规章草案[EB/OL].July 2019,https://ran-s3.s3.amazonaws.com/isa.org.jm/s3fs-public/files/documents/isba_25_c_wp1-c.pdf.Last visited:2024-12-20.

ARR^2=适用于第二相关金属的适用特许权使用费率，等等

RMV^3=第三相关金属价值

ARR^3=适用于第三种相关金属的适用特许权使用费率，等等

第二种方式，如果理事会根据针对适用资源类别的下文各表（表8）C栏和（或）D栏，确定应对含矿矿石的假定总价值适用综合特许权使用费率①，则特许权使用费收益申报期的应缴特许权使用费的计算方法为：相关金属价值总和与在估值点出售或转让的含矿矿石的数量（以吨计）的乘积乘以综合特许权使用费率，因此：

$RP=(RMV^1+RMV^2+RMV^3+\cdots RMV)x$ 含矿矿石总量（以吨计）

x 综合特许权使用费率

表8　三种不同资源适用的特许权使用费率②

相关金属	平均品位（百分比）	商业生产第一阶段：适用的特许权使用费率（百分比）	商业生产第二阶段：适用的特许权使用费率（百分比）
（一）多金属结核			
金属1	[x.xx]	[x.xx]	[x.xx]
金属2	[x.xx]	[x.xx]	[x.xx]
金属3	[x.xx]	[x.xx]	[x.xx]
金属4	[x.xx]	[x.xx]	[x.xx]
（二）多金属硫化物			
金属1	[x.xx]	[x.xx]	[x.xx]
金属2	[x.xx]	[x.xx]	[x.xx]
金属3	[x.xx]	[x.xx]	[x.xx]
金属4	[x.xx]	[x.xx]	[x.xx]

① 关于多金属结核，迄今为止的讨论一直专注于应适用于一篮子金属价值的单一特许权使用费率。除了计算的简单性外，没有详细讨论将不同的特许权使用费率应用于篮子中的不同金属问题。

② 国际海底管理局理事会."区域"内矿物资源开发规章草案[EB/OL].July 2019，附录四，https://ran-s3.s3.amazonaws.com/isa.org.jm/s3fs-public/files/documents/isba_25_c_wp1-c.pdf.Last visited:2024-12-20.

续表

相关金属	平均品位（百分比）	商业生产第一阶段：适用的特许权使用费率（百分比）	商业生产第二阶段：适用的特许权使用费率（百分比）
（三）富钴铁锰结壳			
金属1	[x.xx]	[x.xx]	[x.xx]
金属2	[x.xx]	[x.xx]	[x.xx]
金属3	[x.xx]	[x.xx]	[x.xx]
金属4	[x.xx]	[x.xx]	[x.xx]

就目前公布的缴费机制模型来看，其核心是针对资源种类收取的特许权使用费。表面上看，该费用的设计模型似乎比较合理，但深究其根本，也能发现许多问题。第一，鉴于不同资源所含的金属元素种类不同，根据相关金属适用特许权使用费率。这要求承包者区分矿产资源中的每种元素，计算其具体重量，分别按照对应的相关金属价值进行计算。如果矿产资源所含的金属元素种类较多，对它们进行分类称重的程序将是非常复杂的工程。第二，相关金属价值是平均牌价和平均品位的乘积，而平均牌价则是根据管理局规定和公布的特许权使用费收益申报期内官方牌价上的每公吨金属每日价格的平均值计算的价格，金属每日价格是一个浮动的变量，使得平均值的计算也成为非固定的数值。这种单一从价的特许权使用费反映了因价格波动引起的收益变化，影响管理局收入的稳定性。因为当预期金属价格上涨时，承包者即可扩大生产量；反之，承包者就会延缓商业开发进度，这种根据市场变化调整产量的方式完全取决于承包者对商业生产率的自由调控。为使调控趋于理性而不致扰乱开发制度并对管理局的收入造成影响，从价的单一性有待完善。[①]因此，基于资源类型而设计的特许权使用费，其科学性与合理性有待进一步商榷。

三、利益分享机制的公平性

“区域”及其资源是全人类的共同遗产，“区域”内活动应为全人类利益进行，其产生的经济利益应公平的分配，这是国际社会普遍承认的“区域”基本制度。

① 林家骏，李志文．国际海底区域采矿规章的惠益分享财政制度取向[J]．理论探索，2019(05)：121-128.

但《公约》并未说明“全人类利益”具体指向的对象、利益的种类,以及实现“全人类利益”公平分配的方式与途径。正如沙克尔福德和弗雷克斯所说,“法律学者或政策制定者对人类共同财产的定义仍未达成共识”,发展中国家和发达国家在公平管理公共资源所需的国际监管程度上存在分歧。[①]海洋强国能够直接获得巨大利益,而受技术和经济限制无法参与区域开发的发展中国家则依赖于利益再分配。[②]由此,各国对公共资源的利益分享的基础理论存在不同的观点与立场。

美国等部分发达国家认为,开发深海资源的权利是基于公海自由原则下派生出的固有利益,利益分享仅是发展援助(development aid)的一种形式[③],忽视了发展中国家平等参与(equal participation)“区域”活动的权利。从平等参与的角度看,“区域”资源的利益分享不仅是人类共同财产的内在要求,同样也是“区域”制度中平衡矿物财产权关系的必然选择。[④]

《开发规章草案》的制定重申了“区域”及其资源是人类共同继承财产,但仍然没有提及“人类共同继承财产原则”的具体释义。并且,《开发规章草案》全文并未谈及“区域”资源的利益分配问题,这使得该原则难以发挥其具体效用。《开发规章草案》中涉及“分享”的规定包括第2条,“区域”资源的开发应按照《公约》和《执行协定》的规定,让管理局分享收益,并对企业部和发展中国家作技术转让。第3条,管理局成员和承包者应尽力与管理局一同相互合作,并与其他承包者以及国家和国际科学研究及技术开发机构合作,以期分享、交换和评估“区域”环境资料。上述两条规定属于政策和原则性质的内容,尽管具有指导意义,但缺乏具体的可操作性。《开发规章草案》应当进一步填补这一方面的法律空白,避免引发不必要的争议。

---

① ScottJ Shackelford.The Tragedy of the Common Heritage of Mankind[J].*Stanford Environmental Law journal*,2009(27):181.

② 郝艺颖.国际海底区域矿物资源开发收益分配机制的构建与执行[J].国际经济法学刊,2022(1):117-130.

③ See R.Wolfrum.The Principle of the Common Heritage of Mankind[M].Max－Planck-Institut für auslndisches offentliches Recht u nd Vlkerrecht,1983.

④ 吕琪,李志文.国际海底区域资源开发的利益共享审思[J].学习与探索,2018(08):104-112.

第二节 中国关于财务机制的主要问题

《开发规章草案》有关财务机制的设置，在缴费机制与利益分享机制方面存在一些问题。从整体上看，该财务机制并未反映“人类共同继承财产原则”的要求，也未考虑如何平衡不同利益诉求国家的关系。具体来说，《开发规章草案》在缴费机制的设计中忽视了开发风险的计算。另一方面，利益分享机制也因缺乏具体的操作规定而沦为虚设。中国是“区域”活动的重要参与者，也是世界最大的发展中国家，“区域”的任何一项规定都与我国国家利益息息相关。当前的财务机制对中国而言颇为不利，不仅忽视了发展中国家的利益，也会削弱国内承包者的积极性。

一、财务机制未能平衡各方利益

“区域”矿产资源是人类共同财产，“区域”内的活动应为全人类的利益而进行，开发活动中财务机制的设计应当考虑如何平衡“全人类的利益”。《公约》对与“区域”活动有利害关系的国家按照不同的利益导向，分成发展中国家、内陆国、沿海国、输入国与输出国、陆上生产国等不同类型。不同的利益体之间既有冲突，也有重叠，处于不同利益体的国家对深海采矿活动的立场并不一致，利益交织尤为复杂，这是制定财务方案中需要权衡的重要方面。中国既是发展中国家，又是铁、铜、锰等矿产的主要陆上生产国之一，同时还是世界上最大的矿物品消费国，如何通过财务机制平衡中国在深海采矿中的多重利益，是《开发规章草案》需要重点关注的内容。

（一）发展中国家整体的利益

“发展中国家”一词在《公约》中反复出现，《公约》第十一章共提及24次“发展中国家”，附件三提及8次，《执行协定》提及7次，并反复强调考虑、照顾发展中国家的利益。[①]《公约》对发展中国家利益的照顾主要体现在三个方面，第一是保障发展中国家参与“区域”活动的参与权，以促进其发展。第二是促进、鼓励向发展

① 对《联合国海洋法公约》第十一部分中出现的“发展中国家”一词的次数统计，不包括已被《执行协定》删除的条文。

中国家转让“区域”内活动的技术和科学知识。第三是对发展中国家的经济保护，使其经济或出口收益不致因某一受影响矿物的价格或该矿物的出口量降低而遭受不良影响，并考虑对其作出经济补偿。[①]这三方面的原则性内容同样反应在《开发规章草案》第2条基本政策和原则中，但并未在具体条文中得到阐释，尤其是对那些因“区域”采矿可能损害其国家出口经济的发展中国家而作出的经济补偿，在《开发规章草案》中并未涉及。

（二）发展中陆上生产国的利益

《执行协定》第1节第5条规定，“在公约生效至第一项开发工作计划获得核准之间的期间，管理局应集中于……研究‘区域’内矿物生产对可能受到最严重影响的这些矿物的发展中陆上生产国经济可能产生的影响，以期尽量减轻它们的困难和协助它们进行经济调整”。第7节第1条规定：“……经确定其经济因深海底矿物生产而受到严重影响的发展中陆上生产国应从管理局的经济援助基金得到援助。”上述条文中提到的“发展中陆上生产国”指的是那些属于矿物陆上生产国的发展中国家。对这些国家的经济援助局限于受深海矿物生产而影响的范围。尽管《执行协定》并未明确列明具体的补偿对象，但从上述条文来看，不难推测这些可能是因深海采矿而受到经济损害的国家。

首先，深海矿产中的多金属结核富含铁、锰、铜、镍、钴、钼等有价元素，多金属硫化物富含金、银、铜、锌等金属矿物，[②]富钴铁锰结壳以铁、锰为主要元素，且富含镍、铜、钴、钼、锂等元素。[③]相比之下，多金属结核与富钴铁锰结壳所含的金属元素比较相似，对这两种资源的开发将获得大量铁、锰、铜等金属资源。而对金属硫化物进行开发，将获得大量金、银等金属资源。其次，从陆地矿产资源分布的情况看，深海矿物所含的铁、铜、锰、金等元素均能在陆地找到。陆地铁矿资源的分布较为集中，澳大利亚、巴西、俄罗斯、中国和印度五国铁金属储量合计占全球总量的77.5%，其次是美国、乌克兰、加拿大等国（表9）。[④]

---

① 参见1982年《联合国海洋法公约》第150(h)条，第151条第10款，第173条第2款(c).

② 李江海，宋珏琛，洛怡.深海多金属硫化物采矿研究进展及其前景探讨[J].海洋开发与管理，2019，36(11)：29-37.

③ 方志浩，屠霄霞，乔志国等.铁锰结壳年代学方法及其应用[J].海洋科学，2019，43(09)：104-113.

④ 王嫱.2018年全球铁矿资源供需形势分析[J].中国国土资源经济，2020，33(03)：59-68

表9　2018年全球铁矿资源储量分布排名前十的国家[①]

单位：亿吨

排名	国家	铁矿石储量	铁金属储量
1	澳大利亚	500	240
2	巴西	320	170
3	俄罗斯	250	140
4	中国	200	69
5	印度	54	32
6	美国	29	7.6
7	乌克兰	65	23
8	加拿大	60	23
9	瑞典	13	6
10	伊朗	27	15

截至2023年底，全球铜储量为10亿吨。[②]超过150个国家拥有铜矿资源，但分布地区差异明显。从国家看，全球铜储量主要集中在21个国家，依次是智利、秘鲁、澳大利亚、俄罗斯、刚果（金）、墨西哥、美国、中国、波兰、印度尼西亚、哈萨克斯坦、赞比亚、加拿大、阿根廷、蒙古国、塞尔维亚、巴西、巴布亚新几内亚、巴拿马、菲律宾和厄瓜多尔，合计占全球铜储量的91.4%，前十个国家的铜储量全球占比为77.2%（表10）。[③]

① 表格数据来源：USGS.Mineral commodity summaries.Washington：USGS，2018.

② U.S.Geological Survey.Mineral commodity summaries 2024［R］.*Washington*：*U.S. Geological Survey*，2024：64-65.

③ 陈秀法，何学洲，张振芳等．全球铜矿资源分布特征、勘查开发格局与展望［J］．世界有色金属，2025（1）：1-12.

表 10 2023 年全球主要国家铜资源储量[①]

排名	国家	储量 / 万吨	储量世界占比 / %
1	智利	19000	19.00
2	秘鲁	12000	12.00
3	澳大利亚	10000	10.00
4	俄罗斯	8000	8.00
5	刚果(金)	8000	8.00
6	墨西哥	5300	5.30
7	美国	5000	5.00
8	中国	4100	4.10
9	波兰	3400	3.40
10	印度尼西亚	2400	2.40

截至2021年底，全球已探明锰资源储量约15亿吨，其中绝大多数集中在南非、乌克兰、巴西、澳大利亚、加蓬、加纳、中国和印度8个国家，占总储量的98.80%[②]表11)。我国是全球最大的锰矿石进口国，占全球锰矿石进口总量的73.3%，其次为印度(6.1%)、挪威(2.6%)、乌克兰(2.6%)和马来西亚(2.6%)等国。[③]

① 本表格数据来自陈秀法，何学洲，张振芳等. 全球铜矿资源分布特征、勘查开发格局与展望[J]. 世界有色金属，2025(1):1-12.

② 王若枫，袁帅，刘应志等. 全球锰矿资源现状及选矿技术进展[J]. 矿产保护与利用，2023，43(1):14-23.

③ 刘陟娜，许虹，王秋舒，陈梅. 中国锰矿供需现状及可持续发展建议[J]. 资源与产业，2015，161(6):42-47.

表11　2015—2021年全球主要锰矿生产国年产量及储量数据[①]

单位：万吨

序号	国家	产量							储量
		2015	2016	2017	2018	2019	2020	2021	
1	南非	590	530	540	580	550	650	740	64000
2	澳大利亚	245	224	282	348	320	333	330	27000
3	巴西	109	108	116	131	120	49.4	40	27000
4	乌克兰	41	42	73	51	54	57.8	67	14000
5	加蓬	202	162	219	233	240	331	360	6100
6	中国	300	233	170	120	130	134	130	5400
7	印度	90	74	73	96	100	63.2	60	3400
8	加纳	42	55	81	136	140	63.7	64	1300
9	其他国家	131	142	176	195	246	207.9	209	800
10	总计	1750	1570	1730	1890	1900	1890	2000	150000

截至2023年末，全球金储量5.90万吨，分布广泛但不均衡。从国别看，全球金储量主要分布在澳大利亚、俄罗斯、南非、美国、中国、印度尼西亚、布基纳法索、巴西、加拿大、秘鲁、智利、乌兹别克斯坦、墨西哥、巴布亚新几内亚、加纳、哈萨克斯坦、马里、坦桑尼亚等18国，合计占全球的94.32%（表12）。[②]

① 表格数据来源：孙凯，张起钻，朱清等.全球锰矿资源特征及供需格局[J].矿产勘查，2022，13(04)：371-387.

② 陈喜峰.全球金矿资源分布特征、勘查开发格局及展望[J].中国矿业，2024，33(10)：64-73.

表12　2023年全球主要国家(地区)金储量①

序号	国家(地区)	金储量/t	储量世界占比/%
1	澳大利亚	12000	20.34
2	俄罗斯	11100	18.81
3	南非	5000	8.47
4	美国	3000	5.08
5	中国	3000	5.08
6	印度尼西亚	2600	4.41
7	布基纳法索	2400	4.07
8	巴西	2400	4.07
9	加拿大	2300	3.90
10	秘鲁	2300	3.90
11	智利	2040	3.46
12	乌兹别克斯坦	1800	3.05
13	墨西哥	1400	2.37
14	巴布亚新几内亚	1100	1.86
15	加纳	1000	1.69
16	哈萨克斯坦	1000	1.69
17	马里	800	1.36
18	坦桑尼亚	420	0.71
19	其他国家	3340	5.68
	世界合计	59000	100.00

根据铁、铜、锰、金矿产的陆地分布情况看，深海多金属结核资源与富钴铁锰结壳资源的开发必定影响陆地铁、铜、锰资源集中的国家，例如澳大利亚、巴西、中国、智利、印度等国，而其中既是这类资源的生产国，又是发展中国家的那些国家则是受冲击最大的群体，包括巴西、中国、印度、智利、秘鲁、刚果(金)、南非、加

① 表格数据来源：陈喜峰．全球金矿资源分布特征、勘查开发格局及展望[J]．中国矿业，2024，33(10)：64-73.

蓬等国。同理，深海多金属硫化物的开发则会冲击到那些贵金属生产国，尤其是其中的发展中国家，例如乌兹别克斯坦、多米尼加共和国、印度尼西亚、巴布亚新几内亚等国。如何平衡深海采矿承包者、担保国与这些陆上生产国的利益，是国际社会比较关注的话题。

尽管《公约》早已预见到，"区域"矿产开发将对这些矿物陆上生产国的国家经济构成威胁，也计划通过某些经济措施对其进行补偿，但这些考量却未反映在《开发规章草案》的财务机制方面，使得《开发规章草案》的设计有所欠缺。

（三）中国的国家利益定位

按照《公约》对国家的分类情况看，中国具有双重属性。第一，中国毫无疑问是世界上最大的发展中国家。第二，从矿产生产国的角度看，中国是铁矿、铜矿、锰矿的主要陆地生产国之一。《公约》关于发展中国家与陆地生产国方面的规定，都与中国密切相关。中国不仅能享受《公约》赋予的发展中国家的优惠政策，在深海采矿方面，也应考虑到中国作为铁、铜、锰的发展中陆地生产国可能受到的因深海矿产资源商业化开采而带来的不利影响。从这方面看，中国应当关注《开发规章草案》在平衡深海资源开发与陆地生产国之间的竞争关系方面的作用，建议管理局深入探讨这一问题的应对措施，积极推动该问题的有效解决。

另一方面，中国同样也是世界上最大的矿物消费国。从国内情况看，我国经济目前处于深度转型调整期，矿产品供不应求的总体态势并未改变。[①]2017年，我国铁矿石、精炼铜、精炼铅、精炼镍等重要矿产品消费量的世界占比均在40%以上，铁矿石消费量的世界占比甚至高达55%，黄金消费量的世界占比为27.1%，[②]远高于我国人口占世界总人口18.5%[③]的平均线（图15）。根据供需图所示，中国对于黄金、铁矿、精炼铜、精炼镍的消费量的世界占比远高于产量的世界占比。这说明，仅依靠国内的矿物产量可能无法满足生产需要，大多数情况下还需依赖进口资源。从这方面看，中国又是矿产资源的主要进口国。深海资源的大规模开发必然增加全球金属矿物的供应量，从而降低市场价格，这对于矿物进

① 苏铁娜.我国重要矿产资源供需形势研究[J].中国国土资源经济，2019，32(07)：46-51.

② 冯丹丹，苏铁娜，胡德文等.2018年度矿产资源经济形势分析及展望[J].中国国土资源经济，2019，32(01)：30-35.

③ 联合国和世界银行统计数据显示，2016年世界、中国人口总数分别为746521万人、137867万人。

口国而言大有益处。然而，这就导致中国陷入了一个困境，即深海矿物开发是否真正有利于中国？在多大程度上对中国有利？《开发规章草案》的财务机制如何设计才能满足中国同时作为矿产资源的陆上生产国与最大消费国、矿物进口国的多重需求？这些问题是《开发规章草案》中财务机制设计的关键问题，亦是中国目前面临的重大课题之一。中国在对财务机制方面的立场需要兼顾中国自身的需求与特殊的国家身份，复杂程度不言而喻，需要慎重思考，仔细评估。

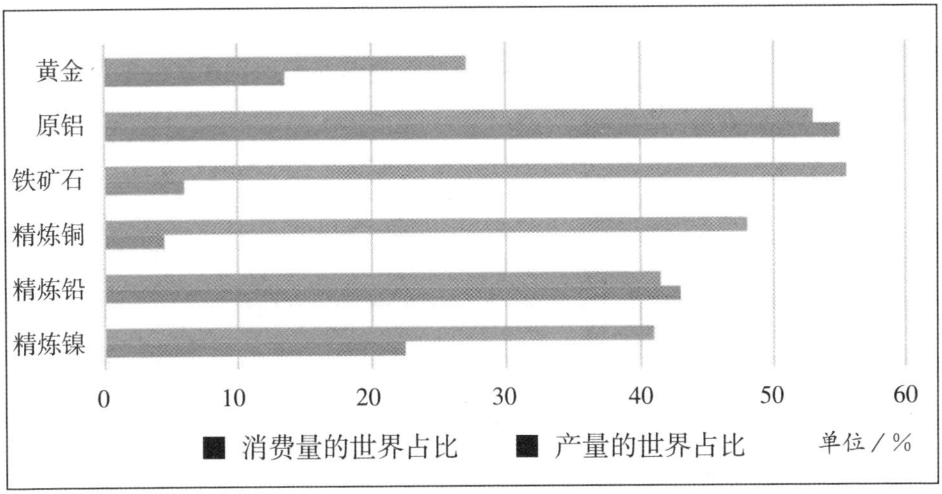

图 15　2017 年我国主要矿产品供需的世界占比①

二、缴费机制忽视开发风险的计算

矿产资源开发活动面临诸多风险，包括开采过程中的技术风险、环境风险、采掘风险，以及涉及商业活动的投资风险、市场风险等。相比陆地矿产资源，深海矿产资源开发所面临的风险更加严峻。考虑到深海特殊的生态环境，一旦发生事故，后果可能难以控制。因此，深海采矿所面临的重要风险主要来自环境方面，这在《开发规章草案》中得到高度重视，例如第 13 条、第 30 条、第 32 条、第 44 条、第 47 条、第 59 条等条文均围绕“环境风险”，反复强调建立必要的风险评估和风险管理制度，详细规定《环境影响报告》应记载的具体内容。然而，实践中的采

① 该图数据来源冯丹丹，刘超，王嫱．主要矿产品供需形势分析报告[M]．北京：地质出版社，2018.

矿活动还涉及其他诸多风险，但《开发规章草案》关于“风险”的规定仅指环境方面，未考虑到其他因素，这对承包者而言，可能欠缺公平。《开发规章草案》的设计应当考虑到来自各个方面的“风险”，尤其是进入市场后承包者将面临的商业风险，均应当反映在缴费机制中。

（一）矿产资源开发活动中的风险识别问题

矿产资源开发中所说的风险，主要是指影响目标实现的一些不确定的风险因素。一般在陆地矿产资源开发之前，都会对开发风险进行评价，也称为风险识别，即针对矿产资源开发过程中所面临或者潜在的各类风险因素和风险源进行逐一的判别、归类，同时断定风险性质的一种过程，是一项构建矿产资源开发风险评价指标体系的基础工作。

关于矿产资源开发风险问题，国内学者对陆地采矿的风险研究较多，但却无人研究深海采矿活动涉及的风险。[①]但是，无论是深海矿产资源开采，还是陆地矿产资源开采，面临的风险除了环境方面，在多数情况下都比较相似。具体来说，这些风险可以分为三大类。第一类是矿产资源开发活动中的风险。陆地采矿中存在地质构造、地层与岩性、地应力、地下水等几方面的地质风险，以及包括采场结构参数、采矿工艺、爆破震动等人为扰动因素带来的风险。[②]而在深海采矿中，则存在海水压力、海底地质结构、海水搅动等地质风险，在人为采矿时，也会因机器设备操作引发技术层面的风险问题。第二类是资源本身带来的风险，这类风险主要是由于矿石勘探储量不明而产生的一种风险。对矿产资源的品质、地质储量、开采赋存条件的优劣程度等因素的评估不足，或者对开采预期盲目乐观都可能会造成活动主体的损失。资源风险主要的影响因素包括资料错误、勘探不足，调查粗略等情况。

第三类是市场隐藏的潜在风险。市场风险是指矿产价格发生变化以及资源

---

① 国内学者围绕我国陆地矿产资源开发活动的风险问题进行的研究较多，2018年—2019年的相关文献数量超过20余篇。参见徐洪波.风险预控管理体系在采矿安全管理中的作用[J].世界有色金属，2019(16):57+59.罗明爔.固体矿产勘查风险成因及应对举措[J].甘肃科技，2019,35(23):32-33+144.夏伟泉，刘仁.大结构采场采矿工艺风险因素分析和控制[J].采矿技术，2018,18(06):38-39+47.周鹏.矿产地质勘察风险的成因及规避探讨[J].世界有色金属，2018年(11):157+159.

② 夏伟泉，刘仁.大结构采场采矿工艺风险因素分析和控制[J].采矿技术，2018,18(06):38-39+47.

开发成本发生变化，主要包括矿产资源的价格起伏、资源开发成本的波动，以及银行利率和汇率的调整等因素。[①]若市场风险没有及时得到控制，一定会对矿产资源开发造成威胁，进而使矿山投资出现流产的问题。在市场经济的背景下，矿产资源的价格往往会受到经济形势的影响而出现波动。这些风险既包括国内，也包括国际。如果价格上涨，市场主体就会获得较大的利益，从而激励其投资参与资源市场。但过多的投资亦会导致矿产资源行业的产能过剩，出现资源价格下跌的情况。

（二）国际海底区域矿产资源开发中的风险计算问题

实践中，承包者在参与“区域”活动的过程中承担着较大的风险与责任。比起陆地矿产开发活动，深海领域的矿产开发活动对于技术手段、装备设施、人才队伍等方面的标准更高，所面临的风险也更大。在矿产投入市场后，还将面临来自国际层面的市场风险和金融风险。这些都对开发承包者提出了较高的风险承担要求，因此，为了保护承包者的合法权益，鼓励承包者参与“区域”资源活动，与商业活动有关的资源活动应当充分考虑承包者的意愿，以确保承包者的投资获得收益。

开发阶段是以资源获取与商业化使用为主的商事活动，开发合同承包者就是资源市场的商事活动主体，他们对市场风险与商品价值具有最基本的判断能力与投资经验。对于市场主体而言，实现利益最大化是其参与资源开发活动的主要动力，但风险、成本也是其关心的重要事项。在2016年“深海海底区域科技发展与法律应对”学术研讨会上，勘探合同承包者之一的中国五矿集团代表提出，安全、成本与效率是企业的三大重要指标，政府与科研单位应多考虑企业的成本效率与风险问题。[②]《开发规章草案》的设计应当包含商业风险方面的规定，以确保“区域”资源开发活动按照健全的商业原则进行。具体来说，缴费机制的设计应当覆盖承包者的全部投资成本，包括前期的调查研究费用、试验费用、可行性研究费用等，在制定缴费项目时，适当扣除这些成本费用，使缴费机制的设计更加科学合理。

---

① 李冲.海外矿产资源开发风险控制要点研究[J].科技创新导报，2018，15(34)：97+99.

② 节选自2016年10月15日—16日上海交通大学举办的“深海海底区域科技发展与法律应对”学术研讨会，中国五矿集团代表刘宁武老师的部分发言。

三、利益分享机制尚未形成具体规则

目前，关于深海资源开发的利益分享机制尚未形成，一方面，管理局尚未公开这一问题的研究情况。另一方面，大规模商业开采尚未到来，利益分享问题也未引起国际社会的足够关注。但这一问题对于中国承包者而言是极其重要的，需要引起高度重视。

（一）国际海底区域资源开发利益分享的立法格局

深海资源开发利益分享的立法格局经历了从《公约》到《执行协定》的历史变化过程。《公约》确立了“人类共同继承遗产原则”并将利益分享作为“区域”资源集中分配制度的核心，并规定管理局作为实施资源集中分配的执行机构。资源集中分配的核心是基于利益分享的再分配①，由管理局集中“区域”资源开发所产生的收益，再按照一定的方式进行公平合理的分配。遗憾的是，由于《公约》制度的“区域”制度难以取得普遍承认，使得“区域”矿产资源的集中分配计划最终流产。之后制定的《执行协定》确立了市场机制和相对健全的商业原则资源分配制度，从而消减了《公约》关于利益分享的实际地位。《执行协定》将管理局的企业部与缔约国以及由缔约国担保的实体放在同一竞争地位，反映了市场自由竞争的规则，这种基于市场机制的资源分配制度更突出分配的本质。②《执行协定》更注重在代表全人类的管理局与在确定的法律规制体系内独立实施开发的承包者之间的利益平衡。总的来说，《执行协定》侧重保障“区域”内承包者的独立性，维护资源分配的市场竞争环境。缔约国和私人主体凭借资金和技术的条件可以相对自由地取得“区域”矿产资源勘探和开发的权利。利益分享则成为换取这种权利的交换条件。③

《开发规章草案》力图将利益分享重新置于“区域”矿产资源分配秩序的核心环节。但具体通过何种方式进行分享，目前尚未可知。在可以预见的未来，大规模商业化开采必将真正实现，而具备开采能力的国家仍然是发达国家以及较发

---

① Jan-Stefan Fritz：Deep Sea Anarchy：Mining at the Frontier of International Law [J].*The International Journal of Marine and Coastal Law*，2015(30)：457.

② Yoshifumi Tanaka.Protection of Community interests of international law [J].*Max Planck UNYB*，2011(15)：341.

③ Caitly Antrim.The International Seabed Authority Turns Twenty [J].*Georgetown Journal of International Journal of Marine and Coastal Law*，2015(30)：465.

达的发展中国家。那么,这些具备开发能力的国家如何与整个国际社会成员共同分享利益,以实现人类共同财产的目标,是一个庞大且复杂的课题。

(二)利益分享制度对中国的影响

未来,国际海底区域资源开发利益分享制度的形成将对中国产生重要的影响,主要体现在两个方面。

第一,中国作为"区域"活动的承包者,必然是提供利益的一方。利益分享的内容与形式直接影响利益生产主体的积极性,因此,利益分享机制制定的关键是平衡承包者的投资与利益分享的比例。深海资源利益分享基本架构由主体、内容及形式三个要素共同组成。其中的主体包括提供利益的主体与接受利益分享的主体。就目前来看,资源开发承包者就是利益提供方,包括国家、国际组织在内的国际社会,即"全人类"则是受益方。开发产生的利益包括经济收益、科研收益、技术收益、环境收益等。《公约》第140条规定,管理局应当通过适当的机构公平分配财政与其他经济收益。该条规定表明,《公约》区分了财政与其他经济收益。财政收益可以理解为直接经济收益,而其他非财政类的经济收益则包括产品分成与就业机会等[①]。其他非经济收益包括科研收益与环境收益等,这在《公约》中都有统一规定。

第二,中国作为"全人类"的一员,同时也是发展中国家成员,根据《公约》规定,利益分享制度需要照顾发展中国家的利益需求。[②]因此,利益分享机制既影响作为利益提供方的中国承包者,也关乎作为发展中国家的中国的特殊需求,而这两方面在某些情况下可以会产生一些冲突,需要提前规划应对方案。

另外,管理局作为深海资源开发的管理机构,需要重视其在利益分享机制的制定与实施方面所发挥的核心作用。例如,管理局可以通过利益分享制度调控"区域"资源开发进程,在陆地资源出现供应危机时,通过减少利益分享的比例,激励各承包者参与"区域"资源开发。而在资源开采量过高,可能导致陆地矿产资源价格下跌时,通过提高利益分享的比例延缓承包者的开发进程。

---

① M.W.Lodge.The Common Heritage of Mankind[J].*The International Journal of Marine and Coastal Law*,2012(27):240.

② 曾令义,何艳梅,杨小艳等.国际海底区域资源开发的惠益分享研究[J].矿业研究与开发,2024(8):12.

第三节　国际法视角下财务机制的构建方式

《开发规章草案》关于财务机制的设计目前正在国际社会进行广泛的讨论。表面上看，这些规定的设计具有一定的合理性，例如，特许权使用费制定了分阶段适用的模型。但在实践中却存在一些明显的缺陷，例如，关于利益分享的问题在《开发规章草案》中并未得到应有的重视，更缺少具体条文的支撑。从这个角度看，似乎有违"人类共同继承财产原则"之基本精神。对此，国际法上存在一些与之相类似的法律规定与原则，或许能对这些问题的解决提供适当的借鉴。

一、国际金融投资法对特许权使用费的借鉴

《开发规章草案》目前采用的是分阶段适用特许权使用费的金融模型，该模型需要区分商业生产的第一阶段与第二阶段，对不同阶段适用不同的矿产资源的相关金属价值。从理论上看，这似乎是较为合理的安排。但从实践角度看，需要解决两个根本问题。一是划分商业生产第一阶段和第二阶段的具体标准如何设定，二是这两个阶段的分界点如何确定。如图16所示，a、b、c三点分别代表开发合同生效、商业生产开始与开发合同到期的三个时间点，而X、Y、Z则表示商业生产第一阶段和第二阶段的分界点。那么，在商业生产开始到合同届满的时间段中，在无法确定以何种标准划分第一阶段和第二阶段的情况下，分界点可以是X、Y、Z中的任意一点。而按照不同的标准所确定的分界点是不同的。如果以开发收益为划分标准，则应确定收益额在多少之内属于第一阶段，超过多少数值时则属于第二阶段，承包者大约在开发后第几年能够收回前期投入成本。并且，在以收益额为划分依据时，不应简单地以总收益额计算，还应考虑投资成本的数额，实际收入与预计收入的比例等因素。如果以技术为划分标准，则应考虑技术在何时达到最成熟或最先进。而在这种判断标准下，又需要考虑发达国家与发展中国家，技术落后国家与技术先进国家在技术领域的差异性，并考虑是否需要给予处于技术弱势的国家一些适当的优惠措施。

前文已述，深海资源勘探开发活动与国际投资活动具有高度的相似性，承包者进行的资源开发活动与国际金融投资领域的BOT模式非常接近。因为，可以尝试用BOT模式构建特许权使用费的基础模型，或许能够更好地解决此类费用

设计的合理性问题。

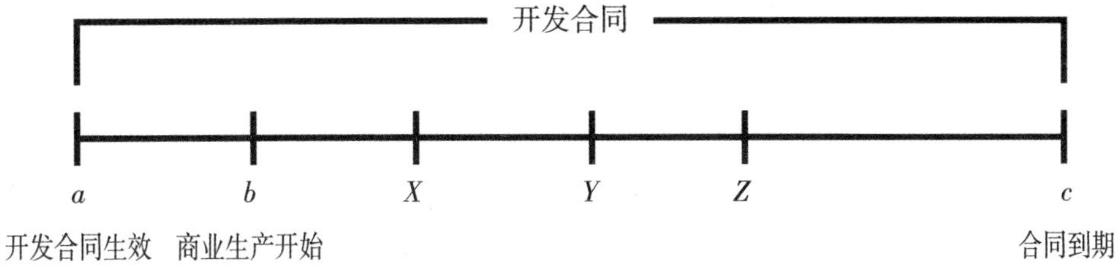

图16　开发合同中商业生产第一阶段与第二阶段节点选择[①]

(一)以国际金融投资BOT模式构建分阶段式的特许权使用费

BOT(Build-Operate-Transfer)是一种新型的特许权投资方式,指政府通过契约授予私营企业,包括外国企业以一定期限的特许专营权,许可其融资建设和经营特定的公用基础设施,并准许其通过向用户收取费用或出售产品以清偿贷款、回收投资并赚取利润。在特许权期限届满时,该基础设施无偿移交给政府。有学者认为,BOT方式中所有权与经营管理权的安排,巧妙地解决了基础设施的公共安全性和私人资本追逐利润的本质之间的矛盾,因而在世界各国得到了迅猛的发展。[②]

以国际金融投资BOT模式构建分阶段式的特许权使用费可以从以下几个方面进行思考。第一,两者具有相似性。考虑到开发阶段的商业的性质,承包者在开发合同进行的投资与开采活动,与国际金融投资中的BOT模式非常接近。根据图17所示,在开发合同项下,承包者在*A-B*阶段进行开采设备的建设与试运行,从*B*点开始正式进入商业生产环节,并获得收益,直至*D*点合同到期,承包者结束开发活动,将“区域”开采权还给管理局。在BOT项目下,投资者在*a-b*阶段进行建设,在*b-d*期间拥有经营权和收益权,直至*d*时,将项目转让给东道国。第二,将开发合同以BOT模式构建具备可行性。从合同性质看,两者均是国际性质的投资合同,不同之处在于,BOT合同位于东道国境内,而开发合同位于国际海

① 本图根据《“区域”内矿物资源开发规章草案》(2019年7月)关于开发阶段各项工作内容的先后顺序草拟而成。由于《“区域”内矿物资源开发规章草案》并未明确*a*、*b*、*X*、*Y*、*Z*、*c*各点的具体时间,本文只能选取大致的时间节点进行论述。图中*X*、*Y*、*Z*是随意选择的点,不代表任何具体的时间点。

② 虞汪日.全球化背景下BOT特许权协议法律性质探讨[J].湖北社会科学,2006(07):133-135.

底区域。从合同主体看,BOT中的投资者是外国企业,合同订立方是外国企业与东道国政府。而开发合同的投资者是《公约》缔约国或其控制的企业、实体和自然人,合同订立双方是承包者与海底管理局,并且还存在作为合同第三方的担保国。从合同内容看,两个项目基本上都经历投资建设、收益回报与转让归还的过程。第三,将开发合同带入BOT模式的构建如下,承包者和管理局相当于BOT中的投资者与东道国[①],矿产资源开发相当于BOT中的建设项目,资源开发的收益等用于BOT中项目经营所获的回报与收益。在图17中,开发合同中的A、B、C、D分别对应BOT项目中的a、b、c、d,开发合同的A–B阶段、B–D阶段分别等同于BOT中的a–b阶段和b–d阶段。

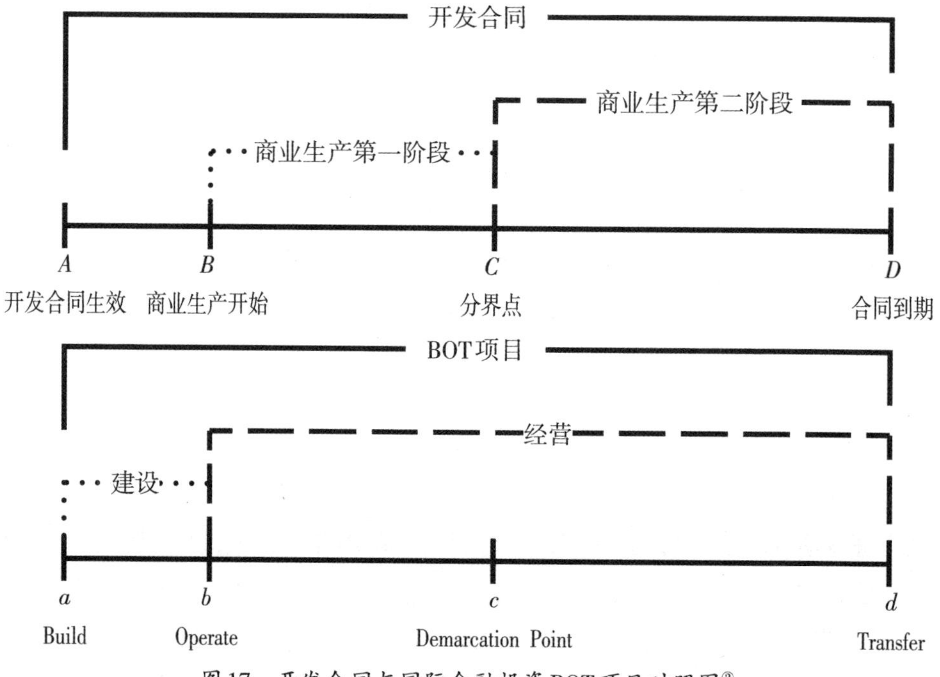

图17　开发合同与国际金融投资BOT项目对照图[②]

① 为了方便构建模型,此处将国际海底管理局视作国家。作为国际组织的海底管理局虽然具有一部分国家的职能,但不是真正意义上的国家。关于国际组织的性质与职能问题将在下文将进行详细讨论。

② 本图根据2019年7月《"区域"内矿物资源开发规章草案》的具体规定,以及国际金融投资BOT模型理论制作。

(二)以BOT模式构建特许权使用费的作用评估

在BOT模式构建特许权使用费的基础上,进一步考虑商业生产第一阶段和第二阶段的分界点,即C点的具体位置,更加方便。BOT图中的c点表示投资者在此时间的收益正好收回建设期间的投资成本。在BOT项目中,投资者在$b-d$阶段具有特许经营权。一般来说,BOT项目主要用于东道国的公共基础项目建设,投资者在特许经营权期间,每年的收益额相对是稳定的,可以大致计算出整个特许经营期的收益总额。假设X是$B-D$阶段和$b-d$阶段每年的收益额,Y表示实际的年度,那么,在BOT项目下,当X乘Y等于$a-b$阶段的建设成本资金额时,可以确定c点的位置,就是Y表示的年份。$c-d$阶段是投资者纯收益的阶段,这是投资者与东道国签订协议约定的时间。因此,经营期间的总收益等于$a-b$阶段的建设成本,加上$c-d$阶段的收益额,投资者将根据c点的位置计算$c-d$阶段的收益额,进而确定对自己最有利的特许经营权期限。开发合同中C点的确定也可以参照BOT项目中的c点进行选择。在C点这一时间点上,承包者的收益与前期投资成本应当处于基本持平的状态,C点之后才是承包者获得纯利润的时期,这种情况对承包者而言最为公平。但是,开发合同中的投资成本不仅包括$A-B$阶段的设备建设、试开采,还应包括勘探阶段的投资成本。因此,C点的位置相对于BOT中c点的位置应当更加靠近D点。实践中,整个商业开采时期所产生的矿石及其价值是不固定的,存在一定的波动。因此,在确定不同阶段的分界点时,还需考虑资源的开采风险,例如剩余资源量,以及市场价格的变化。

(三)采用特别提款权的模型思考

在目前的缴费机制模型中,管理局考虑采用特别提款权作为一个账户单位,以对计算特许权使用费所依据的收入进行估值。这方面倒是一个颇有价值的创举。特别提款权(Special Drawing Right,SDR)是国际货币基金组织根据会员国认缴的份额进行分配,可用于偿还国际货币基金组织债务、弥补会员国政府之间国际收支逆差的一种账面资产。管理局可以参考国际货币基金组织的做法,设立"区域"货币银行,为承包者和管理局财务处设立一个特别提款权的账户,除了估值收入的作用外,该账户内的账面资金可以用来抵扣向管理局缴纳的特许权使用费、年费、行政费和罚款,或者用于科学研究项目基金的捐赠等。利用特别提款权模式,不仅方便资金数额的计算,也便于各账户间的经济往来。当然,这些问题还需要进一步探讨。

在这份缴费机制模板提出后,非洲集团于2018年7月9日提交了一份关于缴费制度和其他财政事项的呈文。中国大洋协会于2018年7月17日在会外活动期间提出了一项经济模式。在管理局第24届会议上，德国代表建议罗思(Roth)先生比较和综合这些国家提交的报告和研究，包括德国于2016年9月30日关于深海商业采矿活动经济效益的研究，在此基础上编写一份文件，讲述不同缴费模式，即从价模式、基于利润的模式和二者融合模式的利弊。在2019年第25届会议之前，管理局要求罗思先生再次提交修改后的缴费制度设计方案。关于缴费机制的讨论还将继续。

二、《生物多样性公约》对利益分享机制的塑造

（一）《生物多样性公约》关于利益分享机制的规定

《生物多样性公约》(简称"CBD")的主要目标是"保护生物多样性，可持续地使用其组成部分，公平和公正地分享利用遗传资源所产生的利益。"[①]为了实现后一个目标，CBD缔约方会议通过了《遗传资源获取和公平地分享利用遗传资源所产生的利益的指导方针的波恩准则》(简称"波恩准则")。[②]这些指导方针旨在帮助各国制定和起草关于获得遗传资源和分享遗传资源的利益的立法、行政和政

① Convention on Biological Diversity, art.1, Jun.5, 1992, 1760 U.N.T.S.79 [hereinafter "CBD"].Pursuant to article 22(2) of the CBD, contracting parties are required to implement the convention with respect to the marine environment consistent with the rights and obligations of states under the law of the sea.

② Adopted by the sixth meeting of the Conference of the Parties of the CBD, as part of its Decision VI/24, found in the Report of the Sixth Meeting of the Conference of the Parties to the Convention on Biological Diversity, Annex, UNEP/CBD/COP/6/20 (May 27, 2002).The CBD has thus become the primary global forum addressing access and benefit sharing(ABS).As a pioneering ABS instrument, the CBD principles have influenced various other fora, including the Antarctic Treaty System, the Food and Agriculture Organization, the U.N.General Assembly, the World Health Organization, and the World Trade Organization with its work on Trade-Related Aspects of Intellectual Property.See Lyle Glowka, Genetic Resources, Marine Scientific Research and the International SeabedArea, 8 REv.EUR.COMMUNITY & INT'L ENVTL.L.56(1999).

策措施。[①]

CBD框架进一步扩展为《名古屋议定书》，于2010年10月29日，由CBD缔约方会议制定。[②]《名古屋议定书》旨在提供一个有效实施CBD第三个目标的法律框架，即公平合理分享利益，并在第五十份批准书后九十天生效。[③]《名古屋议定书》旨在为获得遗传资源创造更可预测的条件，并有助于确保遗传资源离开提供遗传资源的缔约方时的利益共享。例如，该议定书设立了一个获取和利益分享交换所，作为CBD的交换所机制的一部分，该机制将提供对每一方提供的与执行该议定书有关的资料的获得。[④]该议定书还规定由有关国家当局颁发国际公认的证书，证明遗传资源已根据对遗传资源具有管辖权的国家当局的事先同意获得、获得和使用。[⑤]《名古屋议定书》还涉及具体的跨国界案件和其他不可能事先

---

① WIPO Intergovernmental Committee on Intellectual Property and Genetic Resources, Traditional Knowledge and Folklore(7th Sess.), Genetic Resources: Draft Intellectual Property Guidelines for Access and Equitable Benefit-Sharing, 26, WIPO/GRTKF/IC/7/9(Jul.30, 2004).

② Conference of the Parties to the Convention on Biological Biodiversity, tenth meeting, Nagoya, Jap., Oct.18-29, 2010, Nagoya Protocol on Access to Genetic Resources and the Fair and Equitable Sharing of Benefits Arising from Their Utilization to the Convention on Biological Diversity, U.N.Doc.UNEP/CBD/COP/DEC/X/1, Annex 1, (Oct.29, 2010).

③ As of the date of publication of this Article, there were twenty-six ratification to the Nagoya Protocol.See Status of Signature, and Ratification, Acceptance, Approval or Accession, CONVENTION OF BIOLOGICAL DIVERSITY, http://www.cbd.int/abs/nagoya-protocol/signatories.Last visited: 2022-11-15.

④ Nagoya Protocol on Access to Genetic Resources and the Fair and Equitable Sharing of Benefits Arising from Their Utilization to the Convention on Biological Diversity, U.N.Doc.UNEP/CBD/COP/DEC/X/1, Annex 1, (Oct.29, 2010), art.14; Convention on Biological Diversity, art.1, Jun.5, 1992, 1760 U.N.T.S.79.Pursuant to article 22(2) of the CBD, contracting parties are required to implement the convention with respect to the marine environment consistent with the rights and obligations of states under the law of the sea, art.18(3).

⑤ Nagoya Protocol on Access to Genetic Resources and the Fair and Equitable Sharing of Benefits Arising from Their Utilization to the Convention on Biological Diversity, U.N.Doc.UNEP/CBD/COP/DEC/X/1, Annex 1, (Oct.29, 2010), art.17.

得到有关国家当局同意的案件,即通过制定全球多边利益分享机制。[①]由于CBD缔约各方已同意根据其需要进一步发展这一机制,因此,在解决国家管辖范围以外的海洋遗传资源问题时,该机制是一种有趣的办法。

(二)“区域”矿产资源适用CBD利益分享机制的可行性

CBD的利益分享机制被公认为有助于保护生物多样性和以可持续的方式利用生物资源。那么,其建立的公平和合理的利益分享是否能移植到《公约》中,用以规范“区域”矿产资源的利益分享呢?这需要考虑以下几个问题。首先,是否可以或者需要专门制定一个关于利益分享的国际条约?其次,是否有必要建立一个如CBD那样的全球多边分享机制,以便分享“区域”矿产资源所产生的利益?再者,若建立这样的分享机制,应当由哪个国际组织或集体负责监督和执行呢?

关于这些问题,CBD发挥了明确的指引作用。首先,尽管CBD第4条将其管辖范围限定在一国管辖范围内,但该条(b)款也规定,在一国管辖或控制下开展的过程和活动,不论其影响发生在何处,也属于CBD的管辖范围。据此,CBD对于国家管辖范围外产生的生物多样性问题也具有管辖权。其次,CBD全文共提及“分享”一词6次。序言及第1条明确规定,“公平合理分享由利用遗传资源而产生的惠益。”第18条规定了旨在扩大惠益分享的交换所机制,第19条规定了生物技术的处理及其惠益的分配,第20条规定发达国家缔约国应提供新的额外的资金,以使发展中国家缔约国……能分享到本公约条款产生的惠益。再者,CBD涉及的缔约国义务的履行,包括惠益分享义务的实施,基本上由缔约国会议负责监督。这些具体条文的规定使得利益分享机制最终能够得到落实。

同样,深海矿产开发的利益分享也应当制定具体的实施规则,通过《开发规章草案》设置可行的分享机制,以使分享的目标落到实处。例如,对于开发承包者缴纳的特许权使用费,可以通过货币或技术转让、技能培训、信息分享等非货币形式,向其他国家,尤其是技术较为落后的发展中国家传输,并由海底管理局负责监督和执行缔约国的利益分享义务等等。尽管目前的《开发规章草案》尚未保护利益分享的条款,但必须肯定的是,“区域”矿产资源的利益分享是《公约》明文规定的义务,对于未来任何关于“区域”矿产资源的规范性文书来说,利益共享

---

① Nagoya Protocol on Access to Genetic Resources and the Fair and Equitable Sharing of Benefits Arising from Their Utilization to the Convention on Biological Diversity, U.N.Doc.UNEP/CBD/COP/DEC/X/1, Annex 1, (Oct.29, 2010), art.10.

机制是必不可少的。并且,只有真正建立起具体的利益分享机制,才能真正实现全人类利益。否则,无论如何反复重申"人类共同继承财产原则",也毫无实际意义。

三、"人类共同继承财产原则"下全人类利益的实现

公地的悲剧表明,如果把资源视为所有人的不受管制的共同财产,资源就无法可持续。"人类共同财产"是实现资源可持续管理的一个可行选择。这是因为,其将避免造成松懈的国家管制间的相互冲突,各国将更容易对不可持续的使用负责,并可能制定一致的管制标准。

(一)人类共同财产原则的起源:管理和保护"公有物"

在传统上,国家管辖范围以外的地区被认为既是公有物又是无主物。公有物空间是所有人的财产,可供非排他性的使用。然而,公有物将会不断消亡,因为国家受到过度开发共同资源的激励,从而将使用的好处内在化,将成本社会化[①]。公地悲剧之所以发生,是因为国家没有动力规范它们的使用以避免其消亡。[②]无主物空间可以通过有效占领加以利用,但这却鼓励了有害的"对主权的竞争性争夺"。[③]公有物与无主物的概念起源于一个富足的世界,在那里,所有国家都有平等的开发公共资源的权利。然而,尽管开发权利平等,但各国的开发能力却并不平等。发达国家开发资源的技术能力相对优越,资源又具有稀缺性,导致了不平等的出现。[④]对此,有必要采取新的办法管理这些领域的资源。

人类共同财产概念是解决这一问题的合理选择,其理论渊源至少可以追溯到伊曼努尔·康德,他写道,在使用"属于人类共同的地球表面"的权利方面扩大

---

① Andrew Pullar.Fisheries, Forests, and the Common Heritage of Mankind[J].*Pub. Int.L.J.N.Z.*, 2013(2):6.

② Garrett Hardin.The Tragedy of the Commons[J].*Science*, 1968(162):1243

③ Graham Nicholson.The Common Heritage of Mankind and Mining: An Analysis of the Law as to the High Seas, Outer Space, the Antarctic and World Heritage[J]. *NZJEL*, 2002(6):177.

④ Kemal Baslar.The Concept of the Common Heritage of Mankind in International Law[M].London:Martinus Nijhoff Publishers, 1998:44-46.

合作,将使人类更接近一部世界性的宪法。[①]人类共同财产是国际关系中的一场革命,它挑战了富国和穷国之间的结构性关系[②]。在适用"人类共同继承财产原则"的情况下,管理局是管理"区域"的国际组织,明确"区域"及其矿产资源是一项受约束的非专享权利,以确保公平分配"区域"的使用利益。[③]使用权受到监管,能够确保过度开发的成本被各国内部化,以防止公地悲剧的情况发生。同时,"人类共同继承财产原则"也是管理国际空间的另一种方法,体现了人类在维护全球重要地区方面的共同利益。人类共同财产制度的内容一般涉及五个要素,各国享有指定资源的非排他性权利,该资源不受公共或私人的支配,"区域"的使用受到国际管理机构的管制,以避免不受管制的公地悲剧,[④]所有国家公平地分享使用资源的好处,从而使开发的成本内在化。该地区只能和平利用,从而防止各国争夺其在资源方面的利益,进而鼓励合作。[⑤]最后,受人类共同财产制度支配的资源将得到国际法的保护。

(二)《开发规章草案》关于人类共同财产原则的规定

《开发规章草案》不仅明确了人类共同财产制度的具体规则,一定程度上也推动了该制度在"区域"的最终落实。《开发规章草案》的焦点主要集中于海洋采矿的环境标准的定义和向各国提供开发合同,为"区域"活动的有序进行提供了一个明确的框架,可以初步认为,管理局已经找到了一种能使各国共享"区域"利益的方式[⑥]。《开发规章草案》不仅重申了"人类共同继承财产原则"的基本内容,

---

① Immanuel Kant.Toward Perpetual Peace in Mary J Gregor(ed)Practical Philosophy:The Cambridge Edition of the Works of Immanuel Kant[M].Cambridge:Cambridge University Press,1999:329.

② Arvid Pardo.Third world Lecture, 1984, Ocean, Space and Mankind[J].*TWQ*, 1984,6(03):559-569.

③ Graham Nicholson.The Common Heritage of Mankind and Mining:An Analysis of the Law as to the High Seas,Outer Space,the Antarctic and World Heritage[J].*NZJEL*,2002(6):177-178.

④ Jeffery Loan.The Common Heritage of Mankind in Antarctica:An Analysis in Light of the Threats Posed by Climate Change[J].*NZYIL*,2004(01):149-160.

⑤ Jeffery Loan.The Common Heritage of Mankind in Antarctica:An Analysis in Light of the Threats Posed by Climate Change[J].*NZYIL*,2004(01):149-163.

⑥ Tullio Treves.Presentation at an international workshop for students entitled ´Seafloor Mineral Resources:Scientific,Environmental and Societal Issues´ on 19 March 2013 in Kiel,Germany.

也规定了开发利益的具体分配方式。

《开发规章草案》规定，委员会在审议拟工作计划时，应特别考虑到拟议工作计划在多大程度上有助于为全人类实现最大利益。[①]根据《开发规章草案》条文得知，全人类利益的实现主要体现在四个方面，第一，对"区域"资源进行有秩序、安全和合理的管理，包括有效地进行"区域"内活动，并按照健全的养护原则避免不必要浪费。第二，扩大发展中国家的参与机会。第三，让管理局分享收益并对企业部和发展中国家作技术转让。第四，保护发展中国家，使它们的经济或出口收益不致因某一受影响矿物的价格或该矿物的出口量降低而遭受严重不良影响。[②]上述规定表明，"全人类利益"是以承包者缴纳费用、管理局进行公平分配的方式实现的。首先，"全人类利益"主要指经济利益，来源于承包者的缴费，以财政条款的形式反映在《开发规章草案》中。早在1994年《执行协定》已载有一套指导海底采矿财务条款的一般原则，包括向管理局缴费的制度应公平对待承包者和管理局双方，避免给予深海海底采矿者人为的竞争优势或使其处于竞争劣势的地位[③]。只是近20年以来，国际社会一直未能实现真正的商业开发，因而也没有机会运用该条文。对于《开发规章草案》的制定，各方的注意力不可避免地集中在财政和经济利益上[④]，因为经济手段是最直接也最能体现全人类利益的方式，也能弥补各国在"区域"活动地位中的不平衡状态。《开发规章草案》经过多番论证，多次征求各利益攸关方的意见，形成了关于缴费机制的基本框架结构。当

① 国际海底管理局."区域"内矿物资源开发规章草案[EB/OL].July 2019，第12条第4款，https://ran-s3.s3.amazonaws.com/isa.org.jm/s3fs-public/files/documents/isba_25_c_wp1-c.pdf.Last visited:2024-11-25.

② 国际海底管理局."区域"内矿物资源开发规章草案[EB/OL].July 2019，第2条第2款，https://ran-s3.s3.amazonaws.com/isa.org.jm/s3fs-public/files/documents/isba_25_c_wp1-c.pdf.Last visited:2024-12-25.

③ 1994年《关于执行1982年12月10日〈联合国海洋法公约〉第十一部分协定》第八节第1款。

④ The Convention appears to make a clear distinction between financial benefits on the one hand and economic benefits on the other hand.Financial benefits would presumably include such things as royalties on minerals and fees.Economic benefits could be wider and may include, for example, participation in production-sharing systems, but also the general benefit to mankind of greater availability of key strategic metals such as copper, cobalt, nickel, manganese and rare earth elements, as well as generating employment.

然，除了货币利益，“全人类利益”也体现在对发展中国家与技术落后国家的技术转让、人员培训、项目资助、科研指导等方面。

其次，“全人类”具体指向发展中国家与发达国家，沿海国、内陆国，以及地理不利国。据统计，《公约》第十一部分共提及“全人类的利益”5次，“发展中国家”24次，“内陆国”6次，“地理不利国”4次，“沿海国”2次，涵盖了所有参与海洋活动的国家，并依据其所处的地理位置、经济发展水平和特点进行了划分。

再者，管理局根据《公约》规定，对这些经济收益进行公平分配。对发展中国家而言，公平分配包括为他们提供参与“区域”活动的机会、资金、技术援助、知识普及，保护他们不受因海底矿产开发带来的国家经济损失。对“区域”而言，公平分配包括通过举办科学问题的国际讲习班、关于各种技术问题的研究会议，传播深海海底的科学知识。制定全面有效的区域环境管理计划，保护与修复受损的生态环境与生物多样性。对国际社会而言，公平分配体现在，管理局赞助一些重大的国际科学倡议，开展诸如CC区的地质模型和卡普兰项目，研究物种范围和生物多样性。吸引了世界上许多最优秀的科学家，不仅使发展中国家的科学家得到充分参与，也有助于人类更好地了解深海环境，造福子孙后代。在这方面，管理局付出了许多努力，也获得了令人瞩目的成就。

本章主要论述了资源开发的财务机制。未来，国际海底区域资源将进入开发阶段，财务机制的重要性将得到凸显。尽管《开发规章草案》已制定了基本规则，但仍留有一些需要完善的空间。最关键的是，财务机制的设计应当体现全人类利益，符合“人类共同继承财产原则”的要求。但《草案》目前在缴费项目设置、特许权使用费、利益分享机制方面的规定，存在一些不足之处，影响了财务机制整体的效用。财务机制的设置与“区域”活动承包者密切相关，也将影响整个国际海底区域资源活动的进程。这一内容的完善可以其他国际法律制度与原则，如借鉴国际金融投资法设计特许权使用费，参考《生物多样性公约》制定利益分享机制，最终推动全人类共同利益的实现。“区域”资源开发中的财务机制与承包者权益保护、海底环境保护问题共同构成《开发规章》的核心内容，下一章将全面探讨这三大问题的解决方案，并从中国的立场出发，论述中国在国际海底区域活动中应当采取的具体措施。

第六章　中国在国际海底区域勘探与开发中应采取的措施

目前，国际海底管理局正在紧锣密鼓地推进《开发规章》的制定工作。这既是中国争取国家深海权益、发展深海事业的关键时刻，也是中国参与国际规则制定、把握国际话语权的最佳契机。

第一节　中国参与区域资源活动应坚持的基本原则

在国际海底区域活动持续升温的国际背景下，我国既面临着前所未有的挑战，也面临着千载难逢的机遇。在已成功获得五块专属勘探矿区的背景下，如何继续在开发阶段表现出色，如何解决勘探合同到期后的延期问题，如何做好勘探转向开发的过渡工作，以及如何应对即将到来的开发阶段是亟须解决的事宜。总的来说，中国参与区域资源活动应当坚持《公约》的相关规定，从国家层面重视我们在区域的合法权益，并坚持发展中国家的地位，发挥发展中国家的集体力量。

一、遵循国际海底区域的法律机制

国际海底区域制度包含三个重要元素，一是作为人类共同财产的矿产资源，二是为全人类利益目的保护、管理与利用，三是以国际托管模式由管理局进行管理。自1994年《执行协定》实施二十多年以来，实践表明，“区域”基本制度是一套合理、完备，且对全人类有利的资源保护与管理系统。作为重要的缔约国之一，中国应当始终遵循国际海底区域的现有制度，支持管理局的工作与地位。

(一)坚持国际海底区域基本原则

第一,坚持“人类共同继承财产原则”。虽然《公约》缺乏人类共同财产的正式定义,但多数法学家都承认,这一原则至少包含五个方面的要素。[①]第一,所有国家均可获得资源,而不应由个别国家占有。第二,资源应由所有国家的代表共同管理。第三,资源的利益应由所有国家共同分享。第四,共同财产区域仅用于和平目的而使用。第五,为子孙后代保存和保护资源。事实上,这与20年前阿维德·帕尔多(Arvid Pardo)大使提出的“人类共同财产”内容一致。基本上大部分国家(美国除外)普遍接受关于“人类共同继承财产原则”的定义及其在深海采矿方面的应用,作为全球社会日益增长和相互依存的一种表现,未来,这一原则将继续存在并通过缔约国平等参与、合理利用资源、管理“区域”环境和公平分享财政和经济利益[②]等方式继续发挥作用。

第二,坚持全人类的利益至上。“人类”一词是一个跨越空间和时代的概念,因为“人类”既包括现在地球上的所有人,也包括未来世代的人。“国际社会的共同利益作为一个整体”或“共同利益”,超越了每个国家的个体利益,并涉及人类生存的重要需求。[③]在规范层面,这种共同利益反映在法律概念,如强行法[④]、对

① Jennifer Frakes.The Common Heritage of Mankind principle and the deep seabed, outer space, and Antarctica: Will developed and developing nations reach a compromise? [J].*Wisconsin International Law Journal*, 2003, 21(02): 411-413; Barbara Ellen Heim.Exploring the Last Frontiers for Mineral Resources: A Comparison of International Law Regarding the Deep Seabed, Outer Space, and Antarctica(1990-1991)[J].*Vanderbilt Journal of Transnational Law*, 2003(23)827.

② Michael W.Lodge.The Common Heritage of Mankind[J].*The International Journal of Marine and Coastal Law*, 2012(27): 738.

③ Yoshifumi Tanaka.Protection of Community Interests in International Law: The Case of the Law of the Sea[J].*Max Planck UNYB*, 2011(15): 322.

④ Article 53 of the Vienna Convention on the Law of Treaties.

世义务[①]、国家损害责任，个人的刑事责任[②]等积极的国际法律方面。可以说，在积极的国际法中，对共同利益的保护正在逐步实现。[③]在保护机制层面，应当考虑是否存在，以及在何种程度上存在保护人类共同利益的有效机制。“区域”制度正是这种机制之一，“人类共同继承财产原则”旨在促进整个人类的共同利益。正是由于建立了资源勘探与开发的法律机制，各缔约国才能公平的参与“区域”，尤其是为发展中国家的平等参与提供了法律支撑。因为在缺乏制度管理下的“区域”资源只有技术发达国家才能获得最有利的勘探和开发成果，这对发展中国家而言是极其不利的。

第三，坚持为和平目的利用“区域”。这一概念通过帕多大使在1967年发表的倡议被引入海洋法中。《关于国家管辖范围外的海床、洋底及其底土的原则宣言》最重要的工作成果，就是宣布国际海底区域应“完全用于和平目的”的原则。[④]1980年《公约》草案序言的第四段声明，促进“和平利用海洋”被认为是通过《公约》建立的海洋法规则和秩序之一。[⑤]由于适用于海底区域和所有海上活动，可以说，海洋用于和平目的的原则代表了一般国际法和联合国关于海洋法的一

① The *Barcelona Traction*, ICJ Reports 1970, 3 et seq.(32, paras 33-34).The Institut de Droit International defines an obligation erga omnes as "an obligation under general international law that a state owes in any given case to the international community, in view of its common values and its concern for compliance, so that a breach of that obligation enables all states to take action." Resolution of the Krakow Session, Obligations Erga Omnes in International Law, 2005, article 1 (a), http://www.idiiil.org.Last visited: 2024-12-13.

② Cf.preamble, para.4, Rome Statute of the International Criminal Court.

③ In his recent article, Villal pando has persuasively demonstrated the emergence of community interests in positive international law by examining those concepts.S.Villalpando, The Legal Dimension of the International Community: How Community Interests are Protected in International Law[J].*EJIL*, 2010(21): 387.

④ See The United Nations Convention on the Law of the Sea, Chinese-English, Oceanic Press(Beijing), part VII, art.58, at 28(1996).The area shall be open to use exclusively for peaceful purposes by all states, whether coastal or land-locked, without discrimination, in accordance with the international regime.

⑤ See para.5(b) in the Report of the President on the Work of the Informal Plenary Meeting of the Conference on the Preamble, A/CONF, and 62/WP.8/part II(Mar.29, 1980), in UNCLOS III, Official Records, vol.XIII, at 79.

些基本原则的明确适用。这些原则既不限制也不禁止在海上进行任何特定的军事活动，只要这种活动不违反第301条规定的原则。《公约》中没有规定禁止海上军事目的的特定限制，也没有在国际协定中达成一致同意的协定。当然，海洋应用于和平目的的原则符合《联合国宪章》的基本原则和宗旨。只有和平才有生存的机会和巨大的财富。无论如何，我们都应当坚持这一原则。

（二）坚持国际海底管理局对国际海底区域的管理

《公约》规定，国际海底管理局代表全人类管理"区域"及其资源活动。从本质上看，这是国际托管的一种方式，且被认为是"在环境背景下提供托管或信托关系最发达的应用之一"[①]。公众的信任是信托关系的基础，这也反映在全球共同信托基金[②]、公海渔业信托基金[③]、世界海洋公共信托基金[④]。1998年，世界独立海洋委员会建议将公海视为一种公共信托基金，为当代和未来人类的利益而使用和管理[⑤]。事实上，国际法中的公共托管制度并不是什么新鲜事，历史上早就已有国际公共托管制度的实践，只是国际社会没有意识到或承认这一点。[⑥]例如，英国金融服务管理局（Financial Service Authority，FSA）声称国际渔业组织不

① P.Birnie and A.Boyle.International Law and the Environment(2nd ed.)[M].Paris: Oxford University Press,2002:144.

② C.D.Stone.Mending the Seas through a Global Commons Trust Fund[J]/J.M.Van Dyke, D.Zealke and G.Hewison(eds.).Freedom for the 21st Century: Ocean Governance and Environmental Harmony[M].Paris:Island Press,1993:171-186.

③ R.Shotton.Managing the World's High Seas Fisheries: A Proposal for the High Seas Fisheries Trust, Paper submitted to the Workshop on High Seas Governance for the 21st Century[Z].New York, 17-19 October 2007, http://www.iucn.org/themes/marine/high-seas-workshop-oct07.html.Last visited:2024-12-10.

④ M.Gorina-Ysern, K.Gjerde and M.Orbach.Ocean Governance: A New Ethos through a World Ocean Public Trust[J]/L.Glover, S.A.Earle and G.Kelleher(eds.).Defying Oceans End;An Agenda for Action [M].Paris:Island Press,2004:197-212.

⑤ Independent World Commission on the Oceans, The Ocean: Our Future [M]. Cambridge University Press,1998:17.

⑥ P.Sand.Public Trusteeship for the Oceans[J]/T.M.Ndiaye and R.Wolfrum(eds.), Law of the Sea, Environmental Law and Settlement of Disputes: Liber Amicorum Judge Thomas A.Mensah[M].Martinus Nijhoff,2007:521-544.

仅是其成员,而且是整个国际社会公海渔业资源的管理者、保管人或受托人[①]。由于所有《公约》缔约国都有申请"区域"资源勘探与开发的权利,"区域"信托的受益者也是全人类。当然,这一前提是,所有受益人在受托人规定的管理条件下,享有平等参与"区域"活动的权利。

管理局至今取得的贡献非常巨大。在其设立以来,不仅成功制定了三部勘探规章及其相关法律文件,审核通过了31项勘探工作计划,为管理"区域"环境与活动多次召开国际研讨会,设立各项专项基金。最近几年,管理局又将工作重点放在了《开发规章》的制定上。事实上,管理局取得的最大成就是,改变了"区域"的无政府状态,将所有国家有效的纳入其职权范围,并提供一种缓和意见、政策和实践分歧的途径。[②]必须承认,在自由获取"区域"资源的状态下,国际海底区域资源将会根据个别国家的特殊利益加以开发,国际社会倾向于以传统的竞争和权力的方式做出反应,各国之间关于海洋矿物资源增加的紧张关系会取决于对海洋矿物资源的需求是否增加。而管理局设立的海洋矿产资源治理框架清楚的呈现出良好的治理效果,不仅保障了各国平等参与活动的权利,也适度缓解了国家之间的潜在紧张关系。因此,尽管管理局因缺乏透明度与灵活性受到诟病,但其在化解国际紧张局势、加强国际合作方面的成效十分显著。未来,我们应当继续支持管理局的工作与地位,确保其能持续稳定的管理"区域"活动。

二、重视国家权益的维护与发展

自2012年来,中日钓鱼岛事件、南海划界、中菲南海仲裁案等一系列海洋争端掀起了维护国家海洋权益的热潮。除了这些已经浮现出的海洋资源、划界、领土方面的权益,国际海底区域也是我们国家应当重视与利用的海洋权益。目前,国际社会围绕"区域"资源的角逐日渐激烈,为了在这新一轮海洋资源竞争中占据优势地位,需要从思想、法律、技术三个方面提升我国对该区域的重视度。

---

① Articles 8-17 of the UN Fish Stocks Agreement institutionalise and operationalise the provisions of the LOSC relating to cooperation through regional fisheries management organisations and arrangements for both member and non-member states who, unless they agree to abide by the rules of the relevant organisation or arrangement, are to refrain from fishing.

② Jan-Stefan Fritz.Deep Sea Anarchy:Mining at the Frontiers of International Law [J].*The International Journal of Marine and Coastal Law*,2015(30)474.

（一）从思想上明确我国在“区域”的海洋权益

国际海底区域的价值目前已得到国际社会的普遍认同，因而受到各界关注。由于陆地资源消耗巨大、库存不足，促使各国将目光从陆地转向了海洋，导致“区域”资源的争夺进入了白热化阶段。“区域”对一个国家而言，既是资源储备，也是海洋国防界限，更是国际地位的象征。首先，“区域”意味着丰富的矿产资源，作为陆地矿源的补充，既是居民生活、基础建设所需，也是科学研究、军事战略储备。近几年，深海生物基因资源因其潜在而又巨大的经济、科研价值吸引了技术发达国家的目光，这一资源也是我国能够获取并利用的重要部分。如果能合理运用生物基因资源，对国内农业生产、医疗保健、生物技术等产业大有裨益。其次，位于深海的“区域”也与国家安全密切相关，占据深海矿区也等于设立了确保国家安全的海洋防线。海洋深处的水域隐蔽性强，是设置声纳探测、水下舰艇、雷达的最佳区域。我国周边国家众多，东海、南海毗邻日本、韩国、菲律宾、越南等国，太平洋则是美军常年驻守之地。若在这些海洋中布置声纳探测等高科技水下装备，其辐射范围可达我国大部分地区，将对我国造成安全威胁。虽然《公约》要求“为和平目的利用海洋”，但依然无法阻止个别国家的违约行径，美国甚至至今都未加入《公约》。事实上，即使有国家以军事目的设置了水下武器装备，也会因为深海特殊的地理环境而不被其他国家察觉。再者，积极参与“区域”勘探与开发活动不仅体现了国家实力，也提高了国际地位。参与“区域”活动一方面是我国遵守《公约》的方式，另一方面也是运用国际海洋法规则、使之为中国所用的方式。在1982年《公约》制定过程中，中国因参与度低、话语权弱，获得的利益较少。现在，我们既有实力，也有话语权，不仅要积极履行《公约》义务，也要努力争取合法权益，实现国家利益最大化。

（二）从法律上将国际海洋法转化为国内法

将国际海洋法转化为国内法是作为《公约》缔约国的义务之一，也是作为“区域”活动担保国的责任与义务之一[①]。2011年2月，国际海洋法法庭海底争端分庭就担保个人和实体从事“区域”内活动的国家所负责任和义务提出了咨询意见。在2011年管理局第17届会议上，理事会通过决定，请秘书长编写一份报告，说明各担保国通过的与“区域”内活动有关的法律、条例和行政措施，并为此请担保国酌情向秘书处提供相关信息。2013年至2015年的每届年会，理事会都会审

① 1982年《联合国海洋法公约》附件三第4条第2款。

议与“区域”内活动有关的国家法律、规章和行政措施。截至2016年5月30日，共24国向管理局提交了与“区域”内活动有关的国家法律、规章和行政措施等信息。在2016年之前，中国在尚未制定与“区域”有关的国内法的背景下，成功获得了三块专属矿区，因而受到了一些国家的质疑。直至2016年2月26日，中国正式通过《中华人民共和国深海海底区域资源勘探开发法》才消除了其他国家提出的法律障碍，为2017年五矿集团成功申请勘探合同奠定了法律基础。

中国《深海法》的实施不仅履行了担保国的法律义务，也为国内主体参与“区域”活动提供了明确法律框架。在“区域”勘探活动不断增多，并逐渐向开发阶段过渡的情况下，国内海洋法制建设有必要紧跟形势。根据“区域”国际法律制度有关承包者规定的分析，出于保障承包者作为“区域”内活动主体的根本利益，建议立法机关尽快制定《深海法》的实施细则。建议重点考虑承包者的申请资质、权力与义务、监督审查、鼓励措施四个方面。通过法律指导承包者开展各项“区域”活动，鼓励承包者积极开展科学研究与技术创新，丰富我国的资源储备，进一步完善我国的金融市场。

（三）从技术上提升我国资源开发能力

客观地说，参与“区域”活动的关键在于国家的综合实力，尤其是与海洋有关科研技术、深海装备。相比欧美发达工业国家，中国在深海技术与装备方面的研发活动起步较晚。1964年，美国Trteste 2号深海潜艇在海底8400英尺处发现了多年前已沉没的潜水艇的主要船体部分。[①]1969年，美国Alvin号潜水器自身已可到达北大西洋海底5000英尺的深度。[②]而同时期中国的深海水潜器还尚未有所发展，这是我们存在的短板。然而随着党的十八大以来，我们一直朝着提高海洋资源开发能力，发展海洋经济，建设海洋强国的任务和目标前行。我国“大洋一号”科学考察船于2005年开展了我国首次环球科学考察；2011年我国首次对国际海底的地理单元进行命名，迄今已有近30个获国际认可、体现中华文化与中国元素的海底地名。走向大洋也带动了深海海洋技术装备的跨越发展。[③]近年来，我国水下机器人技术快速发展，并在深海底矿产资源勘探领域得到广泛应用。我国先后成功研制了3500米级有缆遥控潜水器（Remote Operated Vehicle,

---

① J.M.Cohen.The Deep Questions[J].*U.S.Nav.Inst.Proc.*,1969(27):31.

② Marine Science Affairs-Selecting Priority Programs,Annual Report of the President to the Congress on Marine Resources and Engineering Development[R].1970:176.

③ 金建才.走向大洋与建设海洋强国[J].中国机构改革与管理,2014(04):17-19.

ROV)“海龙号II”,用于3500米深度以内海底热液硫化物矿等大洋海底矿区的调查取样工作,以及4500米级ROV“海马号”(图18),主要用于南海北部陆坡水合物资源调查、冷泉生态环境调查以及富钴结壳资源探查任务。[①]我国自主研发了用于深海资源勘察的实用化深海装备,自主水下机器人(Autonomous Underwater Vehicle,AUV)“潜龙一号”和“潜龙二号”(图19)。

图18 “海马号”有缆遥控潜水器[②]

图19 “潜龙二号”自主水下机器人[③]

2012年“蛟龙”号(图20)载人深潜器(Human Occupied Vehicle,HOV)完成

① 王荣耀,高宇清,臧龙,张伟.深海探矿机器人现状与发展趋势[J].采矿技术,2017,17(05):69-72.

② 图片来源:香港文汇报.国产深潜器“海马号”曝光[EB/OL].2014年5月15日,http://paper.wenweipo.com/2014/05/15/CH1405150068.htm.

③ 图片来源:哈尔滨工程大学.中国水下机器人“潜龙二号”试验性应用首潜成功[EB/OL].2016年2月18日,http://uzone.univs.cn/news2_2008_771376.html.

了7000米级的海上试验。国内长沙矿山研究院有限责任公司率先研制了取芯长度0.5米，1米，1.5米，3米，5米和20米等深海岩芯取样钻机系列，用于深海富钴结壳资源和多金属硫化物资源的调查取样(图21)。[①]

图20　“蛟龙号”载人深潜器[②]

图21　20米岩芯取样钻机[③]

目前，我国已研制出一系列深海资源探测与采矿装备，与技术领先国家的差距正在逐渐缩小。今后，中国还应当继续加强深海动力传输、机电、测控、通讯、传感器等技术的研发与创新，使其作业性能和智能化程度越来越高，功能也将更加多样化。

① 王荣耀，高宇清，臧龙，张伟. 深海探矿机器人现状与发展趋势[J]. 采矿技术，2017，17(05)：69-72.

② 图片来源：向着深海前行——记“蛟龙”号总设计师徐芑南的深潜人生[N]. 中国科学报，2012年6月12日A6版。http://news.sciencenet.cn/htmlnews/2012/6/265445.shtm. Last visited：2019-03-30.

③ 图片来源：万步炎，金永平，黄筱军. 海底20m岩芯取样钻机的研制[J]. 海洋工程装备与技术，2015，2(01)：1-5.

三、加强国际层面的交流与合作

2012年11月8日中共十八大报告提出“维护国家海洋权益，建设海洋强国”。国际海底区域正是实现我国海洋强国战略的重要领域。尽管中国在当前的“区域”勘探活动中已占据一定的优势，但仅凭中国一己之力难以实现长远的发展。对此，中国应当以“一带一路”倡议的提出为契机，寻求更加广泛、深入的国际交流与合作，联合世界上其他发展中国家共同参与《开发规章》的谈判，努力创设多元化的国际合作模式。

（一）以“一带一路”为契机加强国际合作

2013年10月3日，习近平主席提出建设21世纪“海上丝绸之路”的倡议。2015年3月28日，国家发展改革委、外交部、商务部联合发布了《推动共建丝绸之路经济带和21世纪海上丝绸之路的愿景与行动》。文件指出，加快“一带一路”建设，有利于促进沿线各国经济繁荣与区域经济合作，加强不同文明交流互鉴，促进世界和平发展，是一项造福世界各国人民的伟大事业。2017年6月，国家发展和改革委员会、国家海洋局联合发布《“一带一路”建设海上合作设想》（以下简称《设想》），这是中国政府首次就推进“一带一路”建设海上合作提出中国方案。该设想的提出与当下中国对国际海洋事务的现实诉求与海洋经济的发展趋势相契合。2018年2月，党的十九大报告又提出“坚持陆海统筹，加快建设海洋强国。”建设海洋强国，符合我国发展规律、世界发展潮流，是实现中华民族伟大复兴中国梦的必然选择。借助“一带一路”倡议契机，中国应加强国际海底区域资源勘探开发活动的国际合作，鼓励“区域”资源勘探活动在不同国家间，展开不同形式的合作与协商，共创双赢的目标。

目前，在海洋领域的国际合作已有诸多成功的案例。例如，印度尼西亚的全球海上支点战略。2014年，佐科总统竞选获胜后随即提出旨在振兴印尼在亚太地区经济与政治地位的“海洋强国”战略，大力发展“海上高速公路”建设，倡导将印尼建成“全球海上支点、全球文明枢纽”的愿景。同时，在思考中国“21世纪海上丝绸之路”倡议和印尼“全球海上支点”战略对接的方式和路径上，应首先以两国经贸、投资的深入发展为出发点，逐步通过增加彼此的经贸依存度，促进两国关系在战略层次进一步发展，打造中国走向印度洋的海上“战略支点”。[①]在此基础上，中国与印尼两国也可以考虑进一步深度合作。例如在海洋资源、海洋科学研究方面，开展深海资源联合勘探开发活动，组织海洋联合科考活动等。

又如埃及的新苏伊士运河计划。埃及苏伊士运河管理局主席穆哈卜·马米什2015年6月13日对外宣布，长达72公里的新苏伊士运河将于该年8月6日正式开通。新运河开通后，埃及运河年收入有望在2023年达到150亿美元左右。埃及政府计划未来沿苏伊士运河建设“苏伊士运河走廊经济带”，包括修建公路、机场、港口等基础设施，预计经济带全部建成后每年将为埃及创造高达1000亿美元收入，约占该国经济总量的三分之一。[②]埃及“新苏伊士运河计划”的亮点在于，未来将建设包含整个运河在内的走廊经济带，是一个系统性、全面覆盖的区域大型工程。这对中国深海资源活动的可借鉴之处在于，可以考虑将中国深海资源的勘探开发活动构建成一套有完整配套措施支撑的系统性工程，将单个“点”，连结成“网”，并扩大“网”的覆盖面。例如，在海洋资源调查、海洋科考、探矿与勘探、深海技术工程、海洋环境保护、资源开发研究等具体方面，可以开展适当的国际合作、邀请周边国家与发展中国家共同参与深海资源活动。

（二）联合其他发展中国家共同参与《开发规章》的谈判

无论从政治力量还是国家综合实力来看，相比于发达国家，发展中国家均处于弱势一方，任何一个发展中国家都无法单独与发达国家抗衡。《公约》第十一部分的谈判历史反映了发展中国家团结一致与发达国家进行法律对抗的历史。从国际法的角度看，由于各国主权平等，国际社会并不存在一个超越国家的管辖机构。对于任何国际条约的谈判，秉承平等协商的原则进行。然而，必须承认的是，国际法与国际政治密切相关，因为每一项国际公约的制定，都是以各国国家利益为出发点而进行的。作为社会控制工具，法律与政治如影相随。国际法是“无政府社会”国家间政治的产物，权力政治构成其直接内涵，所谓“法律的背后总是政治”。而“政治是关于众人之事的支配权，亦即关于社会公共事务的决策权、执行权和其他权力的安排与配置”，[③]在政治格局中，谁掌握了更多的政治优

① 中国“一带一路”网．印度尼西亚：全球海上支点战略，https://www.yidaiyilu.gov.cn/zchj/gjjj/1063.htm.Last visited：2024-10-20.

② 中国“一带一路”网．埃及：新苏伊士运河计划，https://www.yidaiyilu.gov.cn/zchj/gjjj/1072.htm.Last visited：2024-10-20.

③ 魏宏．法律的社会学分析［M］．山东：山东人民出版社，2003：130.

势，谁就拥有了更多的话语权与规则创设权——规则的创设和适用必然要体现和反映政治的权力对比。马克思·韦伯即认为，“在最普遍的、不联系具体内容的概念上，‘统治’是共同体行为的最重要的因素之一。”[①]国际政治关系往往被视为国际关系中的最重要的一个方面，甚至被等同于国际关系，这是因为在国际社会中，国家的政治力量历来是控制的力量、支配的力量。[②]因此，发展中国家与发达国家在国际条约谈判中呈现出的矛盾冲突，实则是由其政治力量所决定的。

为了能与发达国家处于平等的国际地位，尤其是在国际条约的谈判中，拥有平等的发言权与投票权，发展中国家必须联合起来。管理局大会是管理局的核心机构，所有成员都有一票表决权，投票以简单多数[③]或特定多数[④]进行。因此，理论上，只要发展中国家团结一致，就可以拥有无限的权力。[⑤]现阶段，国际社会正处于《开发规章草案》的谈判进程中，在技术转让、利益分享以及“人类共同继承财产原则”方面，大部分发展中国家的利益诉求相对一致，因此，这些国家应当作为一个利益共同体，对于那些涉及发展中国家利益的条文据理力争，共同发声，通过集体力量维护发展中群体的合法利益。

（三）创设多元化的国际合作模式

在科学技术高速发展的今天，深海资源勘探开发领域的国际合作形式可以多种多样。从合作主体的角度看，既可以是国家层面的合作，也可以是民间企业层面的合作。例如第一个成功获得“区域”勘探资源的国际海洋金属联合体，就

---

① [德]马克斯·韦伯.经济与社会(下卷)[M].林荣远译.北京：商务印书馆，1997:263.

② 王铁崖.国际法引论[M].北京：北京大学出版社，1998:1.

③ 参见1982年《联合国海洋法公约》第159条第7款，关于程序问题的投票。

④ 参见1982年《联合国海洋法公约》第159条第8款，关于实质问题的投票。

⑤ In this respect it is noteworthy to stress that the so-called Group of 77 displayed a marked single policy with respect to the deep seabed regime.This contrasted sharply with the individual positions taken by the members of this group in other matters.See B.H.Oxman, The Third United Nations Conference on the Law of the Sea: The 1976 New York Sessions[J].*American Journal of International Law*, 1977(71):247-269. Since 26 July 1974, for instance, all members of the Group of 77 refrained from making further individual proposals on the issue of the deep seabed and all consistently supported the common proposal of the group instead.K.W Schoonover, The History of Negotiations Concerning the System of Exploitation of the International Seabed[J].*International Journal of International Law and Politics*, 1977(09):483-514.

是非常成功的跨国合作案例。中国同样可以借鉴海洋金属联合体的方式，邀请其他国家，如非洲等发展中国家共同申请“区域”资源勘探计划，开展联合开发活动。而在民间层面，也可以由国内外企业组成联合企业，类似于国内的中外合资企业、中外合作企业所采取的联营方式，共同申请“区域”资源勘探开发计划。相比单一化的“区域”勘探开发主体，国际合作形成的多元化主体除了在经济、技术、科研等方面都具有较大的优势，还能分散开发风险、降低投资成本。

从合作的形式上看，国际合作既可以是资金上的联合，例如几个国家共同组成国际财团的形式直接出资参与国际深海海底活动，也可以是技术方面的合作，例如各国大学、科研院所之间的合作方式。还可以是汇集资金、技术、装备优势的强强联合。一般来说，发达国家的海底勘探开发技术比较先进，而有的发展中国家虽然资金充足但技术薄弱，在这种情况下，两者结合便能发挥最大的优势。

同时，中国国内的法治环境为国际合作创造了良好的条件。根据《国民经济和社会发展第十三个五年规划纲要》关于海洋强国的战略目标，中国颁布了《中国深海海底区域资源勘探开发法》，在此背景下，一方面，中国应当发挥国家海洋事务主管部门的职能，鼓励国内外主体共同参与“区域”活动，建立健全社会参与机制。另一方面，中国应当发挥宏观调控作用，建立完善的管理体制，通过科技创新、资源共享、税收优惠等政策，吸引国内外主体加入“区域”勘探开发活动，促进国际海底区域资源勘探开发活动主体的国际合作。

第二节　中国对于《开发规章》制定的具体建议

在管理局第23届会议上，中国代表提出，商业开发是一项复杂的工作，它取决于全球经济和金属市场、制度化安排、法律责任以及海洋环境保护等方面的考虑，呼吁按照协商一致和渐进的原则逐步制定开发规章。当前《开发规章草案》文本已经过多次调整与修改，涵盖的内容较多，涉及面也较广，但仍有一些关键问题尚未得到妥善解决。中国作为“区域”活动的重要参与者，对于《开发规章》的建议应当积极表态，掌握话语权，为中国承包者争取最有利的国际法律环境。就《开发规章》的制定而言，中国应当提出三个方面的建议，一是明确承包者的合法权益，二是制定科学有效的环保措施与准入标准，三是建立公平合理的缴费与利益分享机制。

一、明确深海资源活动中承包者的合法权益

围绕着《开发规章草案》文本的讨论，中国始终站在全人类利益的角度思考问题，展现出负责任大国的形象。但同时，我们也要探讨如何维护和保障国家权益，实现国家利益最大化。承包者作为勘探和开发活动主体，亦是深海资源活动的实际操作者。对中国承包者权益的保护同样也是对中国国家权益的保护，因此，关于这一问题需要引起学者们的足够重视。而《开发规章草案》对这一问题的关注度显然不足，在优先权、专属权等具体问题上表现的模棱两可，在承包者的权利义务方面则更倾向设立限制性、管控性的规定，没有考虑到权利与义务的均衡问题。这就需要中国学者积极发声，推动《开发规章》在承包者合法权益方面做出明确规定，以维护本国承包者的实际利益。

（一）明确承包者的优先权与专属权

首先，《公约》附件三第10条关于"申请者中的优惠与优先"应当明确反映在《开发规章》中，并规定优惠和优先的具体内容。总体上看，"区域"资源活动投资巨大、成本回收周期漫长、技术难度较高，考虑到勘探合同承包者在勘探阶段投入了大量的人力、物力，已为"区域"资源的搜寻、钻取、研究，以及环保方面做出诸多贡献，应当尊重且肯定其劳动成果，给予承包者实际的优惠。如，对于同一承包者申请开发工作计划的情况，可以适当减免申请费用，简化申请手续、申请材料、审核程序与流程等。对于那些信用较好的承包者，可以通过免除年度审核程序、减免年费、检查费等方式给予优惠。或者，在开发活动的早期，对这类承包者实施相对较低的特许权使用费，以减少其投资成本、降低投资风险。[①]

对于"优先权"的规定则应是，给予勘探合同承包者继续申请同一区域开发工作计划的排他性优先权，而非竞争性优先权。排他性优先权指的是，只要承包者完成勘探工作计划并申请开发工作计划，在其满足《开发规章》规定的开发条件的前提下，就应获准进行开发工作。竞争性优先权指的是存在其他开发工作计划申请者时，原勘探合同承包者才享有优先权，这种优先权具有竞争性质。

其次，承包者的专属权应当真正体现"专属"的性质。当前承包者的专属权

---

① Marawa Research and Exploration Ltd.Submission to the International Seabed Authority Regarding the Development and Implementation of a Payment Mechanism in the Area［EB/OL］.May 2015，http://www.isa.org.jm/ sites/default/files/marawa_comments_29_may_payment_mechanism.pdf.Last visited：2024-12-15.

既要合理顾及其他海洋活动,又要避免与海底电缆、管道发生冲突,实则受限颇多。在这方面,《开发规章》应当制定的明确的规定,如按照海洋活动的先后顺序确定各类活动的避让规则。若某一海底区域已存在电缆和管道,则理应要求资源勘探开发活动进行避让。但若该区域已获得勘探开发权,或正在进行资源活动,则海洋科学研究、生物资源勘探、管道电网铺设等其他海洋活动应当避让勘探开发合同区域,或者至少应当向合同承包者申请,在征得其同意后才能进行其他海洋活动。若其他海洋活动都能借助科研、通信、航行等理由,自由进入合同区,必定会影响合同区的勘探和开发工作,也使得"专属权"有名无实。

(二)增加承包者的自主处分权

《开发规章》应当增加勘探开发承包者的自主处分权,这一权利主要体现在商业生产事宜方面。《开发规章草案》第2条规定,资源开发的基本政策与原则之一是按照健全的商业原则开展活动。但如何理解深海资源领域中的"健全的商业原则"呢?一般来说,商业原则的核心要素包括自主、等价、合作、共赢,坚持商业原则就是遵循市场规律从事商业活动。其中,自主是商业原则的基础,也是对经营者利益的尊重和维护。[①]同样,深海资源开发活动也应遵循普遍适用的商业原则,尊重承包者的自主性权利。第一,关于经济上是否可以进行资源的商业开发问题,应当由承包者根据当下的国际金属市场的形势,进行评估。因为承包者作为市场主体,对资源市场价格、供求关系的变动,具有敏锐的感知能力,并能根据市场变化适时调整商业交易计划,做出最恰当的判断。

第二,从纯粹的商业原则角度看,应当由承包者自行安排开发计划的整体进程,尽量减少管理局的干预。例如,管理局应当允许承包者在处于市场情况不利时,暂停或暂缓开发工作。暂停的时间长短应尊重承包者的意见,根据市场现状做出反应,管理局不应盲目催促承包者加快开发速度。若出现极度不利于承包者的情况,如市场价格显著较低、开发风险过高等非承包者个人原因导致的客观情形,管理局应当允许承包者终止开发计划,并不得要求承包者赔偿或缴纳额外的费用。当然,这并不意味着完全排除管理局的监管。只是对于那些涉及市场因素的事项,应首先遵循承包者的意愿,尽可能维护其合法权益。

第三,承包者的自主权还表现在对开发合同的修改与调整方面。《开发规章

---

① 黄国雄.没有商业原则,就没有市场的公平性——再论商业原则[J].北京工商大学学报(社会科学版)2015,30(01):1-3.

草案》允许承包者在符合规定条件时，对开发合同的部分条款进行修改，如转让开发合同。但这一条款的规定相对模糊，建议进一步规定承包者可以修改合同的情形。如，在开发过程中，由于技术手段限制、风险评估不足或其他不可预见的意外情况，可能导致资源开发进程缓慢、停滞，甚至难以继续开发。

（三）平衡承包者的权利与义务内容

前文已述，从整体上看，勘探开发合同承包者承担的义务比其享有的权利要多，使得权利与义务的分配呈现出明显不平衡的态势。当然，这种比较并不是单纯地从数量角度进行的观察，而是综合考虑了各项具体规定的内容，得出的相对客观的结论。为了维护承包者的合法权益，提高承包者的参与度，稳步推进资源勘探与开发工作，《开发规章》的制定应当尤其注重平衡承包者的权利与义务关系，具体可以通过增加承包者的权利来实现。当前，《开发规章草案》已为承包者创设了一些金融性权利，如允许承包者抵押、质押、留置或押记其在开发合同下的全部或部分权益，或以其他方式将其设置为财产负担，以便为履行开发合同规定的义务筹资。[①]据此，开发合同可以被理解为具有资产价值的商业合同，可以在商业市场进行自由交易。承包者对开发合同的使用权利也可进一步延伸至整个金融领域，包括信托、保险，允许开发合同进行商事交易不仅充分保障了开发资金，也促进了货币的市场流动。

二、制定科学有效的环保措施与准入标准

环境保护问题是《开发规章》制定中最为重要的核心内容。《开发规章草案》中已规定了诸多有效保护海洋环境的具体措施，尽可能确保深海生态环境免受采矿活动带来的有害影响。关于环保措施的设计问题，有效性是首要考虑的问题。出于环保目的而设立一定的环境准入标准也是极其必要的。然而，关键问题是，如何设立合理的环境准入标准，避免其成为阻碍发展中国家和非技术先进国家进行资源开发的门槛。

（一）确保环保措施的有效性

《开发规章草案》第四部分专门规定了保护和保全海洋环境的具体做法，也对承包者在深海资源勘探开发活动中所需承担的环保义务做出了诸多要求。但

① 国际海底管理局."区域"内矿物资源开发规章草案[EB/OL].July 2019，第22条，https://ran- s3.s3.amazonaws.com/isa.org.jm/s3fs- public/files/documents/isba_25_c_wp1- c.pdf.Last visited:2024-12-25.

这些条款的内容较为笼统，还需进一步细化，以促进环保措施的有效落实。首先，对于环境专业术语，管理局应当明确阐释“预防性办法”“最佳可得技术”“最佳环保做法”“最佳可得科学证据”等措施的具体含义，避免采用模糊不清的概念表述。例如，对于“最佳”这种程度副词的判断，应当提供一个可以参考或对照的标准。

其次，对于环境保护措施的设立，管理局应当评估其必要性、可行性与有效性。例如，作为环境管理工具之一的“预防原则”，其可为管理局在面临环境不确定性时的决策提供指导，占据深海环境保护规则中的重要位置[①]。然而，该原则其实并未得到普遍的认同。反对观点认为，预防原则可能会导致对环境的过度监管，这种对极端缺乏科学确定性的环境的过度监管会阻碍经济和技术的发展[②]。此外，预防原则的运用并非字面理解的那样简单，其包含许多不同的判断因素，包括“缺少科学信息”“缺乏科学依据”“没有确凿的科学证据”，或者“缺乏完全的科学确定性”。[③]不同的环境情况需要适用不同的原则公式，这将会导致适用的混乱。就预防原则来看，由于其内涵宽泛，涉及因素较多，在适用时需要设立一个相对确定、可行的参考范围。如，选择类似生态环境进行模拟环境试验，以论证何为有效的环保措施。在这方面，管理局已开展了许多试验，未来还可进一步扩大试验范围。

当然，由于现有科技对深海环境的认知有限，国际社会虽已获得大量环境数据，但可能仍不够全面。即便是最领先的技术也无法保证能够完全有效地对未知环境进行保护。因而，在未确定某一环境保护措施确实有效，以及有效程度的情况下，谨慎安排资源开发计划是极其必要的。

（二）设立合理的环境准入标准

合理的环境准入标准既要考虑环境保护的根本目标，也要考虑各国的实际

---

① David Hartley.Guarding the Final Frontier: The Future Regulations of The International Seabed Authority[J].*Temple International and Company Law Journal.*, 2012, 26(02): 346.

② Cass R.Sunstein.Beyond the Precautionary Principle[J].151 *U.PA.L.REV.*1003, 1004–09(urging that the use of the precautionary principle creates harms on all side of the equation, including environmental harm).

③ Southern Bluefin Tuna Cases (Nos.3&4) (N.Z.v.Japan; Austl.v.Japan) Order of Aug.27, 1999(ordering that all sides negotiate an agreement for the protection of the bluefin tuna despite the fact that scientific evidence of the harm to the tuna was uncertain).

情况。从深海环境角度看，全面有效的环保监管措施能够最大限度地保护海洋生态环境。而从承包者的角度看，设立过高的环境准入标准等于为资源开发活动创设了门槛，从环境技术层面限制了部分承包者进入资源开发行列。这不仅会削弱承包者的积极性，也会阻碍深海资源开发进程。尤其是对那些环保技术并不发达的发展中国家来说，制定超高标准的环保规则等于变相的阻止他们进入商业开发领域。因此，环境准入标准的制定需要考虑环境保护与资源开发的平衡，使其具有合理性。如，由环境领域专家牵头草拟环境保护、环境监管、环境修复等方面的提案，结合当前大部分发展中国家的技术水平，评估环境标准的客观性与普适性。最终形成的标准应当是令多数国家都可以接受，并在技术层面可以实现的目标。考虑到发展中国家的技术水平，当前不应设立过高的环境标准。如若追求环保目标、有必要设立较高的环境标准，且这一标准是多数发展中国家难以满足的，则管理局应当要求技术先进国家对技术落后国家进行强制性的技术转让。对于那些只有发达国家才掌握的先进环保技术，管理局应当建议他们对发展中国家按照国际通行的做法进行绿色技术转让，以保障技术层面的公平。

需要注意的是，关于深海资源开发中的环境保护与监管措施的制定应当避免政治化。环保措施的设立初衷是为保护深海生态环境，不应被用来阻碍部分国家进入资源开发阶段的工具。

三、建立公平合理的缴费与利益分享机制

《公约》为“区域”资源的开发利用创设了“人类共同继承财产原则”，要求资源开发制度的形成必须考虑特殊国家的具体需求，包括对发展中国家、技术落后国家、地理不利国等方面的规定。理论界对于共同财产原则是否需要对发展中国家给予优惠待遇存在争议。有学者认为，事实上的平等参与来自共同财产的概念，在同样的基础上使所有国家受益。但“优惠待遇”只有利于发展中国家，其根源在于发展援助哲学。[①]也有学者认为共同财产原则包含了“从共同空间的努力中获得的任何经济利益”将在国际上共享的观点，而给予发展中国家优先权是

---

① Rudiger Wolfrum.The Principle of the Common Heritage of Mankind [J].*Max Planck Encyclopedia of Public International Law*, p.323, November 2009, www.mpepil.com. Last visted: 2024-10-10.

一种意识形态的假象，只有在原则的某些表述中才会被接受。[①]为了避免形成这一消极结果，有必要通过法律手段落实《公约》关于照顾发展中国家利益这一基本原则。

（一）设立科学严谨的缴费项目

缴费项目的设计应当遵循科学、严谨的基本原则，避免出现重复、无效、显失公平的情形。当前《开发规章草案》关于缴费项目的设立总体上较为全面，但在某些细节问题上还需进一步优化。首先，《开发规章草案》应当明确固定年费的抵免办法，包括固定年费可以抵免的缴费种类，抵免的比例，以及抵免的条件与程序。如规定，对于表现良好的发展中国家、地理不利国可以向管理局申请抵免20%至50%的年费。其次，为了发挥缴费项目的实际效用，对于那些相对落后的国家，可以允许其用矿产、石油等实物抵扣部分费用。或者通过提供培训方案、交流讲座等方式代替货币缴纳。对于因不可抗力而无法履行开发合同义务的承包者，也应当适当减免其部分费用，以帮助其降低损失。再者，对于因深海矿产资源开发受到不利影响的陆上生产国，也可以通过减免缴费项目的经济手段，保护其国家利益。作为经济调节手段的缴费项目在资源开发过程中具有非常重要的作用，其内容应当具有一定的灵活性与变通性，使其能够发挥最大的效用。

（二）设立分阶段特许权使用费

《公约》附件三第13条规定，自商业生产开始之日起，承包者应向管理局做出财政贡献，包括缴付生产费或同时缴付生产费和一份收益净额，并详细规定了生产费的计算方法。[②]但该条规定已被1994年《执行协定》第八节第2条所废止。[③]《执行协定》规定，资源开发的缴费率应当考虑采用特许权使用费制度或结合特许权使用费与盈利分享的制度，且不应复杂。[④]

目前的《开发规章草案》拟根据不同资源适用不同的特许权使用费率，很大程度上保留了《公约》附件三规定的费率计算方式，只是在表述方式上有所简

① Christopher C.Joyner.Legal Implications of the Concept of the Common Heritage of Mankind[J].*International and Comparative Law Quarterly*,1986(35):192-193.

② 参见1982年《联合国海洋法公约》附件三第13条。

③ 1994年《关于执行1982年12月10日〈联合国海洋法公约〉第十一部分协定》第八节第2条规定，公约附件三第十三条第3至第10款的规定应不适用。

④ 参见1994年《关于执行1982年12月10日〈联合国海洋法公约〉第十一部分协定》第八节第1条(c)款。

化。这种费率计算方式具有灵活变通的优点，但在具体适用时，却较为复杂，需要事先确定各类金属的平均品位数值。并且，在区分商业生产第一阶段与第二阶段时，也需要慎重考虑两者的分界点。由于第一阶段的特许权使用费相对第二阶段要低，若单纯从收益角度来看，第一阶段的时间越长，总收益就越低。反之，总收益就越高。据此，分界点的选择至关重要。对此，国际金融投资法提供了一些有益的借鉴。图22中，*A*点表示开发合同生效时间，*B*点表示商业生产开始时间，*C*点表示第一阶段与第二阶段的分界点，*D*点表示开发合同到期时间。从投资与收益均衡的角度看，*C*点的选择应当考虑承包者收回前期投资成本的时间，以收益与成本相抵之时确定*C*点位置，对承包者而言较为公平。然而，考虑到技术水平的不均衡，不同的承包者收回投资成本的时间长短不同，导致*C*点处于不断变化中。从公平的角度看，*C*点的选择还应考虑发展中国家、技术落后国家、地理不利国的特殊需求。这些因素使得*C*点的选择异常困难。因此，在设立分阶段的特许权使用费时，管理局需要综合考虑各种因素，以达到公平合理的目标。

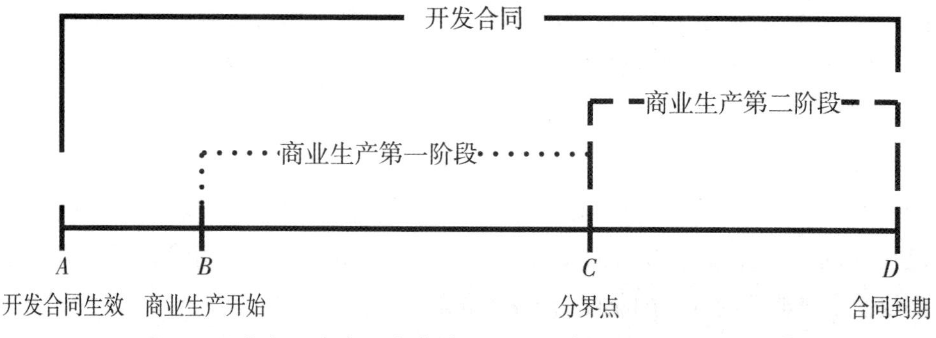

图22　开发合同中商业生产第一阶段与第二阶段分界点选择[①]

（三）设立公平客观的利益分享机制

利益分享机制广泛地反映了发展中国家需要的关切，这在许多国际法和非成文法中都得到了承认。例如，共同但有区别的责任的概念已列入一些条约，反映出许多发展中国家需要更多的时间或资源，以便在与发达国家相同的基础上，

① 本图根据2019年7月《"区域"内矿物资源开发规章草案》的具体规定制作。

为改善国际环境或共同空间问题做出贡献。[①]国际社会在能力建设方面做出的众多努力也有类似的看法。能力建设和共同但有区别的责任虽然涉及发达国家的义务，但也反映了发展中国家的需要。发展权的基础包括“改善人类状况，认识到基本需求，促进参与性和可持续发展”[②]。即使世界不愿意接受直接的财富再分配，共同发展的目标仍然需要通过其他机制来实现。现有国际条约和国际安排已经认识到发展中国家人民的发展需要。从“区域”制度来看，共同财产原则包含了公认的若干准则，包括为和平目的、环境保护或可持续发展保留一个领域，以及在管理共同空间资源方面进行合作。1982年《公约》中有关资源收益分享制度因技术过于复杂，而被1994年《执行协定》删除。

当前管理局需要制定新的利益分享机制，作为《开发规章》的一部分。为了全人类的利益，为了发展中国家的集体利益，更为了中国自身利益，一定要在《开发规章》中建立起公平合理的利益分享机制。这种“利益”不仅包括经济，也包括知识传播与技术转让。例如，将发展中国家科学家的培训项目纳入承包者的合同义务中，促进通过讲习班分享知识，并鼓励技术持有者与感兴趣的发展中国家就获得技术达成商业协议。[③]

第三节　中国深化完善深海开发法律制度的路径

十八大报告提出“海洋强国”的目标，将海洋事业的发展推到了新的高度，深刻影响国家海洋事业的发展进程。[④]国家海洋事业既包括国际海洋事务参与能力的建设，也包括国内海洋活动支撑力量的培育。现阶段需要依托深海矿产开发专项，以国家为主导，企业为主体，协同科技部、发改委等多部门，全面打造我

---

① Duncan French.Developing States and International Environmental Law:The Importance of Differentiated Responsibilities[J].*International and Comparative Law Quarterly*,2000(49):35

② Ved P.Nanda.The Right to Development under International Law- Challenges Ahead[J].*California Western International Law Journal*,1985,15(03):431

③ Caitlyn Antrim.The International Seabed Authority Turns Twenty[J].*Georgetown Journal of International Affairs*,2015(16):193

④ 贾宇，密晨曦.新中国70年海洋事业的发展[J].太平洋学报,2020,28(02):1-17.

国的深海矿产自主开发能力，力求在深海矿产开发系统设计、核心装备制造、矿产资源利用等方面取得国际领先地位。[①]在积极参与国际海底区域活动的同时，中国也要重视国内深海领域事业的发展。相比中国在深海资源勘探活动的成就，国内深海事业的发展略显平淡，对中国参与"区域"活动的支撑力量有限。当务之急，国内应当尽快完善深海资源活动的法律制度，尤其是围绕着《深海法》这一核心法律，制定相应的实施细则与配套法律制度，从法律层面推动深海相关产业的加速发展，保障海洋领域人才队伍的建设，为今后我国参与海底活动提供强大的法律保障。

一、加快制定《深海法》实施细则

我国《深海法》已于2016年2月通过，并于当年5月1日正式生效。《深海法》全文虽然仅有29个条文，但其中包含的制度是极其丰富的。[②]该法反映了中国对《公约》及有关法规的遵循，将国际义务转化为国内法，并详细制定了安全保障、执法监督、法律责任、环境保护等基本制度，对国内勘探者在"区域"内开展活动的约束提供了法理支持。[③]《深海法》的制定，对中国的深海事业发展具有重要的法律保障作用，弥补了我国深海海底区域资源勘探相关立法的不足，适应了海洋形势发展需要，既是引领海洋事业发展的里程碑，也是加速推进海洋事业发展的助推器。[④]《深海法》实施以来，在其管辖范围内已发挥了巨大的指引作用。但随着国际环境的不断变幻，以及我国深海事业的进一步拓展，《深海法》在某些问题上还存在完善的空间。对此，可以考虑制定《深海法》的相关实施细则，进一步细化具体规定的实施，切实保障国内活动主体参与"区域"活动的法治环境。当前，立法机关应当将《深海法》的实施细则纳入立法考察范围，该细则应当重点关注四个方面的内容。

---

① 冯妮，杨建民．全球深海矿产资源开发进展与启示——以装备技术为核心[J]．太平洋学报，2024，32(08)：62-75.

② 张梓太．构建我国深海海底资源勘探开发法律体系的思考[J]．中州学刊，2017(11)：52-56.

③ 裴兆斌，刘洋．论《深海法》法律制度意义及实用性考量[J]．辽宁省法学会海洋法学研究会2016年学术年会论文集，2016：172.

④ 裴兆斌，段琼．论联合国海洋法公约与深海法[J]．辽宁省法学会海洋法学研究会2016年学术年会论文集，2016：34.

(一)明确国内承包者申请资源勘探与开发活动的资质

《深海法》规定,国内主体从事"区域"勘探、开发活动的申请,应先向国务院海洋主管部门提出,经审查符合条件,获得许可方能与管理局签订合同,成为承包者。该法第七条规定了国内主体申请时应当提交的材料,但比较笼统,不利于具体实施。为了便于申请者的理解与操作,《实施细则》应当规范申请材料与程序,直接、明确地列出各项申请所需的具体文件与审核标准。例如,第7条第2款,"拟勘探、开发区域位置、面积、矿产种类等说明"[①]具体应包括前期矿区调查情况反馈,已进行的探矿活动说明,矿产的成分与总量,该矿区资源的丰度与密度等内容。第3款"财务状况、投资能力"应包括财务投资计划,可投资金额与数量,投资分配情况以及资金风险预测等。"技术能力说明"应包括采用何种技术,是否已经过测试,测试结果情况说明,现有技术水平评估,技术上的优势与缺陷以及可能存在的技术风险等内容。第4款"勘探、开发工作计划"应包括具体操作方案,阶段性执行计划,可行性研究计划,环境影响评估,风险预测与应急预案或备用计划等等。除此之外,承包者还应提交一份书面承诺书,承诺其所提交的材料具有真实性,并将严格遵守《公约》、管理局与国内法的相关规定履行法律规定的义务。

(二)明确承包者的权利与义务分配

关于勘探、开发合同承包者的权利与义务规定在《深海法》第9条,承包者享有相应的专属勘探权、开发权。但该条文非常笼统,并未说明这种专属权利的具体内容。这很大程度上是由于管理局的勘探规章与《开发规章草案》自身规定就存在一定的模糊性,以至于其转化为国内法依然存在同样的疑问。

这部分内容的完善,可以考虑借鉴《中华人民共和国矿产资源法》(简称《矿产法》)及《中华人民共和国矿产资源法实施细则》(简称《矿产法实施细则》)。虽然,深海采矿与陆地采矿在采矿区域、技术标准、环境要求方面大不相同,但就采矿行为本身而言,中国作为拥有数百年采矿历史的陆地采矿大国,在矿业领域已具备相对成熟的理论与技术经验。1986年颁布、经1996年修正的《矿产法》及其实施细则在很大程度上能够为深海采矿活动提供法律层面的参考作用。《矿产法实施细则》明确列出了探矿权人的权利与义务,采矿权人的权利与义务。[②]《深海

---

① 2016年《中华人民共和国深海海底区域资源勘探开发法》第7条第2款。

② 1994年《中华人民共和国矿产资源法实施细则》第16条,第17条,第30条,第31条。

法》实施细则也应当同样列明承包者的权利与义务。例如,勘探合同承包者的权利包括对合同规定的区域、期限、工作对象进行勘探、科研与试验活动,架设供电、通信管道,取得勘探区域内新发现矿种的勘探权,自行处理可回收部分的矿产等;其义务包括在规定期限内进行勘探工作,定期向管理机关报告工作进度与成果,接受其管理与审核,严格遵守合同义务与环境要求,提交勘探报告与资源档案材料等。开发合同承包者的权利包括按照开发规定的范围、期限、资源种类从事开采工作,在遵守《公约》与管理局规章有关生产政策的情况下,有权自行处理矿产资源,进行转让或市场交易,建设所需生产设备与设施等;其义务包括在规定期限内进行开采工作,严格实行开采计划,依法缴纳相关费用,定期向管理机关报告工作进度与成果,接受其管理与审核,严格遵守合同义务与环境要求,提交开采报告与资源档案材料等。

需要注意的是,在探讨承包者权利与义务时,应注意避免为承包者设定过多的义务性、限制性条款,导致变相增加承包者负担的后果。较为恰当的做法是,采取相对平衡的权利与义务条款,既能保证承包者的合法权益,提高其积极性,又能起到有效监督承包者活动、保护海洋环境的作用。

(三)明确对承包者的监督与检查内容

我国《深海法》专门设立了"监督检查"一章,不仅是对国际义务的遵守,也是条文有效落实的保障。但对于监督的内容与方式、监督的主体与范围、评价标准与责任承担方面,《深海法》尚未列明。在后续制定的实施细则中应当对该部分内容做出具体规定,通过明确监督主体的职权内容,树立客观公正的监督标准,规范承包者的各类活动。例如,监督的内容应包括承包者的履约情况,勘探、开发活动对环境的实际影响,承包者是否遵守安全生产标准,是否遵守环保要求,是否按照勘探、开发计划执行,投资与收益情况,勘探与开发活动的效率与成果情况等。对于不同的监督结果,适用程度、种类不同的处罚措施。

(四)细化环境保护措施

《深海法》以保护海洋环境作为立法目的和原则之一。对于不同情况,规定了不同的环境保护措施,如,在"区域"内活动许可申请者应提交活动可能对海洋环境造成影响的资料,并制定海洋环境损害应急预案;承包者在发生或可能发生损害海洋环境事故时,应启动应急预案;承包者应保护生物多样性,保全生态系统,维护海洋资源的可持续利益;造成海洋环境污染损害的承包者应承担相应法律责任。[①]这些环境保护措施也是各国普遍采用的,反映了《公约》对缔约国的特殊要求。例如,美国、俄罗斯采用环境影响评价、环境预防的措施;库克群岛采用环境保证金、环境应急计划等手段;俄罗斯采用环境监测和环保一般义务,法国和英国、捷克斯洛伐克也采用环保一般义务。[②]

这些具体环境措施的规定对于深海环境保护起到了非常重要的作用,但在具体实践中,应当进一步细化实施条件与方式。如,在实施细则中明确,何为"可能对海洋环境造成影响"的资料,具体的应急预案是如何计划的。包括采用何种设备、何种方式监测资源活动,采用何种程度的环境预防措施,等等。

二、分阶段制定深海产业发展的法律政策

从国际层面看,中国目前已经获得五块具有专属勘探权的矿区,是世界上拥有矿区最多的国家,在国际海底资源勘探阶段抢占了先机。但从国内层面看,中国的深海产业发展整体较缓,尚未形成完善的产业结构、合理的产业配置与系统性的产业链,这是当前乃至未来较长时间内都需集中发力的地方。面对日益变幻的国际形势,中国亟须发展国内的深海产业。中国在"区域"取得的丰硕成果离不开国内深海产业的支撑,同时,又反作用于国内深海产业的加速发展。

在海洋产业发展方面,澳大利亚的成功经验非常值得中国借鉴。澳大利亚海洋产业的产值在2009年已达400亿美元以上,据相关专家预估,澳大利亚海洋生态系统的产值在2020年将达600亿至700亿美元以上,占GDP的5.5%。[③]这主要得益于澳大利亚政府制定的清晰明确的发展战略和综合科学的管理措施,如在传统海洋渔业、滨海旅游业和海洋油气开发等基础上,加大力度开发新的海洋产业,包括海洋生物技术和化学品、海洋矿产、海水淡化等。通过这些产业的综合管理和合理开发,在保证海洋生态环境的基础上,推动了澳大利亚海洋产业这个蓝色经济资源的绿色可持续发展。[④]对此,中国也应当制定一套符

---

① 2016年《中华人民共和国深海海底区域资源勘探开发法》第1-3条,第5条,第7-11条,第21条,第23-26条。

② 翟勇.各国深海海底资源勘探开发立法情况[J].中国人大,2016(05):51-52.

③ Ocean Policy Science Advisory Group.Marine Nation 2025: Marine Science to Support Australia's Blue Economy.www.marine-science.net.au.Last visited:2024-12-19.

④ 游锡火.澳大利亚海洋产业发展战略及对中国的启示[J].未来与发展,2020,44(04):80-83.

合中国国情，且目标清晰、定位准确的海洋发展政策，以满足国内深海产业发展的需要。

整体上看，深海资源勘探与开发活动呈现出明显的阶段化特征。中国深海产业发展政策的制定也应当符合各不同阶段的具体特性。根据《公约》、三部勘探规章，以及《开发规章草案》等法律文件的规定，国际海底区域资源勘探与开发活动基本包括探矿阶段—勘探阶段—开发阶段。如图23所示，*O*–*A*的虚线段表示探矿阶段。虽然《公约》规定，探矿活动不具有任何法律意义，但却是申请勘探工作计划的必要前提。任何勘探活动都建立在前期探矿成果的基础上。*A*–*B*段表示勘探阶段，*B*–*D*段表示开发阶段。根据《开发规章草案》的规定，开发阶段包括两大部分，*B*–*C*段表示开发前的可行性研究与开发设备的建造活动，*C*–*D*段表示商业开采活动。无论是从空间还是时间上看，国内深海产业的发展应当与国际海底资源活动进程同步进行。深海产业的发展进程可以分为产业培育阶段、产业形成阶段与产业运行阶段，分别与国际海底资源活动进程相对照。如下图，*O*–*B*段包括探矿阶段与勘探阶段，同时也是国内深海产业培育阶段。*B*–*C*段是可行性研究与采矿设施建造阶段，也是深海产业形成阶段。*C*–*D*段是商业开采阶段，亦是深海产业运行阶段。

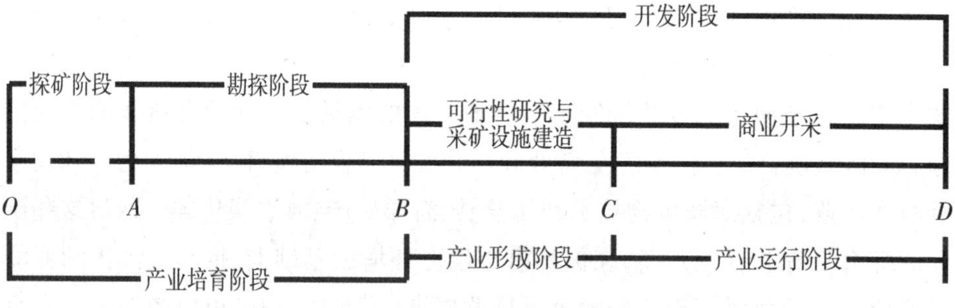

图23　深海资源勘探开发活动进程与深海产业发展阶段对照图①

根据“区域”资源活动对应的不同产业发展阶段来看，中国目前正处于资源勘探向开发阶段过渡的时期，而国内也正处于深海产业培育阶段逐渐向产业形成阶段靠拢的时期，最终目标是实现产业的良好运行。不同的产业发展阶段所

① 本图根据2019年7月《“区域”内矿物资源开发规章草案》的具体规定制作。

面对的国际形势与国内情况不尽相同，面临的挑战与机遇也有所不同。因此，需要针对不同的深海产业所处阶段，分别制定明确且清晰的法律政策，包括各个阶段的发展目标、实施措施、具体路径等，以引导、保障、促进各阶段的产业发展。

（一）深海产业培育阶段的政策构建

如图24所示，国际海底资源探矿活动与勘探活动进行之时，对应的是国内深海产业培育阶段。由于探矿行为不会产生任何法律意义，《公约》未对其进行时间限制。实践中，各国在探矿阶段花费的时间因技术水平、经济条件差异而有所不同。勘探阶段以"区域"放弃时间为界限，可以具体分为"区域"放弃前的一级勘探，如图中*A–X*段所示，与"区域"放弃后的二级勘探，如图中*X–B*段所示。勘探规章规定，多金属结核勘探合同签订8年后，承包者应放弃合同面积的50%，剩余区域面积不超过75000平方千米。多金属硫化物勘探合同签订10年后，承包者应放弃合同分配面积的75%，剩余区域面积不超过2500平方千米。富钴铁锰结壳勘探合同签订10年后，承包者应放弃合同分配面积的三分之二，剩余区域面积不超过1000平方千米。[①]因此，一级勘探时间大致约10年，剩下的勘探合同期则为二级勘探时间。《公约》规定首次勘探合同为15年，但到期后可以申请延期5年。据此，二级勘探时间约为5年或以上。

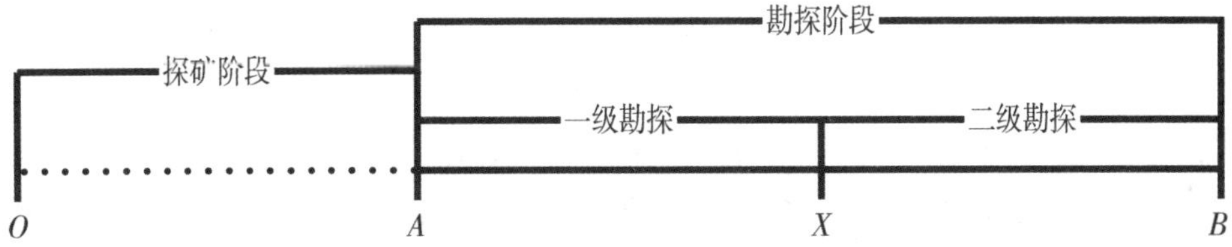

图24　探矿阶段与勘探阶段工作计划安排[②]

国际海底资源的探矿与勘探活动，正是国内深海产业培育的最佳时机，两者

① 参见2013年《"区域"内多金属结核探矿和勘探规章》第25条，2010年《"区域"内多金属硫化物探矿和勘探规章》第27条，2012年《"区域"内富钴铁锰结壳探矿和勘探规章》第27条。

② 本图根据2013年《"区域"内多金属结核探矿和勘探规章》、2010年《"区域"内多金属硫化物探矿和勘探规章》、2012年《"区域"内富钴铁锰结壳探矿和勘探规章》的具体规定制作。

应当同步进行，相辅相成。深海产业培育的具体对象包括支撑探矿与勘探活动的海洋科考、调查船，深海探测设备与装置，海洋地质地理专家团队等方面。但在20世纪初期，国内对深海探矿方面的关注较少。相关资料显示，中国第一艘远洋科学考察船是建于1980年的“科学一号”，它曾连续五次远征太平洋。但当时的海洋科考主要围绕水文气象、海洋化学、海洋生态、海洋底质等研究展开，并未专门针对深海矿产资源。[①]而同时期，在深达数千米的大洋深处，已出现了美国、俄罗斯、法国和日本等国的身影。尽管起步晚、起点低，但追赶速度不容小觑，我国用最短的时间站在了海洋科技的前沿。随着7000米级“蛟龙号”与4500米级“深海勇士号”载人深潜器等深海装备的研发，中国深海科考能力得到大幅提升。[②]2020年11月10日，我国最新研发的“奋斗者”号载人潜水器在马里亚纳海沟成功坐底，坐底深度10909米，标志着我国载人深潜技术的又一重大突破。[③]

然而，现有成就对于中国海洋事业的整体发展来说，是远远不够的。当前，世界海洋装备技术呈现向深水、大型化和自动化方向发展，与之配套的海洋工程装备的需求已经呈现出快速增长态势。早在2012年，国家四部委联合发布的《海洋工程装备制造中长期发展规划》就提到，到2020年，我国海洋工程装备制造业国际市场占有率要达到35%，国内海洋油气开发装备关键系统和设备的配套率要超过50%。[④]海洋工程装备产业处于海洋产业价值链的核心环节，也是支撑我国参与深海活动的基础。国内应当高度重视深海产业的培育，除了国家层面制定的发展规划外，各个省、市、区，尤其是沿海省份地区，应当利用自身的优势地理条件，制定相应的深海产业培育政策与方案。如，在沿海大学与国家机构设立技术研发、装备研制、人员培训等专项课题，研究如何贯穿各个海洋独立环节，促进形成国内、国际共同协作、相互促进的体系化产业链结构。作为陆上矿产资源开采大国，中国拥有上千年的采矿传统与历史，丰富的陆上采矿经验、成熟的矿资源产业链可以为深海产业的培育提供有益的技术借鉴，完善的陆地矿产开发法律法规可以为深海矿产开发提供基础性的法律借鉴。

---

① 张俊杰.在深海大洋上创业——记“科学一号”海洋考察船上的特殊船员[J].中国船检，2001(05)：4.

② 段盼盼.海底逐梦——中国深海科考20年[J].中国科技奖励，2019(09)：7-10.

③ 环球网.10909米！“奋斗者”号载人潜水器在马里亚纳海沟成功坐底[EB/OL].https://china.huanqiu.com/article/40etdS3dG5t.Last visited：2024-11-10.

④ 李东周.我国深海装备产业资源整合刻不容缓[J].化工管理，2015(16)：60-61.

（二）深海产业形成阶段的政策构建

《公约》规定，开发期间包括一个合理时间，用来建造商业规模的采矿和加工系统，此时不要求商业生产。[①]同时，《开发规章草案》规定，采矿开始前至少12个月，承包者需提交可行性研究报告。[②]因此，在开发阶段早期，正式采矿前，有一段时期专门用于采矿设备建造期与采矿可行性研究。此时期也是国内深海产业的形成阶段，应当全面推进深海产业结构优化与产业链条形成。

《国民经济和社会发展第十三个五年规划纲要》将海洋产业结构优化升级作为拓展蓝色经济空间、实现陆海统筹，以及推动区域协调发展的重要举措。《2017年中国海洋经济统计公报》相关数据表明，2017年，我国海洋生产总值达77611亿元，同比增速为6.9%，占国内生产总值9.4%；全国涉海就业人员达3657万人，比2016年增加了33万人，在我国国民经济中发挥的作用不容小觑。[③]深海产业作为海洋整体产业的组成部分，对国民经济同样具有重要的推动作用。因此，在深海产业形成阶段，法律政策的制定重点应当是如何不断优化与完善作为整体的深海产业集群。具体来说，一方面，应当加大对深海设备研发和人才队伍培养的政策扶持力度，鼓励国内建立起具有国际先进水平的一流装备与科研队伍，包括资源勘探船、水下挖掘设备、排水装置与实验室研发人员，尽可能缩小与发达国家的差距，形成属于中国自己的装备队伍，避免受到其他国家的技术制约。另一方面，这一阶段的海洋政策应当倾向体系化、规模化的深海产业链条构建，通过国家政策与地方政策支持打造区域化、集中性的深海产业集群发展模式。在深海矿产资源开发产业链中，深海采矿业和矿产加工占据核心位置，相关产业则包括海洋装备制造、环境监测、矿产运输、海洋工程与技术研发，[④]以及生物医药、海洋化工、深海养殖等周边产业，这些方面都有赖于法律法规与政策建议的推动与鼓励作用。同时，也可考虑建设深海旅游业、娱乐业、海洋文化业等创新产业

① 参见1982年《联合国海洋法公约》附件三第17条第2款(b)项。

② 参见国际海底管理局."区域"内矿物资源开发规章草案[EB/OL].July 2019，第25条第1款。https://ran- s3.s3.amazonaws.com/isa.org.jm/s3fs- public/files/documents/isba_25_c_wp1-c.pdf.Last visited:2024-12-05.

③ 纪建悦，郭慧文.我国海洋产业结构优化升级的影响因素研究[J].中国海洋大学学报(社会科学版)，2020(04):68-76.

④ 张建.技术创新对我国矿产资源产业发展绩效的影响研究[M].长沙:湖南大学出版社，2012.

类型，[①]尽可能延长整个深海产业链条，推动形成规模化的产业结构配置。

深海矿产资源开发的产业化发展，实际上是由矿产主导产业引领、周边产业辅助推进、创新产业拓展的分阶段、分步骤的渐进过程，在主导产业不断开拓新领域的同时，派生出更广泛、更细致的需求，主导产业不仅为相关产业的出现提供了前提条件，也因产业链的形成得到二次发展。随着产业链中各环节专业化程度的不断提高，产业间的联系和融合也将进一步加深，最终形成相对稳定、协调发展的产业集群。

（三）深海产业运行阶段的政策构建

开发阶段的中后期才是真正的深海采矿期。其前提是完成可行性研究与采矿设施建造，并顾及当时的国际经济环境、国际货币市场等相关因素，方可进行商业开采活动。《开发规章草案》规定，开发合同的最高初始期限为30年，到期可以续签，每个续期最长为10年。开发合同期限包括前期的可行性研究与设备建造准备时期，据此，真正进行开采活动的时间至少在20年以上。这一时期也是国内深海产业的运行阶段，是对前期产业培育、产业形成阶段所取得成果的综合检验阶段。

根据海洋产业的类型，可以划分为传统海洋产业和新兴海洋产业。传统海洋产业是以海洋渔业、石油、矿产这些资源为主的领域，而新兴海洋产业则是衍生出的新领域，例如海洋文化旅游业。未来海洋产业的发展趋势必然是从传统产业拓展至新兴产业。2017年5月，国家海洋局发布的《全国海洋经济发展“十三五”规划》进一步阐释了推进海洋产业优化升级的具体措施。“十三五”时期是我国海洋产业结构转型升级的关键时期，增强创新驱动发展能力，推动海洋产业结构转型升级对我国经济社会发展而言具有重要意义。因此，经过探矿阶段、勘探阶段，以及开发阶段前期，总共约30年的产业发展时间，此时的国内深海产业应当已经形成一套完整有序、结构优化的产业链系统。因此，这一阶段的政策目的主要在于推进深海产业的优化运行。一方面，应当保障该条深海产业链能够完全满足我国在深海资源勘探与开发领域中的具体需求，从海洋地质探测、矿产定位与测量、挖掘技术研究与试验，到资源精准开发、运输、加工、筛选、研发、销售等方面，均能获得完善的产业保障与有力的产业支撑。另一方面，也已建立起

---

① 朱婷，杨光熙，贝武权．双屿港海洋文化产业发展与空间布局研究[J]．江苏商论，2020(08)：68-70.

海洋生物医药、深海旅游、海洋文化等新兴产业类型，作为基础产业链的补充与配套。

三、全面制定海洋人才队伍建设与保障措施

海洋强国战略的提出，推动了海洋事业的综合性发展。海洋领域人才队伍是我国海洋事业崛起过程中的核心因素，决定了未来我国海洋事业能够走得多远，飞得多高。风云诡谲的国际形势，纷繁复杂的国内需求，都为海洋人才队伍建设提出了更高的要求。《深海法》第15条提出，国家支持深海科学技术研究和专业人才培养。深海人才队伍应当汇集海洋各领域的理论型、专业型、实务型精英，相互配合、共同发力，为中国的海洋事业发展大计出谋献策。

(一)理论型人才建设

在海洋理论领域，我国拥有许多精通国际法、海洋法的出色学者，但与美国的学术界相比，我国海洋学者在国际社会的声音显得有些弱小。这是什么原因呢？在翻阅了诸多外文资料后发现，许多顶尖的学者，尤其是美国学者，除了掌握自身专业知识外，还深谙其他专业的内容，甚至对国家政治、国际关系也颇为了解。这为我国海洋理论型人才建设提供了四个方面的启示。第一，海洋专业的理论研究分类可以进一步细化。如将海洋问题细分为海洋划界问题、海洋渔业问题、矿产问题、生物资源问题、通行问题等，针对各个具体问题进行更加深入的学术研究，使研究成果更加严谨、实用。第二，海洋学者应当着眼于更加广阔的天地，掌握更多的海洋相关知识，并注重不同学科间的交流与融合。如，海洋法的学者除了掌握海洋法基本理论外，还应当同样关注海洋经济、海洋安全、海洋贸易、海洋权益、海洋战略等相关问题，把握这些具体问题之间的内在逻辑性与相关性，努力搭建更加完善、全面、系统的海洋知识体系。第三，考虑到海洋法的国际性，海洋学者同样需要掌握一些国际关系与国际政治等方面的理论，并密切关注国际时政变化方向。第四，海洋学者的研究应当与国家海洋战略有所结合。无论是从事科研工作还是实务工作，学者们始终是在为国家服务，只有了解国家战略、明确国家需求，才能使科研成果真正发挥现实作用。

深海资源活动并不是一项单纯的资源开发活动，而是涉及政治、经济等诸多因素的国际博弈，《公约》本身就是发达国家与发展中国家政治妥协的产物。我国参与深海资源活动除了要攻克技术方面的难题外也要应对来自国际层面的压

力与挑战。当今的国际局势正处于高度不确定状态①,未来的深海资源活动也将面临更多的不确定因素。因此,在深海领域,亟须培养一批专业过硬、知识体系全面的海洋事务团队,帮助国家解决来自国际层面与国内层面的各类复杂多变的海洋问题。

(二)科研型人才建设

海洋科研型人才包括海洋生物、海洋地质、地球物理、海洋化学、海洋医药等专业水平要求较高的人员,主要是指科学家与科研人员。我国目前已经拥有许多生物、医药、化学、地质地理方面的尖端人才,但尚未形成一支具有凝聚力的海洋队伍,数量上也不够多。由于地理位置的差异,这些人才的地域分布相对不平衡,使得各地区的人才队伍也参差不齐。部分较发达的沿海地区早已开始关注海洋高新技术领域的创新与发展,并已取得了显著成果。

考虑到沿海地区的优势地理位置,沿海省份应当制定相关政策,积极响应国家深海事业发展的号召,推动应用科学技术改造传统产业、发展高新技术产业。国家层面应当重点关注具备地区优势的海洋人才培养,例如,设立海洋专项教育基金、研发基金,创办专门的海洋院校、科研院所、实验机构,加快培养海洋专业型人才。并且,由于深海科学涉及地球科学、生命科学等领域,因此,也要鼓励学科间的交叉与融合,在生物医药、生命科学等海洋前沿领域努力打造一批具有国际先进水平的科学家队伍,鼓励企、事业单位在海洋领域的科技创新,鼓励相关发明创造与专利申请,为我国参与"区域"资源勘探开发活动提供一批高质量、高水准的人才队伍。

(三)实务型人才建设

海洋实务型人才具体可以分为三类,一类是技术型人才,涉及大洋钻探、资源探测、勘探与开发等领域的技术,以及水下机器人、载人深潜器等相关装备、设施的研发与应用。这是我国目前正在重点培养的队伍,他们在深海资源勘探过程中发挥着无可替代的核心作用。随着高新技术的发展,海洋科研领域也日趋走向科技前沿,推动海洋专业教育模式的转型升级。如,船舶与海洋工程学科专业,其主要为深海资源开发的智力支持。现阶段,基于人工智能、大数据等的发展,各国正积极探讨船舶与海洋工程专业教育模式的转变,以期培养出服务国家

---

① 保建云.国际大变局、不确定性困境与欧盟的未来——一个超级博弈论的解释[J].人民论坛·学术前沿,2019(06):14-24.

战略、适应市场需求的高素质专业人才。[①]美国相关院校把未来行业领导者的培养作为自己的船舶与海洋工程人才培养目标定位，通过"前沿的课程设置、优秀的大学组织与管理、充满活力的校园文化、一流的基础设施、良好的校外合作"完成其"教育与培养服务于美国国防需要的具有典范作用的领导者"的教育使命。[②]英国在人才培养模式方面，建立了多类型多层次人才培养体系，搭建了教育"立交桥"。[③]我国学者在此方面也进行了有益的借鉴与探索。杨帆等学者对船舶工程类专业课程进行融合与分解，从完善课程教学体系、课程教材建设、教学改革实践和教学质量保障制度等方面，构建一种基于人才培养模式的船舶与海洋工程专业课程群，进而提高教学质量，增强工程人才的专业素质，具有较强的操作性和实用性。[④]

第二类是市场型人才。在今后的深海矿产资源开发阶段，需要一批了解国际矿产资源市场发展趋势、具有国际商事活动经验的人才。预计在不久的将来，我国位于"区域"的专属合同区将进行规模化开采。届时，国内的深海产业链也以形成。熟悉国际贸易规则与国际资源市场的实务型人才不仅能够促进矿产资源的商业交易活动，也能推动国内深海产业的顺利运行。

第三类是保障型人才，主要指负责维护国家海上安全的人才队伍。有学者提出，中国应尽快建立海洋安全体系，确保对中国海域的有效控制和资源的开采及保护，确保领土完整，主权不受侵犯，保障中国重要海上通道和重要航线的顺畅。但这还不够，海洋安全还应包括海域上空、海洋设施、海底文物等方面。新时代的海洋安全观已经把个人安全、国家安全和全球安全等非传统安全利益结合起来，形成了一种全方位、多层次、内容广并且具有综合性的安全观。[⑤]海上保障性人才建设对于维护我国深海活动的安全性、稳定性大有裨益，也是海洋人才

① 马强，郭俊杰，张博山等.船舶与海洋工程人才"5333"教育培养模式研究[J].航海教育研究，2020，37(01)：20-26.

② 孙士艳.海洋强国战略下船舶与海洋工程专业教学创新研究[J].教育教学论坛，2019(47)：107-108.

③ 李炳安.产学研合作的英国教学公司模式及其借鉴[J].高等工程教育研究，2012(01)：58-63.

④ 杨帆，陈孝云.基于CDIO人才培养模式下的船舶与海洋工程专业课程群建设研究[J].教育教学论坛，2018(35)：127-128.

⑤ 郑远民，朱红梅.非传统安全威胁下国际法律秩序的构建[M].北京：法律出版社，2014：58.

队伍建设中不可或缺的一部分。

总的来说，在国际海底区域资源勘探阶段向开发阶段过渡的重要转折期，中国应当坚持三方面的基本原则，如遵循现有国际海底区域的法律机制，重视国家权益的维护与发展，加强国际层面的交流与合作。在国际层面，中国应当积极参与《开发规章》的制定工作，争取中国的合法权益。如，在《开发规章》的制定中，建议管理局明确深海资源活动中承包者的合法权益，制定科学有效的环保措施与准入标准，建立公平合理的缴费与利益分享机制。在国内层面，中国应当努力提升“区域”资源开发能力，如，构建以《深海法》为核心的深海开发法律制度体系，加速深海资源勘探开发产业的发展，推动高水平海洋人才队伍的建设。中国深海事业的发展需要在国际、国内两个层面共同发力，全面助力中国走向海洋强国。

结 语

国际海底区域资源是海洋深处的巨大宝藏，其蕴含丰富的矿产资源，既具有维系国民生活与工业生产的作用，也拥有国家战略与军事储备的重要价值，因此受到各国的普遍青睐。当前，国际海底区域活动正面临勘探阶段向开发阶段过渡的重要时刻，不仅需要妥善处理勘探阶段的后续问题，还要科学制定适用于开发阶段的《开发规章》。《开发规章》的制定过程反映了各方争取自身权益的新一轮博弈，能够最大程度地影响规则制定的国家，在未来深海开发中必将占得先机。

本文主要围绕国际海底区域资源勘探与开发中的三个核心内容，即承包者权益保护、环境保护、财务机制展开详细的讨论。同时，结合中国面临的重要挑战进行分析。首先，作为“区域”资源活动的主体，承包者的权益保护极为重要。具体来说，包括承包者的优先权与专属权的可实现性、勘探开发合同处置权的可实施性，以及勘探开发合同权利义务的对等性问题。中国目前拥有五块矿区，承包者权益保护的问题对中国而言更具有现实意义。中国承包者目前面临的主要问题是，合同专属权实现困难，勘探合同履行进度相对缓慢，勘探合同主体过于单一，这些问题或会影响中国在资源活动中的实际利益，其重要性不言而喻。从逻辑层面看，保护承包者的合法权益既符合“人类共同继承财产原则”的根本要求，也是实现全人类利益的基本路径。从条约法善意原则的角度看，勘探开发合同对承包者权利的规定甚少，过多的规定了其需承担的义务，并不符合条约平等、公平与诚信的构成要素。从国际投资法的角度看，“区域”活动是一项风险巨大且不确定因素较多的活动，但《开发规章草案》并未提及承包者的风险承担问题。缺少对承包者合法权益的保障将削弱其积极性，不利于“区域”活动的展开。因此，本文建议《开发规章》应当明确承包者的合法权益，包括明确其优先权与专属权，增加其自主处分权，平衡其权利与义务，以法律形式保障其基本权益。

国际海底区域资源开发与环境保护问题，是进入开发阶段前亟须解决的最困难、也最棘手的问题。国际社会对资源的需求推动了海底矿产资源的开发，资源开发则导致深海生态环境的破坏。人类发展权与生态保护目标似乎存在明显的矛盾，难以协调。为了解决这一固有矛盾，国际海底管理局在《开发规章草案》中详细规定了承包者应遵守的具体规则，包括提交环境影响报告，制定环境管理和监测计划。同时，管理局还提出设立环境责任信托基金，为切实保障“区域”环境提供了全面的法律框架。国际环境法也为资源开发与环境保护的平衡提出了可行的方案。可持续发展原则将发展与环境保护共同纳入“可持续”的目标中，缓和了两者的矛盾。“人类共同继承财产原则”将环境利益作为“全人类利益”的组成部分，强调深海环境保护不仅造福当代人，也利于后世各代人。因此，本文建议在资源开发活动进行之前，应当充分考虑采矿对环境造成的影响，制定相应的事前预防、事中保护、事后弥补的环境管理综合方案。在未做出环境影响评估和环境补偿制度前，不应轻易进入开发阶段。

国际海底区域资源开发中的财务机制主要指开发活动的缴费项目、特许权使用费与开发收益分享机制。关于缴费项目，《开发规章草案》列明了开发承包者需缴纳的各项费用，但具体费用设置是否合理，年费的抵免功能等问题均未解决。同时，《开发规章草案》提供的资源开发特许权使用费的计价标准具有浮动性，计算方式复杂烦琐，可操作性较差。通过比较发现，国际金融投资中的BOT模式与之高度相似，因此，本文建议以建设—运营—转让的特许权投资模型，构建特许权使用费的基本模式，在商业生产开始后，投资成本完全收回之前，不应要求承包者缴纳使用费。而在成本收回后的早期，应当制定较低的缴费标准，以鼓励承包者进行开发活动。关于收益分享机制，《开发规章草案》并未规定公平分享资源收益的具体方式与途径，恐难实现。对此，《生物多样性公约》与缔约方会议通过的一系列保护生物多样性的公约可以在此适用。例如，参考《名古屋议定书》[①]的规定建立利益分享交换所，用于分享货币、数据、资源等方面的收益。其他与利益分享有关的国际公约包括《粮食和农业植物遗传国际条约》[②]，该条约

---

① Conference of the Parties to the Convention on Biological Biodiversity, tenth meeting, Nagoya, Jap., Oct.18–29, 2010, Nagoya Protocol on Access to Genetic Resources and the Fair and Equitable Sharing of Benefits Arising from Their Utilization to the Convention on Biological Diversity, U.N.Doc.UNEP/CBD/COP/DEC/X/1, Annex 1, (Oct.29, 2010).

② 参见2001年国际粮农组织制定的《粮食和农业植物遗传国际条约》。

规定了农作物分享的具体清单。本文建议,《开发规章》应当明确规定利益分享的标准、方法与措施,将全人类利益的实现落到实处。

国际海底区域勘探与开发活动给中国带来了巨大挑战。一方面,中国目前拥有五块专属勘探区块,虽然成果显著,但也导致勘探任务繁重、勘探合同履行迟延、勘探合同主体过于单一等问题,阻碍了中国的“区域”活动进程。另一方面,中国在海底环境保护技术方面相对薄弱,容易受到部分技术先进国家的限制。更重要的是,国内深海产业体系尚未形成,在深海采矿技术研发、装备研制、科学研究、人才队伍等方面均需尽快提升海洋综合能力。

事实上,国际海底区域的价值不仅在于丰富的矿产资源,也蕴含着重要的战略意义。海底矿区的申请每年都在增加,并呈现出加速增长的趋势,形成了深海资源领域的“圈地运动”。占领国际海底矿区意味着对海洋资源的掌控。与其他深远海资源相比,海洋矿产资源与国家安全战略密切联系。一方面,科学家还未研制出能够完全取代海底矿产资源的有效替代物。另一方面,国际海底区域矿产资源的开发尚未进入产业化的阶段,仍是一个全新的资源领域。此外,深海空间的隐蔽性也具有较好的军事用途。这些因素使得现阶段深海矿产资源活动具有较为明显的大国战略布局的意味。“区域”活动并非单纯的资源开发活动,实质上反映了国际政治力量的博弈与角逐,可能引发难以预料的政治连锁反应。

对此,中国对于国际海底区域活动的规划同样应当具有综合性、全局性和战略性的思维。一方面,国际海底区域资源开发已成为拓展我国海洋利益、维护我国国际海底权益、建设“海洋强国”和积极参与全球海洋治理的重要组成部分。中国作为国际海底区域开发的重要参与者与贡献者,应助力完善现有深海资源开发制度,加强深海科学研究,提高深海资源开发能力,并积极构建深海采矿蓝色伙伴关系,协助国际海底管理局推进深海采矿制度建设。①

另一方面,在构建国际海底区域开发制度的历史时期,也正是中国承担国际重任、参与规则制定、提升话语权的最佳时期。中国是国际海底区域活动的主要参与者,是世界上最大的发展中国家,亦是一个负责任的大国。为了避免未来可能引发的世界性政治、经济危机,中国应当在这关键时刻肩负起维系世界经济稳定、政治和平的艰巨任务。

---

① 李佳兴.步入关键“十字路口”?《深海采矿规章(草案)》出台现状、阻碍及中国的应对分析[J].海洋开发与管理,2024(09):59-69.

参考文献

一、中文

(一)著作类

[1] 邓正来. 王铁崖学术文化随笔[M].北京:中国政法大学出版社出版,2013.

[2] 王志华,张振利. 俄罗斯中亚国家矿产资源法[M].北京:中国政法大学出版社,2013.

[3] 王建伟,胡志勇,郝雨凡. 海洋问题研究[M].知识产权出版社,2016.

[4] 王倩,海洋争端的类型化研究[M].北京:中国人民公安大学出版社,2014.

[5] 王铁崖,田如萱. 国际法资料选编[M].北京:法律出版社,1982.

[6] 王铁崖,李浩培. 国际法年刊(1986—1992年)[M].北京:中国对外翻译出版公司,1993.

[7] 王曦. 国际环境法资料选编[M].北京:民主与建设出版社,1999.

[8] 冯学智. 中国海洋权益争端的国际法分析[M].北京:中国政法大学出版社,2013.

[9] 刘洋,高雪梅. 海洋行政管理[M].南京:东南大学出版社,2017.

[10] 张丹,贾宇. 中国的大洋事业[M].北京:五洲传播出版社,2014.

[11] 邹克渊. 南极矿物资源与国际法[M].北京:北京大学出版社,1996.

[12] 陆浩. 中华人民共和国深海海底区域资源勘探开发法解读[M].北京:中国法制出版社,2017.

[13] 张海文.《联合国海洋法公约》释义集[M].北京:海洋出版社,2006.

[14] 李浩培. 条约法概论[M].北京:法律出版社,2003.

[15] 张维迎. 博弈论与信息经济学[M].上海:上海人民出版社,2012.

[16] 陈德恭. 现代国际海洋法[M].北京:海洋出版社,2009.

[17] 金永明. 海洋法问题专论(第1卷)[M].北京:海洋出版社,2011.

[18] 国家海洋局海洋发展战略研究所课题组. 中国海洋发展报告(2016)[M].北京:海洋出版社,2016.

[19] 高之国,贾宇. 海洋法精要[M].北京:中国民主法制出版社,2015.

[20] 高之国,贾宇. 海洋法前沿问题研究[M].北京:中国民主法制出版社,2014.

[21] 高健军. 中国与国际海洋法——纪念《联合国海洋法公约》生效10周年[M].北京:海洋出版社,2004.

[22] 银红武. 条约退出权研究[M].北京:法律出版社,2014.

[23] 傅崐成. 海洋法相关公约及中英文索引[M].厦门:厦门大学出版社,2005.

[24] 韩燕煦. 条约解释的要素与结构[M].北京:北京大学出版社,2015.

(二)译著类

[1] [美]弗吉尼亚大学著,傅崐成等编译. 弗吉尼亚大学海洋法论文三十年精选集:1977—2007[M].厦门:厦门大学出版社,2010.

[2] [美]托马斯·科蒂埃,克里斯塔 N.沙佛著,韩秀丽译. 世界贸易组织中的善意及合法期望之保护[M].北京:北京大学出版社,2005.

[3] [英]伊恩·布朗利著,曾令良,余敏友等译. 国际公法原理[M].北京:法律出版社,2003.

[4] [美]玛丽·安·葛兰顿著,刘轶圣译. 美丽新世界:《世界人权宣言》诞生记[M].北京:中国政法大学出版社,2016.

[5] [美]何塞·E.阿尔瓦雷斯著,蔡从燕译. 作为造法者的国际组织[M].北京:法律出版社,2011.

[6] [美]阿瑟·努斯鲍姆著,张小平译. 简明国际法史[M].北京:法律出版社,2011.

[7] [英]帕特莎·波尼,埃伦·波义尔著,那力等译. 国际法与环境[M].北京:高等教育出版社,2007.

[8] [荷兰]格劳秀斯著，马忠法译. 论海洋自由或荷兰参与东印度贸易的权利[M]. 上海:上海人民出版社，2005.

[8] [美]道格拉斯·G·拜尔，罗伯特·H·格特纳著，严旭阳译. 法律的博弈分析[M].北京:法律出版社，2004.

[9] [英]詹宁斯·瓦茨修订，王铁崖等译. 奥本海国际法[M].北京:中国大百科全书出版社，1998.

[10] [美]路易斯·亨金著，张乃根译. 国际法:政治与价值[M].北京:中国政法大学出版社，2005.

[11] [美]路易斯·B·宋恩著，傅崐成等译. 海洋法精要[M].上海:上海交通大学出版社，2014.

(三)论文

[1] 马忠法，郑文龙. 可持续发展理念下国际绿色技术转移规则审视:演进、不足及完善[J]. 大理大学学报，2024，9(05):95-105.

[2] 马忠法，云新雷. 构建人类命运共同体的国际法精神——以新型国际关系为研究视角[J].广西社会科学，2021(04):81-86.

[3] 马得懿，陈璐.《联合国海洋法公约》下海洋环境损害的预防性制度:规则、司法实践与进路[J]. 浙江海洋大学学报(人文科学版)，2023，40(05):27-34.

[4] 王虎华，翟仲.深海国别立法的制度经验及其启示[J]. 上海对外经贸大学学报，2022，29(02):107-124.

[5] 王若枫，袁帅，刘应志等.全球锰矿资源现状及选矿技术进展[J]. 矿产保护与利用，2023，43(01):14-23.

[6] 王淑玲，白凤龙，黄文星，孙张涛. 世界大洋金属矿产资源勘查开发现状及问题[J]. 海洋地质与第四纪地质，2020，40(03):160-170.

[7] 王超. 国际海底区域资源开发与海洋环境保护制度的新发展——《"区域"内矿产资源开采规章草案》评析[J]. 外交评论，2018，35(04):81-105.

[8] 冯妮，杨建民. 全球深海矿产资源开发进展与启示——以装备技术为核心[J]. 太平洋学报，2024，32(08):62-75.

[9] 白佳玉.《联合国海洋法公约》缔结背后的国家利益考察与中国实践[J]. 中国海商法研究，2022，33(02):3-13.

[10] 卢静. 国际定位与改革开放以来的中国外交[J]. 国际问题研究，2018(05):16-31+127-128.

[11] 刘笋. 仲裁庭的条约解释权及《维也纳条约法公约》的引导与制约[J]. 华南师范大学学报(社会科学版),2021(01):139-156.

[12] 刘卫先. 以中国式现代化引领环境法治建设[J]. 中州学刊,2023(07):67-74.

[13] 刘小燕,崔远航. 政府话语权威与国际规则的经纬逻辑[J]. 社会科学,2018(10):170-182.

[14] 刘陟娜,许虹,王秋舒,陈梅.中国锰矿供需现状及可持续发展建议[J]. 资源与产业,2015,161(6):42-47.

[15] 朱俊宇. 国际海底区域资源开发争端解决机制的完善路径[J]. 求索,2022(03):171-181.

[16] 刘建飞. 新型国际关系基本特征初探[J]. 国际问题研究,2018(02):17-29+131.

[17] 吕琪,李志文. 国际海底区域资源开发的利益共享审思[J]. 学习与探索,2018(08):104-112.

[18] 孙凯,张起钻,朱清等. 全球锰矿资源特征及供需格局[J]. 2022,13(04):371-387.

[19] 李文杰. 也谈国际海底区域担保国的法律义务与责任——以国际海洋法法庭第17号“咨询意见案”为基点[J]. 河北法学,2019,37(01):113-125.

[20] 李汉玉. 人类共同继承财产原则在国际海底区域法律制度的适用和发展[J]. 海洋开发与管理,2018,35(04):70-75.

[21] 李志文,吕琪. 国际海底区域技术转让规则的理想和现实之协调[J]. 政法论坛,2018(02):91-99.

[22] 李佳兴. 步入关键“十字路口”?《深海采矿规章(草案)》出台现状、阻碍及中国的应对分析[J]. 海洋开发与管理,2024(09):59-69.

[23] 李琪. 污名化中国在中亚地区的舆情成因与化解路径[J]. 陕西师范大学学报(哲学社会科学版),2020,(5):9.

[24] 沈伟. 国际投资协定的机构性转向与中国进路[J]. 比较法研究,2024(02):191-208.

[25] 张治江. 人类命运共同体的国际认同建构路径[J]. 理论学刊,2018年第(04):79-85.

[26] 杨泽伟. 国际海洋法律秩序的变革:历史演进、发展趋势与影响因素

[J]. 扬州大学学报（人文社会科学版）,2024,28(04):50-65.

[27] 张梓太. 构建我国深海海底资源勘探开发法律体系的思考[J]. 中州学刊,2017(11):52-56.

[28] 张海文.《联合国海洋法公约》开放签署四十周年:回顾与展望[J]. 武大国际法评论,2022,6(06):1-14.

[29] 张辉. 国际海底区域制度是否具有普遍拘束力?[J]. 武大国际法评论,2022,6(06):15-32.

[30] 张庆麟,黄幽梦. 论善意原则对国际投资协定公私利益平衡的调节——以投资仲裁中善意原则的适用为视角[J]. 时代法学,2023,21(05):107-116.

[31] 张国斌. 论我国深海活动监管的立法困境及完善——以落实深海活动担保国责任为视角[J]. 政治与法律,2023(11):144-159.

[32] 张磊. 走出开发与保护二元对立的定势——风险预防原则在深海资源开发领域的变通适用[J]. 探索与争鸣,2018(05):92-97+143.

[33] 吴浩,刘大海,王春娟. 风险预防原则在国际海底区域矿产资源开发中的适用问题研究[J]. 海洋环境科学,2024,43(03):368-375.

[34] 杨震,刘丹. 中国国际海底区域开发的现状、特征与未来战略构想[J]. 东北亚论坛,2019(3):114-116.

[35] 宋杰,郑和英. 马耳他与人类共同继承财产概念:提出、推动与发展[J]. 国际法学刊,2021(04):1-30.

[36] 邹克渊. 当代国际海洋法的发展及中国的角色担当[J]. 地方立法研究,2024,9(06):110-128.

[37] 陈泉生. 环境时代与宪法环境权的创设[J]. 福州大学学报(哲学社会科学版),2001,(04):16-29+151.

[38] 陈喜峰. 全球金矿资源分布特征、勘查开发格局及展望[J]. 中国矿业,2024,33(10):64-73.

[39] 陈秀法,何学洲,张振芳等. 全球铜矿资源分布特征、勘查开发格局与展望[J]. 世界有色金属,2025(1):1-12.

[40] 陈慧青. 国际海洋法庭海底争端分庭之管辖权:限制、突破及中国应对[J]. 社会科学家,2024(05):146-152.

[41] 林灿铃,张玉沛. 国际海底区域活动之国际环境法规制[J]. 太平洋学报,2022,30(12):1-14.

［42］林森．全球环境保护中的共同责任原则——兼论林灿铃国际环境法学思想之精要[J]．河南科技大学学报(社会科学版)，2018，36(04)：93-96.

［43］周江．国际海底区域环境补偿基金的制度困境与纾解[J]．学术界，2022(11)：119-129.

［44］侯万龙．矿产地质勘查合同的类型探析[J]．中国矿业，2018年，27(07)：30-33+41.

［45］赵忆怡．国际海底区域开发阶段的担保国责任问题[J]．中南大学学报(社会科学版)，2018，24(03)：58-65.

［46］胡必亮，刘清杰."一带一路"投资国别风险测算、评估与防范[J]．学习与探索，2023，(01)：87-109+204.

［47］郝艺颖．国际海底区域矿物资源开发收益分配机制的构建与执行[J]．国际经济法学刊，2022(1)：117-130.

［48］保建云．国际大变局、不确定性困境与欧盟的未来——一个超级博弈论的解释[J]．人民论坛·学术前沿，2019(06)：14-24.

［49］项雪平．组织机构视角下国际海底管理局造法活动研究[J]．太平洋学报，2016，24(05)：14-23.

［50］秦天宝．人与自然和谐共生的中国式现代化之环境法治保障[J]．武汉大学学报(哲学社会科学)，2023，76(03)：28-38.

［51］徐冬根．论人类命运共同体理念的国际法寓意及贡献[J]．广东社会科学，2023（05）5-16+286.

［52］贾宇．关于海洋强国战略的思考[J]．太平洋学报，2018，26(01)：1-8.

［53］贾宇，密晨曦．新中国70年海洋事业的发展[J]．太平洋学报，2020，28(02)：1-17.

［54］倪然，谢青霞，李红星．国外国际海底区域资源开发国内立法砌究[J]．学理论，2019(02)：116-118.

［55］莫漫漫．论国际投资协定中履行要求的问题及对策[J]．湖南师范大学社会科学学报，2018，47(06)：82-88.

［56］黄惠康．百年变局下涉外法治建设的时代逻辑[J]．当代世界，2024(03)：36-41.

［57］黄文博.海上共同开发争端解决实践及其对构建海洋命运共同体的启示[J]．国际石油经济，2023(07)：09-21.

[58] 黄影. “区域”资源勘探开发活动中担保国责任与义务的内容辨正[J]. 甘肃政法大学学报,2022(03):83-95.

[59] 黄一玲. “一带一路”高质量发展背景下中国对中亚能源投资风险应对探析[J]. 国际关系研究,2024,(3):100-158.

[60] 韩立余. 国际经贸投资规则对履行要求的规制[J].法学家,2017(06):116-128+179.

[61] 曾令义,何艳梅,杨小艳等.国际海底区域资源开发的惠益分享研究[J].矿业研究与开发,2024(8).

[62] 谢海霞.人类命运共同体的构建与国际法的发展[J].法学论坛,2018,33(01):23-33.

二、英文

(一)著作

[1] Anand R. P. Origin and Development of the Law of the Sea[M].Martinus Nijhoff Publishers,1982.

[2] Bailey James E. The Unanticipated Effects of Boundaries:The Exclusive Economic Zone and Geographically Disadvantaged States Under UNCLOS III[M].IBRU Boundary and Security Bulletin Spring,1997.

[3] Forbes Vivian L. Conflict and Cooperation in Managing Maritime Space in Semi-Enclosed Seas[M].Singapore University Press,2001.

[4] Harrison James. Making the Law of the Sea:A Study in the Development of International Law[M].Cambridge University Press,2003.

[5] Legum Barton,Understanding Performance Requirement Prohibitions in Investment Treaties in Contemporary Issues in International Arbitration and Mediation:The Fordham Papers 2007[M].Martinus Nijhoff Publishers,2008.

[6] Nordquist Myron H. United Nations Convention on the Law of the Sea,1982:a commentary[M].Martinus Nijhoff Publishers,Vol.3,1982.

[7] Porveli Zaza. Rights of Geographically Disadvantaged States under the UNCLOS 1982[M].Lap Lambert Academic Publishing,2012.

[8] Rao P. K. International Law and Econonics[M].Oxford:Blackwell Publishers Ltd.,2002.

[9] Sebenius James K. Negotiating the Law of the Sea[M].Harvard University Press, 1984.

[10] Sanger Clyde. Ordering the Oceans[M].University of Toronto Press, 1987.

[11] Shaw Malcolm. International Law[M].Fifth edition, Cambridge University Press, 2003.

[12] Usher D. Political risk, economic development and cultural change [M].The University of Chicago Press, 1965.

[13] Vasciannie S. C. Land-Locked and Geographically Disadvantaged States in the International Law of the Sea[M].Oxford University Press, 2001.

(二)论文

[1] Ahmed Arif. International Law of the Sea: An Overlook and Case Study[J].Beijing Law Review, 2017(08).

[2] Allen Craig H. Lead in the Far North by Acceding to the Law of the Sea Convention[J].Washington Journal of Environmental Law and Policy, 2015, 5(01).

[3] Antrim Caitlyn. The International Seabed Authority Turns Twenty[J].Georgetown Journal of International Affairs, 2015, 16(01).

[4] Bolong Luz Danielle O. Into the Abyss: Rationalizing Commercial Deep Seabed Mining through Pragmatism and International Law[J].Tulane Journal of International Law and Company Law, 2016, 25.

[5] Demirkol Berk. Remedies in Investment Treaty Arbitration[J].Journal of International Dispute settlement, 2015, 6.

[6] Dolidze Anna. Advisory Opinion on Responsibility and Liability for International Seabed Mining (ITLOS Case No. 17) and the Future of NGO Participation in the International Legal Process[J].ILSA Journal of International and Comparative Law, 2013, 19(02).

[7] Dover C. Van. Tighten regulations on deep-sea mining[J].Nature, 2011, 470.

[8] Elferink Alex G. Oude. The Regime of the Area: Delineating the Scope of Application of the Common Heritage Principle and Freedom of the

High Seas[J].International Journal of Marine and Coastal Law,2007,22(01).

[9] Franckx Erik. The International Seabed Authority and the Common Heritage of Mankind: The Need for States to Establish the Outer Limits of their Continental Shelf [J].International Journal of Marine and Coastal Law, 2010,25(04).

[10] Freestone David. The Law of the Sea Convention at 30: Successes, Challenges and New Agendas[J].The International Journal of Marine and Coastal Law,2012,27.

[11] Freestone David, Gjerde Kristina M., Rayfuse Rosemary, VanderZwaag David. Current Legal Developments International Union for the Conservation of Nature[J].The International Journal of Marine and Coastal Law,2008,23.

[12] Freestone David. A decade of the Law of the Sea Convention: Is It a Success?[J].The GeorgeWashton International Law Review,2007,39.

[13] Freestone David. Twenty-Five Years of the Law of the Sea Convention, 1982-2007[J].The International Journal of Marine and Coastal Law,2007, 22.

[14] Fritz Jan-Stefan. Deep Sea Anarchy: Mining at the Frontiers of International Law[J].International Journal of Marine and Coastal Law,2015,30.

[15] Ghag Jasbinder. Regulating Deep Sea Mining and the Importance of Protecting Marine Life from Damage [J].Environmental Law Review, 2014, 16 (04).

[16] G He, Y Lu, P Mol A, et al. Changes and challenges: China's environmental management in transition[J].Environmental Development,2012,3.

[17] Guntrip Edward. The Common Heritage of Mankind: An Adequate Regime for Managing the Deep Seabed? [J].Melbourne Journal of International Law,2003,4.

[18] Hanaoka Shinya, Palapus Hazel Perez. Reasonable concession period for build-operate-transfer road projects in the Philippines[J].International Journal of Project Management,2012,30.

[19] Hannington Mark, Jamieson John, Monecke Thomas, Petersen Sven and Beaulieu Stace. The abundance of seafloor massive sulfide deposits[J].Geol-

ogy,2011,39(12).

[20] Hislop Cheryle, Julia Jabour. Quality Counts: High Seas Marine Protected Areas in the Southern Ocean[J].Ocean Yearbook,2015,29.

[21] Jaeckel Aline, Environmental Management Strategy for the International Seabed Authority[J].International Journal of Marine and Coastal Law,2015, 30(01).

[22] Jiang Xiaoyi, Zhang Jianwei. Marine Environment and the International Tribunal for the Law of the Sea: Twenty Years′ Practices and Prospects[J]. China Legal Science,2017,5.

[23] Johnson David, Maria Adelaide Ferreira. Current Legal Developments, International Seabed Authority [J].The International Journal of Marine and Coastal Law,2015,30.

[24] Kimani Nicholas N.Enacting National Seabed Mining Laws in Africa: Importance of A practitioner′s Perspective[J].Law, Environment and Development journal,2015,11.

[25] Lodge Michael. International Seabed Authority and the Exploration and Exploitation of the Deep Seabed[J].Belgian Review of International Law, 2014,47(01).

[26] Lodge Michael. Common Heritage of Mankind[J].International Journal of Marine and Coastal Law,2012,27(04).

[27] Lodge Michael.International Seabed Authority[J].International Journal of Marine and Coastal Law,2011,26(03).

[28] Lodge Michael. International Seabed Authority[J].International Journal of Marine and Coastal Law,2009,24(01).

[29] Mahaney Allison R. Charting off Course: National Marine Planning Without Legal Authority to Preserve Marine Resources[J].N.Y.U. Environmental Law Journal,2015,23.

[30] Marco Alberto De, Mangano Giulio, Corinna Anna. Public Financing into Build-Operate-Transfer—Hospital Projects in Italy[J].Journal of Construction Engineering and Management,2012.

[31] Moula Golam, Parvin Fahamida, Ferdaus Jannatul. The Prospects and

Challenges before Bangladesh in Exploring and Exploiting Marine Resources: An Economic and Legal Study[J].Beijing Law Review,2014,5.

[32] Nazeer Fad. Law of the Seas[J].Court Uncourt,2018,5.

[33] Noyes John E. The Common Heritage of Mankind: Past, Present, and Future[J].Denver Journal of International Law and Policy,2012,40(1-3).

[34] Oguno Paschal. The Legal Status. Responsibility and Liability of International Institutions under International Law [J].Journal of Law, Policy and Globalization,2016,47.

[35] Owolabi Kudirat Magaji W. The Principle of the Common Heritage of Mankind[J].Nnamdi Azikiwe University Journal of International Law and Jurisprudence.2013,4.

[36] Oxman Bernard H. The Third United Nations Conference on the Law of the Sea: The 1976 New York Sessions[J].The American Journal of International Law,1977,71(02).

[37] Pullar Andrew. Fisheries, Forests, and the Common Heritage of Mankind[J].Public Interest Law Journal of New Zealand,2013,2.

[38] Qian Hongdao. Joint Development Agreements: Towards Protecting the Marine Environment under International Law[J].Journal of Law, Policy and Globalization,2017,66.

[39] Rayfuse Rosemary. War and the Environment: International Law and the Protection of the Environment in Relation to Armed Conflict-Introduction to the Special Issue[J].Nordic Journal of International Law,2013,82.

[40] Rebeis Karim S. Public-private partnership Risk factors in emerging countries: BOOT illustrative case study [J].Journal of Construction Engineering and Management,2012,28.

[41] Ros Nathalie. Sustainable Development Approaches in the New Law of the Sea[J].Spanish Yearbook of International Law,2017,21.

[42] Scott Karen N. Conservation on the High Seas: Developing the Concept of the High Seas Marine Protected Areas, The International Journal of Marine and Coastal Law[J].2012,27.

[43] Sipalla Humphrey. Selected Recent Institutional and Rule Making De-

velopments in the Law of the Sea (2015-2016)[J].Strathmore Law Journal, 2016,2.

[44] Spalding Mark D., Imen Meliane, Amy Milam, Claire Fitzgerald. Protecting Marine Space: Global Targets and Changing Approaches[J].Ocean Yearbook, 2013, 27.

[45] Sun Linlin. Dispute Settlement Relating to Deep Seabed Mining: A Participant's Perspective[J].Melbourne Journal of International Law, 2017, 18.

[46] Tennen Leslie I. Enterprise Rights and the Legal Regime for Exploitation of Outer Space Resources[J].The University of the Pacific Law Review, 2016, 47.

[47] Wartini Sri. The Role of the Coastal States to the Protection of Marine Environment in Joint Development Agreement[J].Indonesian Journal of International Law, 2017, 14(04).

[48] Yoshifumi Tanaka. Provisional Measures Prescribed by ITLOS and Marine Environmental Protecyion[J].America Society International Law Proceedings, 2014, 10.

[49] Yoshifumi Tanaka. Current Legal Developments International Tribunal for the Law of the Sea[J].The International Journal of Marine and Coastal Law, 2011, 26.

[50] Yoshifumi Tanaka. Reflections on Reporting Systems in Treaties Concerning the Protection of the Marine Environment[J].Ocean Development and International Law, 2009, 40.

[51] Zanella Tiago Vinicius, Cabral Ricardo Pereira. The Application of the Precautionary Principle in International Law: An Analysis of the Contribution of the International Tribunal for the Law of the Sea[J].Veredas do Direito, 2017, 24.

[52] Zhang Hui. The Sponsoring State's Obligation to Ensure' in the Development of the International Seabed Area[J].The International Journal of Marine and Coastal Law, 2013, 28.

[53] Zhou Zhonghai. The Reservation of The Seas Exclusively for Peaceful Purpose[J].Frontiers of Law in China, 2012, 7(02).

三、国际公约与法律

[1] 1904年《联合国防治荒漠化公约》

[2] 1961年《南极条约》

[3] 1969年《维也纳条约法公约》

[4] 1982年《联合国海洋法公约》

[5] 1992年《关于环境与发展的里约热内卢宣言》

[6] 1992年《1969年〈国际油污损害民事责任公约〉1992年议定书》

[7] 1994年《关于执行1982年12月10日〈联合国海洋法公约〉第十一部分协定》

[8] 1997年《联合国气候变化框架公约京都议定书》

[9] 1999年《中华人民共和国合同法》

[10] 2000年《(生物多样性公约)卡塔赫纳生物安全议定书》

[11] 2001年《国际燃油污染损害民事责任公约》

[12] 2001年《关于持久性有机污染物的斯德哥尔摩公约》

[13] 2010年《(生物多特性公约)关于获取遗传资源和公正和公平分享其利用所产生惠益的名古屋议定书》

[14] 2010年《"区域"内多金属硫化物探矿和勘探规章》

[15] 2012年《"区域"内富钴铁锰结壳探矿和勘探规章》

[16] 2013年《"区域"内多金属结核探矿和勘探规章》

四、相关网站

[1] http://www.isa.org.jm. International Seabed Authority,国际海底管理局

[2] http://www.comra.org. 中国大洋矿产资源研究开发协会

[3] http://www.chinare.gov.cn. 国家海洋局极地考察办公

[4] http://china-isa.jm.china-embassy.org. 中华人民共和国常驻国际海底管理局代表处

后 记

本文至此就讨论结束了，但其实还有诸多问题尚未明晰，一方面是由于文章篇幅有限，另一方面是因为研究主题的时间跨度较长，很难在有限的内容中呈现全貌。因此，尽管本人一直在努力搜集更加全面、专业、前沿的资料与数据，甚至向海洋局、大洋协会寻求写作素材方面的帮助，最终得到的信息仍然有限。这使得论文的部分内容仍然存在缺陷，本人为此也感到无限的遗憾。

本人与海洋法的缘分早在博士生面试时已经注定。由于招生指标原因，我虽未主动报考国际公法，但却意外被调剂到著名海洋法领域学者傅崐成教授主持的海洋法学科方向。彼时的我对海洋法一无所知，但之后的各种境遇让我对海洋法产生了浓厚的兴趣与持续的激情，并最终以国际海底区域资源勘探开发制度为主题，进行了为期五年的博士论文写作。

由于我的博导当时同时被聘用于上海交通大学和厦门大学，在正式入学前我就非常幸运地参加了傅崐成教授创办的、分设于厦门大学和上海交通大学的马可波罗海洋法暑期高等研修班。在厦门，我参观了位于厦大后院的海洋三所，陶醉于美妙奇幻的海底生物。在上海，我参观了中国第一艘自主研发的破冰船“雪龙号”，加深了我对神秘海洋的认识。同时，因为参加了交大与中国大洋协会的合作课题，让我有幸赶赴北京参观中国大洋协会办公楼。当我看到展览室中陈列的各种从深海采集的矿物、生物样本，触摸到那些来自海底几千米以下的神奇宝贝，着实震惊不已。当时，大洋协会的老师们还赠送了我一块取自深海海底的富钴铁锰结壳样品，一直被我都当传家宝似的好生收藏。也正是这块黑乎乎的“石头”，让我下定决心开始挖掘、探究深海的奥秘。

自此之后，我疯狂的攫取海洋知识。除了母校开设的海洋法系列讲座外，我还经常跑去华东政法大学、复旦大学、上海海事大学旁听海洋法讲座，也常常借着课题的机会跑去中国海洋大学、武汉大学、南京大学参加海洋法会议。得益于交通上的便利，我每年3月、4月都会参加浙江大学举办的海洋法系列讲座，通过各种渠道搜集海洋法方面的资讯。正是这些丰富多彩的海洋讲座和国际会议，帮助我构建起了国际海底区域制度的基本知识体系，使我对深海矿产资源勘探开发充满了好奇。最终，在我怀揣着探索深海的梦想下，慢慢酝酿出了这篇拙作。

文章虽然不尽完美，但也是我五年心血的结晶。既是我梦想的起点，也是最终的归途。文字已尽，但研究不止。